U0096830

茅盾研究八十年書系

錢振綱・鍾桂松◎主編

楊揚◎著

41

轉折時期的文學思想

——茅盾早期文學思想研究

花木蘭文化出版社

國家圖書館出版品預行編目資料

轉折時期的文學思想——茅盾早期文學思想研究／楊揚 著 -- 初版 -- 新北市：花木蘭文化出版社，2014〔民 103〕

目 2+178 面；19×26 公分

（茅盾研究八十年書系；第 41 冊）

ISBN：978-986-322-731-1（精裝）

1. 沈德鴻 2. 學術思想 3. 文學評論

820.908　　103010559

ISBN-978-986-322-731-1

茅盾研究八十年書系

第四一冊　　ISBN：978-986-322-731-1

轉折時期的文學思想
——茅盾早期文學思想研究

本書據華東師範大學出版社 1996 年 10 月版重印

作　者 楊 揚

主　編 錢振綱 鍾桂松

總 編 輯 杜潔祥

副總編輯 楊嘉樂

編　輯 許郁翎

出　版 花木蘭文化出版社

社　長 高小娟

聯絡地址 235 新北市中和區中安街七二號十三樓

電話：02-2923-1455／傳真：02-2923-1452

網　址 http://www.huamulan.tw 信箱 hml 810518@gmail.com

印　刷 普羅文化出版廣告事業

初　版 2014 年 7 月

定　價 60 冊（精裝）新台幣 120,000 元

轉折時期的文學思想
——茅盾早期文學思想研究

楊　揚　著

作者簡介

楊揚，1963 年生，浙江餘杭人。現爲華東師範大學中文系教授、博士生導師。曾獲上海市「曙光學者」，哈佛——燕京訪問學者，台灣大學高等人文研究院客座教授。曾在《文學評論》、《文藝理論研究》、《讀書》、《學術月刊》等學術刊物發表多篇論文。主要論著有《商務印書館：民間出版業的興衰》、《聞一多與中外文學關係》等，主編《中國新文學大系（1976～2000）・史料索引卷》。

提　　要

本書稿以 1927 年之前的茅盾文學思想爲研究對象，從四個方面探討早期茅盾的文學思想。第一是早期茅盾的文藝觀；第二是早期茅盾與外國文學的關係；第三是早期茅盾與中國傳統文化的關係；第四是早期茅盾的文藝思想與文學社團活動以及文學論爭之間的關係。本論著的特點之一，在於從 1920 年代文學史語境之中，還原早期茅盾的生活和思想狀態，運用文學史材料，來揭示茅盾文學思想的形成、發展，以及推進這種文學思想形成、發展的文學史動因。本論稿是 1990 年代中國大陸集中探討茅盾早期文學思想的博士學位論文，曾獲得第四屆上海市哲學社會科學優秀成果獎。作爲附錄收錄其中的《商務印書館與 1920 年代新文學中心的南移》一文，也曾獲得上海市哲學社會科學優秀成果獎。

目次

導論　茅盾早期文藝思想研究的回顧與思考

對於中國現代文學史研究和茅盾研究來說，茅盾早期文藝思想問題，無疑是最值得研究的問題之一。這不僅在於青年茅盾直接參加了許多新文學活動，對新文學運動的發展，產生了長久的思想影響；而且，對於茅盾個人的思想發展來說，早期茅盾的文學活動和文學思考，爲茅盾後來的思想發展，提供了基本的思想形式，積累了豐富的文學經驗。我們完全可以說，一部中國現代文學史，如果不提茅盾與文學研究會、茅盾改革《小說月報》等問題，簡直就不能成爲一部完整的文學史。同樣，研究茅盾文藝思想，如果不去關注茅盾早期文藝思想的形成、發展，那麼，這種茅盾研究也是難以深入的。正因爲茅盾早期文藝思想問題，在中國現代文學史研究和茅盾研究中，有著這麼重要的地位和影響，因此，以往的文學史研究中，經常提及與早期茅盾文藝思想直接相關的問題。如，研究新文學社團時，人們常常提到茅盾在文學研究會中的地位和作用。在研究新文學的最初文學主張時，人們也不能不注意到茅盾對「爲人生」的文學主張的看法。對茅盾早期文藝思想及其活動的瞭解和掌握，使文學史研究者對新文學的歷史進展情況，有一個更詳盡、細緻的瞭解，也爲人們準確地理解中國現代文學史提供了方便。然而，在上述這種研究中，早期茅盾文藝思想只是作爲一個附加的文學史問題，歸屬於其他問題的思考、論述，茅盾早期文藝思想問題本身，並沒有作爲一個專題問題在研究中充分展開系統研究，因而，這種研究還不能直接等同於早期茅盾文藝思想研究〔註1〕。

確實，從文學史研究的角度來考慮問題，茅盾早期文藝思想研究並不是一開始便在文學史研究中存在的。查閱中國現代文學史研究資料，細心的讀者會發現，1980 年代以前，整個中國現代文學史研究領域，沒有產生過一篇專門以早期茅盾文藝思想爲具體研究對象的學術論文。許多文學史研究者，包括茅盾研究者，只是將早期茅盾文藝思想活動和文學思考內容，當作印證研究者感興趣的其他文學史問題的研究材料。如，研究新舊文學衝突問題時，研究者提到了茅盾早期對鴛鴦蝴蝶派、學衡派的批判；在研究茅盾現實主義文學道路形成時，研究者又選擇了茅盾早期倡導過「自然主義」的客觀寫實這一事例加以說明。這些材料儘管被研究者反覆使用，但憑藉這些材料卻很難獲得茅盾早期文藝思想的整體認識，因爲茅盾早期文藝思想活動，無論是其範圍還是具體內容，遠比研究者經常提到的這些內容要豐富。如茅盾對外國文學的翻譯、介紹，可以說，凡他能夠接觸到、並認爲有價值的東西，他都一概給予介紹。但他翻譯、介紹這些東西，並不見得茅盾自己完全接受了這些文學主張。茅盾自己在回憶這些介紹文章時也說，有些觀點並不能代表他當時的眞實思想〔註 2〕。再譬如，許多研究者反覆強調茅盾加入文學研究會，對新文學發展產生了影響，但從茅盾早期文藝思想的形成和發展狀況看，參加文學研究會倒是一個偶然的行動，並且茅盾的文藝思想正是通過文學研究會的活動，特別是通過與同人的切磋交流，才獲得了思想長進〔註3〕。因此，

〔註 1〕 所謂專題研究，是指研究者對研究對象的整體瞭解和把握就包含在研究者對問題的具體研究上。對早期茅盾文藝思想研究來說，研究者對茅盾與《小說月報》改革，茅盾與文學研究會關係的研究，應導致研究者在思想上對茅盾早期文藝思想狀況，有一個整體的把握，而不能僅僅爲論述問題的需要，將早期茅盾的一些文學活動和文學主張，當作論證問題的文學史材料。

〔註 2〕 茅盾 1962 年 9 月致莊鍾慶的手箋中說：「我從前在《小說月報》(一九二四年前後罷)寫過不少介紹外國作家作品的短訊，但這只是介紹而已，說不上我當眞是喜歡他們。」參見《中國現代文學研究叢刊》1982 年第一輯，頁 336～337。

〔註 3〕 茅盾自己對加入文學研究會有過說明：1920 年 11 月，商務印書館編譯所所長高夢旦找茅盾談話，讓茅盾改革《小說月報》，並從第二年起出任該雜誌主編。茅盾提出拒登鴛鴦蝴蝶派作品要求，獲高夢旦同意後，茅盾著手編 1921 年第一期《小說月報》的稿子，由於茅盾自己無創作經驗，上海的熟人中也沒有這樣的人，偶然中茅盾想起 1920 年第十期《小說月報》發過北京作者王劍三

缺乏對茅盾早期文藝思想的整體把握，而根據許多後來的文學史材料來推測茅盾早期文藝思想，使得茅盾早期文藝思想問題本身沒有得到充分、準確的認識和理解。直到 1980 年代開始，茅盾早期文藝思想研究才在我們的現代文學史研究中出現，產生了第一批早期茅盾文藝思想研究論文和論集〔註 4〕。在這些論文中，研究者普遍認同了「早期茅盾」這一文學史概念，所謂「早期茅盾」，從最寬泛的文學史意義上來講，是指 1916 年至 1927 年之間，茅盾的文學活動，也即茅盾到商務印書館編譯所工作，至 1927 年大革命失敗之間青年茅盾的文學思想和文學活動。這一階段，是茅盾告別學生生活，初登文壇時期。他個人的精力主要集中在文學批評、文學翻譯和一些文學、社團的組織活動上〔註 5〕。因此，許多研究者也主要是從文學批評、文學接受和文學、

（即王統照）的一篇作品，茅盾認爲王統照還能寫東西，就致函王統照，讓王寄些創作稿來，並聯絡一些北京的新文學人才。恰巧王統照此時是鄭振鐸等人籌辦的文學研究會成員，通過王統照的關係，茅盾與鄭振鐸取得了聯繫，並表示願意加入文學研究會。而在當時，鄭振鐸是文學研究會的實際組織者。另外，茅盾在參加文學研究會之前，對文學問題的思考和認識並不深入，他只不過在文章中追隨《新青年》、《新潮》等雜誌提出的「文學革命」口號，表明自己對新文學的支持，但對新文學應該如何發展，面臨哪些問題，舊傳統究竟有哪些，應如何有針對性地批判、否定，都沒有具體意見，只是在加入文學研究會之後，特別是通過與鴛鴦蝴蝶派、學衡派發生論爭，與周作人等新文學人士的交流思想，茅盾的文學思考才逐漸具體起來。參見茅盾：《我走過的道路》（上），頁 160～162；1981 年 10 月，人民文學出版社出版（本章引文出於該書者，不再註明出版年月和單位）。陳福康：《鄭振鐸與文學研究會》，載《新文學史料》1989 年第四期。

〔註 4〕論文集有：朱德發、阿岩、翟德耀：《茅盾前期文學思想散論》，1983 年 8 月，山東人民出版社出版。楊健民：《論茅盾的早期文學思想》，1987 年 7 月，湖南文藝出版社出版。論文主要見《茅盾研究》第 1～5 輯，文化藝術出版社出版。《茅盾研究論文選集》上、下，1983 年 11 月，湖南人民出版社出版。唐金海、孔海珠編：《茅盾專集》第二卷上、下，1985 年 7 月，福建人民出版社出版。《茅盾九十誕辰紀念論文集》1987 年 11 月，作家出版社出版。

〔註 5〕1916 年 7 月，茅盾從北京大學預科畢業，回到浙江烏鎮，8 月，通過在北京財政部債務司任司長的盧鑒泉表叔的介紹，商務印書館北京分館的孫伯恒經理的引薦，茅盾到上海商務印書館編譯所工作。不久，與孫毓修先生合作編譯外國科普作品。1917 年開始，協助朱元善編輯《學生雜誌》，1919 年開始，受《新青年》的影響，轉向對外國文學的學習，在《學燈》上發表譯作。1919 年 11 月參加《小說月報》編輯工作，1920 年 11 月，高夢旦找茅盾商談改革《小說月報》事宜，並讓茅盾從 1921 年開始擔任《小說月報》主編。茅盾在晚年回憶錄中說，到 1927 年爲止，自己沒有從事過文學創作。他在這段時間，文學方面主要從事文學批評和文學翻譯。文章大都是這方面內容。鄭振鐸、

社會實踐這些角度，來研究茅盾早期文藝思想〔註 6〕。這種研究與 1980 年代以前的研究相比，最大的特點在於研究者將原來依附於其他文學史問題上的早期茅盾文藝思想問題，單獨列出，作爲專題加以系統研究。這種變化，體現了 1980 年代中國現代文學史研究和茅盾研究的最新動態之一〔註 7〕，即研究者不再滿足於對文學史問題的一般性認識，而希望結合文學史的具體特點，特別是歷史人物的思想狀況，對文學史問題加以重新清理和認識。

這種動向表達了文學史研究者的一種良好願望，當然，我們也不能不注意到，早期茅盾文藝思想研究在 1980 年代畢竟才剛剛起步。具體地說，早期茅盾文藝思想研究在顯示出中國現代文學史研究和茅盾研究在 1980 年代的具體變化的同時，這種變化與眞正的文學史研究要求相比，還有相當大的思想差距。這種差距，集中體現在茅盾早期文藝思想研究者並沒有通過自己對早期茅盾文藝思想這一研究對象的確立和研究，來形成一條新的文學史研究思路。我們看到，早期茅盾文藝思想研究並沒有在具體的提問上下功夫，研究者所研究的問題，絕大多數都是以往文學史研究所提到的問題。如，茅盾與文學研究會關係，茅盾改革《小說月報》，茅盾對俄國文學、法國文學的接受，茅盾與「自然主義」文學的關係等等問題，這些問題在以往的文學史研究中可以說都提到過，並且還有一些研究看法〔註 8〕。茅盾早期文藝思想研究者在

阿英在《中國新文學大系》的《文學論爭集》和《史料・索引》中，也稱他爲文學研究會的理論代表、理論工作者。詳細材料見茅盾：《我走過的道路》（上）。鄭振鐸編：《文學論爭集・導言》，《中國新文學大系》第二卷，1935 年上海良友圖書印刷公司出版。阿英編：《史料・索引》，頁 212，《中國新文學大系》第十卷，1935 年上海良友圖書印刷公司出版。

〔註 6〕如，鄧牛頓：《茅盾在中國現代文學批評史上的地位》，主要從文學批評角度探討了茅盾在 1927 年之前的文學批評工作。（文章載《茅盾研究》第 4 輯，1990 年 3 月，文化藝術出版社出版。）楊健民：《論茅盾早期介紹寫實主義自然主義問題》，主要從茅盾對外國文學接受方面探討了茅盾早期對寫實主義自然主義的接受。（文章載《茅盾研究》第 2 輯，1984 年 12 月，文化藝術出版社出版。）丁爾綱：《論茅盾早期的社會思想和政治道路》，從社會實踐方面，探討了茅盾早期思想的發展狀況。（文章載《茅盾九十誕辰紀念論文集》，1987 年 11 月，作家出版社出版）。

〔註 7〕在中國現代文學史研究領域和茅盾研究領域，1980 年代以前，確實沒有一篇以茅盾早期文藝思想爲研究對象的系統研究論文。茅盾早期文藝思想研究，是 1980 年代形成的文學史研究，可以視爲中國現代文學史研究和茅盾研究的最新變化之一。

〔註 8〕如，1950 年代形成的茅盾研究專著，邵伯周的《茅盾的文學道路》和葉子銘的《論茅盾四十年的文學道路》中，都提到了茅盾早年參加的一些文學活動，

自己的研究中當然不是說，絕對不能接受以往研究的提問，作爲自己進一步展開研究的起點，但研究者在研究中大量接受以往研究的提問，而很少提出自己的研究問題，這種文學史研究現象不能不引起人們的注意。從文學史研究角度看，即使是接受了以往文學史研究的思考問題，也需要研究者對這些問題重新鑒別和確認。對於文學史研究來說，所謂研究的變化和發展，很大程度上是指研究者對以往研究的問題有了一種新的理解和發現。這種理解和發現的一個基本特徵，就是以往研究思考的一些問題，經過研究者的重新推敲、證僞，有的被研究者從研究中排除出去，而對於那些保留下來的問題，也因爲研究者的鑒別、證僞，使得問題的思考範圍和思考內容比以前更明確了。眞正的文學史研究，正是在這種不斷證僞、不斷發現的過程中，獲得研究上的創新、突破。與這種文學史研究要求相比，迄今爲止的早期茅盾文藝思想研究顯然還有許多不足，突出的問題之一，是研究者在確立了新的文學史研究對象的同時，並沒有對這一對象進行更廣泛、更深入的文學史思考。換句話說，研究者僅僅停留在系統梳理問題的研究水平上，他們只是將原來依附在其他問題上的茅盾早期文藝思想問題，單獨列出來，作系統的專題研究，但很少有人將這種研究當作建立新的文學史研究思路的契機，反省以往文學史研究爲什麼不能形成系統的早期茅盾文藝思想研究的原因。正是由於缺乏對以往文學史研究的深刻反省，所以，早期茅盾文藝思想研究對以往研究的問題和價值前提，都沒有提出任何懷疑；相反，倒是通過更系統的梳理，將原來的提問和評價系統，在更具體的文學史研究層面建立起來了。如，以往文學史研究只是在研究茅盾現實主義文學道路形成問題時，較籠統地提到茅盾倡導過「自然主義」文學，受到「自然主義」文學的影響。而現在，研究者將茅盾與「自然主義」作爲一個專門問題來研究，在根本前提上接受以往的研究，即認定茅盾受到「自然主義」影響。我認爲影響本身是次要的問題，但對於早期茅盾研究者來說，不能不經證明便接受茅盾受到「自然主義」影響這一事實。恰恰是因爲沒有對以往研究的價值前提和問題重新給予證明和反省，所以，1980 年代早期茅盾文藝思想研究在總體上進展遲緩，沒有給我們的現代文學史研究和茅盾研究帶來新的啓發和思考。假若將這種現象擴

並對茅盾倡導「自然主義」，改革《小說月報》等問題都有一定的論述。參見邵伯周：《茅盾的文學道路》，1959 年 5 月，長江文藝出版社出版。葉子銘：《論茅盾四十年的文學道路》，1959 年 8 月，上海文藝出版社出版。

大到對 1980 年代以來的現代文學史研究和茅盾研究的反思上，我相信，至少可以讓我們保持一種清醒的思想意識，即文學史研究中還有許多問題值得深入思考，甚至包括整個 1980 年代的中國現代文學史研究思路本身，也有許多地方值得思考。正是從這一角度考慮早期茅盾文藝思想研究的價值。我願意以此爲線索，考察以往文學史研究思維的具體進展，以便在反省中形成我自己對文學史研究的觀點、看法。

一

1980 年代以前，在研究中論茅盾及早期文藝思想問題最多的，無疑是茅盾研究本身。在 1950 年代形成的第一批茅盾研究專著中，研究者已經較爲明顯地將 1927 年之前與之後的茅盾文藝思想作了區分，特別是茅盾研究者常常將 1916 年至 1927 年之間茅盾的文藝思想活動，視爲一個相對集中的思想活動時期，將它與 1927 年後從事創作活動的茅盾作爲對比，這無形中在文學史研究領域劃定了一個早期茅盾文藝思想的研究範圍。並且，茅盾研究者在研究茅盾現實主義文學道路形成問題時，也不斷提到茅盾早期參加文學研究會，改革《小說月報》，與創造社、鴛鴦蝴蝶派、學衡派展開學術論爭，配合「革命文學」的口號，倡導「無產階級藝術」等具體的文學史內容〔註 9〕。這些文學史的內容，在具體的文學史研究中，實際上都可以作爲研究的對象來思考，然而，偏偏早期茅盾文藝思想研究就是沒有在文學史研究中建立起來。這究竟是什麼原因造成的呢？

對這一疑問最簡便的回答，就是從意識形態方面作出解釋。所謂意識形態方面的解釋，即研究者從政治權力結構關係來解釋問題〔註 10〕。照不少學

〔註 9〕詳細材料，可見邵伯周的《茅盾的文學道路》，葉子銘的《論茅盾四十年的文學道路》，其他還有寫於 1950 年代，但卻在 1980 年代出版的孫中田的《論茅盾的生活與創作》，1980 年 5 月，百花文藝出版社出版。莊鍾慶的《茅盾的創作歷程》，1982 年 7 月，人民文學出版社出版。

〔註 10〕意識形態，外來語。英文爲 Ideology。最早由法國革命時代的一位哲學家 L·A·C·德斯圖·特拉西（Destutt de Tracy，1755～1836 年）在《意識形態原理》（Elements d' ideologie，四卷集，巴黎，1801～1815 年）中第一次使用。它主要指一種觀念體系，但這種觀念體系帶有強烈的使命特徵。特拉西的這一學說力圖把對個人自由的信念和精心設計的國家計劃綱領結合起來。故這一學說一度成爲法蘭西共和國的法定學說。拿破侖最初支持「意識形態」學說，但不久就轉而反對它，並將 1812 年 12 月法國軍事失利，歸咎於「意識形態」。

者看來，茅盾早期文藝思想問題是茅盾研究中最爲敏感的問題。茅盾作爲中國新文學運動的代表人物，他的影響已遠遠超出一般文學家的影響範圍，而成爲某種政治在文學藝術領域的具體象徵。從茅盾文藝思想在文學領域的歷史地位的變遷過程看，確實可以看到茅盾文藝思想逐漸轉變成某種意識形態，在文學藝術領域的具體體現。

早在 1920 年代初，青年茅盾也像當時那些熱衷於新文學的文學青年一樣，大量學習、接受外國文學，否定中國傳統文學，根據自己對社會和人生的具體體驗，對文學問題發表自己的看法。從茅盾最初發表的《「小說新潮」欄預告》、《我對於介紹西洋文學的意見》、《現在文學家的責任是什麼？》和《「小說新潮」欄宣告》等文章的觀點看，他的整個思想水平還是保持在同時代的文學青年的思想水平上〔註 11〕。但這種思考，在茅盾身上表現得較爲明顯和穩

意識形態廣義上是指根據一種觀念從事政治企圖。狹義上講，有五大特點：一、是一種綜合性理論；二、是社會政治組織的綱領；三、這一綱領有實踐；四、這一綱領吸收成員，並讓成員承擔義務；五、它面向社會。馬克思主義經典作家認爲意識形態表面上是客觀的，但背後卻隱藏著不自覺的階級意識。五十年代西方馬克思主義接受了這一觀點，並進一步認爲，意識形態是統治者便於統治需要而設計出來的一套左右人們思想的虛假觀念。

從意識形態涵義在西方社會中的變化看，我認爲，「意識形態」一詞始終與社會政治相關，特別是與政治權力相關。在中國現實生活中，「意識形態」鬥爭之類的用語常常可見，這種表述方式，說明「意識形態」的價值主要集中在政治方面，它代表一個社會的權力結構。

參閱：（一）《簡明不列顛百科全書》（Concise Encyclopaedia Britaunica）第九卷「意識形態」條目，1986 年 7 月，中國大百科全書出版社出版。（二）〔英〕G・鄧肯・米切爾（D. Guncan Mitchell）主編：《新社會學詞典》（《A New Dictionary of the Social Sciences》）「思想體系」條目，1987 年 4 月，上海譯文出版社出版。（三）馬克思、恩格斯：《德意志意識形態》第一卷一章〔C〕「共產主義——交往形式本身的生產」中有關意識形態的論述。見《馬克思恩格斯選集》第一卷 P.77，1974 年 4 月，人民出版社出版。（四）歐力同、張偉：《法蘭克福學派研究》第十二章「文化和意識形態批判」，1990 年 8 月，重慶出版社出版。

〔註 11〕《「小說新潮」欄預言》，未署名，發表於《小說月報》1919 年 12 月 25 日第十卷第十二號。《我對於介紹西洋文學的意見》，署名冰，載 1920 年 1 月 1 日《時事新報・學燈》。《現在文學家的責任是什麼？》，署名佩韋，發表於《東方雜誌》1920 年 1 月 10 日第十七卷第一號。《「小說新潮」欄宣告》，發表於《小說月報》1920 年 1 月 25 日第十一卷第一號。在上述文章中，茅盾還只是一般地表示支持新文學運動，主張學習外國文學，批判中國傳統文學觀。而這些恰恰是在《新青年》啓發下進行的。參見茅盾：《我走過的道路》（上），頁 131。

定。他對社會現實問題，始終給予認眞的關注。當然，這些社會現實問題，並不一定都是在當時有重大社會影響的政治事件，而是指與茅盾個人生存環境直接相關的問題〔註12〕。青年茅盾寫下了大量有關社會政治問題、婦女問題和婚姻問題的評論文章，而且，他還直接投身政治活動，成爲中共最早的成員之一〔註13〕。這種生活方式與政治態度，使青年茅盾對文藝問題的論述，多多少少帶有意識形態方面的考慮。他不像一些文學青年完全沉醉於藝術的審美王國，茅盾的思考可以說非常實際，他的整個思路都與現實政治生活密切相關，並配合著政治〔註14〕。故 1920 年代茅盾就被香港報紙稱爲「赤色分子」〔註15〕。1927 年大革命失敗後，茅盾是南京政府通緝的要犯〔註16〕。從 1930 年代至 1949 年止，茅盾每創作、出版一部新作，幾乎都會在意識形態方面引起反響，特別是這些作品本身，常常招致禁止發行的厄運〔註17〕。這些現象是再清楚不過地

〔註12〕據茅盾晚年回憶，1916 年他剛剛到商務印書館時，對後來世界的變化、中國的變化和個人變化，「當眞沒有一絲一毫的預感。」參見《我走過的道路》（上），頁 115。

〔註13〕茅盾在晚年回憶錄中說，1920 年 10 月，經李漢俊介紹，加入「共產黨小組」。參見《我走過的道路》（上），頁 175。此說有誤。當時還沒有「共產黨小組」這一名稱，該組織叫「馬克思主義研究會」。1920 年 5 月由陳獨秀在上海發起成立，後經李大釗介紹過來的共產國際代表維經斯基的建議，在上海發起組織中國共產黨。組織名稱開始叫「社會黨」，後陳獨秀致函李大釗和張申府詢問，叫社會黨還是共產黨？李、張商量後明確回答：叫共產黨。大約在同年 9 月，定名「中國共產黨」。詳細材料可見：李達：《中國共產黨的發起和第一次、第二次代表大會經過的回憶》；陳望道：《回憶黨成立時期的一些情況》；施復亮：《中國共產黨成立時期的幾個問題》；邵力子：《黨成立前後的一些情況》、《中國共產黨建立前後情況的回憶》，以上文章均載《「一大」前後》（二），1980 年 8 月，人民出版社出版。

〔註14〕如，1923 年，茅盾響應鄧中夏、惲代英等人要求文學配合革命形勢的號召，寫下了《「大轉變時期」何時來呢？》。1924 年，茅盾又根據中共中央旨意，對泰戈爾訪華進行評論，寫下了《對於泰戈爾的希望》和《泰戈爾與東方文化》。後來，爲配合「革命文學」，茅盾在 1925 年《文學旬刊》上連續發表《論無產階級藝術》。參見茅盾：《我走過的道路》（上），頁 233、頁 244、頁 286。

〔註15〕茅盾在晚年回憶錄中說，1926 年鄭振鐸告訴茅盾，當地駐軍派人來查問茅盾情況，而當地駐軍是根據香港報紙說茅盾是赤色分子，故來查問茅盾。見茅盾：《我走過的道路》（上），頁 313。

〔註16〕參見查國華：《「通緝」沈雁冰的新材料》，載《新文學史料》1988 年第三期；敬三：《讀〈「通緝」沈雁冰的新材料〉》，載《新文學史料》1989 年第二期。

〔註17〕1936 年 12 月 20 日，茅盾致函黃旭，說自己每有創作，都擔心寫成後出版、發行可能會遭禁。見孫中田、周明編：《茅盾書信集》，頁 103。1934 年 2 月，國民黨中央宣傳委員會發出密令，查禁 149 種圖書，其中有茅盾的《路》、《蝕》、

說明了茅盾對文藝問題的思考，從最初開始，就具備了一種意識形態的色彩。然而，在一個相當長的歷史時期，這種意識形態還只是茅盾文藝思想的一個方面，並且只代表了他個人對問題的一種興趣。人們對茅盾的文學主張和文學創作，還能自由地發表意見，批評家們對茅盾的作品也還能從各個角度提出不同看法，絲毫不會受到特別的干擾。如 1930、1940 年代對茅盾的「農村三部曲」和《子夜》的各種不同評價〔註 18〕。但從 1940 年代開始，茅盾文藝思想的地位發生了驚人的變化。1945 年，王若飛代表中共中央在給茅盾五十壽辰的獻辭中，稱讚茅盾是「中國文化界的象徵，中國知識分子的光榮。」〔註 19〕這標誌著茅盾文藝思想在新的意識形態中的地位確立。從當時有關材料看，籌備茅盾五十壽辰活動本身，就帶有很濃烈的政治色彩〔註 20〕。中共在重慶的機關報《新華日報》刊發了大量稱頌茅盾文學業績的文章。延安的《解放日報》也發了紀念文章〔註 21〕。這種殊榮，可以說是當時活著的任何一位新文學家，都不曾享受過的。茅盾獲此殊榮，表明新的意識形態對茅盾文藝思想的接納，並將它作爲現實政治鬥爭的一種具體手段。

《茅盾自選集》、《宿莽》、《野薔薇》、《春蠶》、《虹》、《三人行》、《子夜》。詳見倪墨炎：《三十年代反動派壓迫新文學的史料輯錄》（續二），載《新文學史料》1989 年第一期。1946 年 4 月 9 日，《新華日報》刊發國民黨政府禁止茅盾作品《清明前後》的密令，詳情如下：

〔成都電訊〕國民黨中宣部及中央文化運動委員會主任張道藩，頃密電國民黨四川省黨部執行委員會，令其「密飭部屬」，對茅盾先生所著《清明前後》名劇的上演與發行，「暗中設法制止。」國民黨四川省黨部執行委員會已以宣指（三四）字第六九五號代電密令「轉飭」各區分部「遵辦」，原件如下：「準中央宣傳部藝戍艷密電開：『準中央文化運動委員會張主任道藩十月三十日函，爲茅盾（即沈雁冰）所著之清明前後劇本，內容多係指摘政府，暴露黑暗，而歸結於中國急需變革，以暗示煽惑人民之變亂，種種影射既極明顯，而誣蔑又無所不至，請特加注意等語，查此類書刊發行例應禁止，惟出版檢查制度業經廢止，對該劇本出版不易限制；□□電達，倘該劇上演及劇本流行市上時，希即密飭部屬暗中設法制止，免流傳播毒爲荷。等由準此，合行仰遵照辦理設法制止以免流傳播毒爲妥」。（原載《新華日報》1946 年 4 月 9 日）

〔註 18〕韓侍桁：《〈子夜〉的藝術，思想及人物》，載 1933 年 11 月 1 日，《現代》第 4 卷第 1 期。韓在文章中批評了《子夜》的人物塑造，認爲不成功。

〔註 19〕見《新華日報》1945 年 6 月 24 日；同日還有社論《中國文藝工作者的路程》。

〔註 20〕詳見孫中田、王中忱：《關於茅盾文學工作二十五周年紀念活動》，載《中國現代文學研究叢刊》，1980 年第四輯。

〔註 21〕1946 年 6 月 5 日延安：《解放日報》第四版，登有紀念文章《茅盾先生在廣州和香港》。

茅盾文藝思想歷史地位的變遷，影響到人們對文學史的解釋和理解，這種變化集中在強化茅盾現實主義文學主張和文學創作；強調他與魯迅現實主義思想的聯繫及個人之間的友誼。茅盾主張文學要反映現實，被理解成茅盾要求作家揭露社會黑暗，反抗現實；茅盾創作《子夜》，被當作說明作家配合現實政治也能創造出成功作品的經典事例，從而在創作方法上確立了一種茅盾式的現實主義創作規範。茅盾被視爲魯迅之後中國現實主義文學代表，以魯迅後繼者的面目出現於文壇〔註22〕。人們在闡發茅盾文藝思想時，也盡可能從魯迅與茅盾文藝思想的繼承關係方面著眼。在對待具體的文學史史料時，人們比較注意魯迅與茅盾個人之間的交往關係。譬如說，人們特別強調茅盾改革《小說月報》時向魯迅約稿這一史實；人們也特別指出魯迅是文學研究會的主要策劃者，而茅盾又是文學研究會的十二位發起人之一。另外，人們特別喜歡將《小說月報》中茅盾倡導「寫實主義」和「爲人生」的藝術主張，與他後來提出的「無產階級藝術」聯繫起來考慮，將它們當作茅盾早期文藝思想的發展線索〔註23〕。這

〔註22〕胡愈之：《早年同茅盾在一起的日子裏》，載《憶茅公》，1982 年 12 月文化藝術出版社出版。胡在文章中認爲茅盾和魯迅相比，同樣是新文化運動的創始者和指揮者，這一觀點與 1930 年代馮雪峰在《〈子夜〉與革命的現實主義的文學》一文提出的觀點相似，馮雪峰認爲《子夜》是「把魯迅先驅地英勇地所開闢的中國現代的戰鬥的文學的路，現實主義的創作的路，接引到普洛革命文學上來的里程碑之一」。參見《雪峰文集》第二卷，頁 363，1983 年 1 月，人民文學出版社出版。

〔註23〕文學史研究者在強調茅盾早期文藝思想從文學革命發展到革命文學時，總是將茅盾 1925 年陸續發表於《文學週報》第 172、173、175 和 196 期上的《論無產階級藝術》一文，作爲其思想轉向革命文學的標誌。事實上，這篇文章在當時發表並沒有被人注意，只是安排在《文學週報》的篇末，而長期以來，茅盾自己對這篇文章印象也不深。1957 年 5 月，葉子銘在論文《論茅盾四十年的文學道路》初稿中提到此文，並將文章初稿給茅盾審閱時，才引起茅盾注意。同年 6 月 3 日，茅盾致函葉子銘，認爲《論無產階級藝術》是茅盾自己所寫，其中「前四章可能寫於『五卅』以前，最後一章則是當年秋後赴廣州前所寫。」參見孫中田、周明編：《茅盾書信集》，頁 182，1988 年 3 月，文化藝術出版社出版。而莊鍾慶回憶，1961 年 6 月 26 日茅盾與莊談話時說及《論無產階級藝術》，認爲是根據英文版材料，撰述了此文。1964 年 7 月 2 日，茅盾審讀莊《茅盾的創作歷程》有關章節的初稿時，認爲《論無產階級藝術》是編譯。1980 年 2 月 21 日，茅盾兒子韋韜致函莊，說是據茅盾重新回憶，認定此文材料是選自蘇聯當時的刊物，但觀點是茅盾自己的。參見莊鍾慶：《茅盾的創作歷程》，頁 43 註 1，在 1981 年 10 月出版的茅盾晚年回憶錄《我走過的道路》（上）中，茅盾認定該文是他自己所寫。日本學者白水紀子認爲茅盾此篇文章譯自蘇聯亞・波格丹諾夫的《無產階級的藝術批評》；中國

些有選擇的理解和強化，使得許多剛剛著手茅盾研究的人，都會產生這樣的印象，即青年茅盾從一開始就在探索和確立一條後來被稱爲現實主義的文學道路，而茅盾的所有思想考慮，都在圍繞這根現實主義的軸心運轉。就目前所見到的幾部1950年代寫成的茅盾研究專著來看，幾乎都在談論現實主義創作道路這一共同論題，這種研究中的趨同現象，正好從一個側面反映出意識形態對茅盾文藝思想某些特徵的選擇和強化，因爲對於茅盾的文藝思想和文學實踐來說，現實主義只是具體特徵之一，而對文學史研究來說，則遠遠可以擴大到現實主義問題之外來研究茅盾。1950年代的這種研究格局，說到底是意識形態影響的結果，在1950年代的文學研究中，社會意識形態幾乎只承認文學中的現實主義有價值，在這種情況下，研究者將全部注意力集中到茅盾的現實主義文學道路形成問題的思考上，也就不難理解了。

如果說，意識形態選擇了茅盾文藝思想，將它的現實主義特徵做了某種強化，那麼，這種選擇活動絕不是單向的，換句話說，茅盾文藝思想本身除了有較明顯的意識形態特徵之外，茅盾本人也在根據意識形態對他提出的要求，重新解釋和發展自己的思想。從茅盾對自己早期文藝思想前後不同的解釋中，特別是1920年代末之後，茅盾在各個歷史時期的不同思想表現看，茅盾本人也在努力適應意識形態對他提出的新要求。1920、1930 年代，茅盾寫過不少評論文章，其中包括《徐志摩論》、《冰心論》、《廬隱論》。在這些評論中，茅盾對作家的創作還抱有深深的同情和盡可能多的理解。從1940年代開始的現實主義問題討論，到1950年代圍繞「現實主義——廣闊的道路」而進行的討論，茅盾對現實主義的信服程度越來越深。他在1950年代的《夜讀偶記》中甚至明確提出，一部中國文學史，實際上就是一部現實主義與反現實主義的鬥爭史〔註24〕。顯然，他要確立和認同的是現實主義在文學領域中的

學者孫中田在《文藝報》發表反駁文章。參考材料：（1）沈雁冰：《論無產階級藝術》，載1925年172、173、175和196期《文學週報》。（2）亞・波格丹諾夫：《無產階級的藝術批評》，載中譯本《無產階級文化派資料選編》，1983年3月，中國社會科學出版社出版。（3）葉子銘：《茅盾漫評》，頁288，1983年6月，百花文藝出版社出版。（4）莊鍾慶：《茅盾的創作歷程》，頁43註1，1982年7月，人民文學出版社出版。（5）白水紀子：《關於〈論無產階級藝術〉出處的說明和一些感想》，載《茅盾研究》第五輯，1991年3月，文化藝術出版社出版。（6）孫中田：《關於茅盾〈論無產階級藝術〉的寫作》，載1988年8月20日《文藝報》。

〔註24〕見茅盾：《夜讀偶記》，頁4，1958年8月，百花文藝出版社出版。

權威性。而這種思想邏輯，與當時意識形態只承認魯迅傳統為中國新文學的唯一傳統，有著驚人的相似之處〔註 25〕。在這種文化背景下，提出茅盾早期文藝思想問題，從意識形態角度看，顯得十分敏感。因為「早期茅盾」在文學史研究中已經具備了一種特殊涵義，那就是一種被否定、被揚棄的對象。茅盾 1930 年代的成熟和成長，在人們的理解中，似乎正是擺脫了他早期文藝思想的結果。因此，研究者若要闡述茅盾是如何一步步脫離早期「舊思想」的影響而不斷趨向後來的「進步」，這或許還能被意識形態所容忍；但倘若研究者要充分肯定茅盾早期文藝思想，這無形中就與意識形態所肯定的茅盾後來的「進步」相抵觸了。而在權力結構中，意識形態與學術研究的份量孰重孰輕，這實在是一個毋容多考慮的問題。從茅盾研究自覺不自覺地都趨向於肯定茅盾的不斷「進步」中，從研究者對茅盾早期文藝思想有選擇的強調中，我深深感到在一個特殊的年代裏，意識形態在各種研究領域的無孔不入。我倒並不在乎意識形態本身如何，但在乎作為權力象徵的意識形態竟可以蠻橫到對學術研究隨意處置的地步。凡與意識形態要求不完全相同的文學史研究，都被劃為禁區，茅盾早期文藝思想問題，就是這種禁區之一。我慶幸自己作為新一代文學史研究者，還不曾受到這種意識形態的拘囿，但我從以往茅盾研究論文中，卻能明顯感受到過去那個時代，意識形態對文學史研究造成的影響。對茅盾研究者來說，對意識形態各種影響因素的考慮，確確實實構成了 1980 年代以前差不多所有研究者最複雜也最隱秘的心態。甚至連茅盾本人也不能例外。自 1950、1960 年代以來，早年的歷史問題，一直是給茅盾招致麻煩最多的一件事。〔註 26〕為免於政治上的麻煩，茅盾只能採取徹底迴

〔註 25〕查閱 1950 年代中國現代文學史研究論文，在談到新文學傳統時，都認為魯迅傳統是中國新文學的唯一傳統。這種說法直接導源於毛澤東的《新民主主義論》。毛澤東指出：「魯迅的方向，就是中華民族新文化的方向」。參見《毛澤東選集》第二卷，頁 698，1991 年 6 月，人民出版社出版。自 1930 年代以來，魯迅一直被視為現實主義文學的代表，而茅盾又被視為魯迅的後繼者，故魯迅的方向在許多研究者看來，便意味著新文學的現實主義方向。在這種現實主義主流論的支配下，文學史中的其他流派、風格在研究中受冷遇或拒斥。參見馮雪峰：《中國文學中從古典現實主義到社會主義現實主義的發展的一個輪廓》，載《雪峰文集》第二卷。

〔註 26〕據秦德君回憶，文化大革命期間，她被關押在秦城監獄，專案組要她交待的問題之一，便是「一九二七年『四・一二』事變後，跟茅盾逃到牯嶺白雲洞幹什麼反革命勾當。」其實，與茅盾在牯嶺有往來的女性，只有范志超。另外，秦德君回憶，「一九五一年當我在教育部工作時，寫了跟茅盾一路去日本

避和否定自己早期歷史的辦法。在致讀者和研究者的信中，茅盾總是認定自己早期思想受西方「舊」思想的影響，不值得研究〔註27〕。對一些避之不及的問題，茅盾只能採取有選擇地強調的辦法，盡可能多地避免與目前意識形態需要發生衝突。譬如，他強調自己早年與魯迅的關係，而不是與周作人的關係〔註28〕；他著重強調自己對「寫實主義」寫實方法的倡導，而不具體指出這種寫實在當初主要是針對舊文學而發的；他也強調自己對「無產階級藝術」的提倡，而忽略了長期以來自己對這篇文章並沒有特別注意這樣一個事實。茅盾爲趨迎時潮而對自己以往歷史的某種選擇，除了讓人感到意識形態對茅盾晚年的思想性格的巨大影響外，同樣也不能不讓人聯想到意識形態對文學史研究的支配。

在閱讀1980年代以前的中國現代文學史研究文章時，我普遍有一種抑鬱的感覺。研究者的論述吞吞吐吐，個人的文學史研究思考，總要借助於某種政治權威的語言來表達，結果是整整一個時代的文學史研究都被束縛在極其有限的思維空間中，除了意識形態允許的幾個話題外，再也形成不了新的研究問題。

當然，從意識形態方面探討茅盾早期文學思想問題在文學史研究中失落的原因，僅僅是一個方面的思考。我確實可以說，受意識形態條件的限制，

的一段經歷，組織上拿到文化部去找他核實，他滿口承認說：『事實就是如此』。但是要他寫個證明，他卻全身發抖不肯寫，還說他不是黨員，這是關係我的政治生命問題。我用雙掛號寫給他的親啓的信，談的是組織關係的正經事，想不到猶如石沉大海，杳無信息」。見秦德君：《櫻蜃——革命回憶錄，日本《野草》第42號，轉引自李廣德：《茅盾與孔德沚、秦德君關係初探》，載《湖州師專學報》，1989年第三期，頁77。

〔註27〕1957年2月21日致葉子銘的信中，茅盾說：「我覺得我的一些論文都是『趕任務』的，理論水平不高，沒有編集子出單行本的必要。」1961年6月5日致莊鍾慶的信中，茅盾又說「除了文集所收的東西，其餘的都是不起作用的可有可無的東西，在當時爲了趕任務而寫，在今天早已失卻意義。」參見孫中田、周明編：《茅盾書信集》，頁172、頁195，1988年3月，文化藝術出版社出版。

〔註28〕查周作人日記，1920年12月22日有「夜得沈雁冰君21日快信」，這是目前所知道的周作人與沈雁冰（即茅盾）的第一次通信。轉引自錢理群：《周作人論》，頁355，1991年8月，上海人民出版社出版。查魯迅日記，1921年4月11日記「晚得伏園信，附沈雁冰、鄭振鐸箋。」這是沈雁冰與魯迅的第一次書信聯繫，參見《魯迅全集》第十四卷，頁415，1989年人民文學出版社出版。顯然，茅盾是先結識周作人，後認識魯迅。

早期茅盾研究在 1980 年代前沒有建立起來，但從文學史研究思維的具體進展情況看，我覺得問題要複雜得多。許多研究者並不完全因爲意識形態的原因而迴避了茅盾早期文藝思想研究問題，相反，他們的確忽略了這一問題的研究價值。這種忽略，不只是意識形態造成的，而是與文學史研究者個人的價值準則及研究思路有關。因此，我們需要對以往文學史研究思維進行檢查，進一步思考文學史研究思維在哪些方面阻礙了文學史研究者對茅盾早期文學思想的研究。

二

作爲文學史研究的第一步，必須首先澄清「早期茅盾」這一文學史概念。因爲我發現，以往研究者對茅盾早期文學思想的忽略，恰恰導源於他們對「早期茅盾」這一文學史概念的理解。表面上看，「早期茅盾」代表了茅盾文學活動的一個時期，即指 1916 年茅盾到商務印書館工作到 1927 年大革命失敗爲止，青年茅盾的文學活動。但從研究者提出這一概念的意圖和這一概念在具體的文學史研究中所表達的價值涵義看，這一概念本身卻是在削弱和消解「早期茅盾」作爲一個獨特的文學史研究對象的存在價值。研究者提出「早期茅盾」，不是爲了確立早期茅盾的研究地位，而是爲了將這一研究階段從文學史研究中剔除出去，以便讓人們的注意力全部集中到 1930 年代茅盾最輝煌的文學創作時期。在他們看來，理由很簡單，進入文學創作時期的茅盾，才眞正進入了思想成熟時期。因爲這一時期，茅盾不僅在文學創作上推出了類似「農村三部曲」和《子夜》這樣頗受文壇關注的作品；在文學活動上，他也參加了「左聯」，並且在「兩個口號之爭」、文學大眾化問題、文學創作自由化問題的討論中，茅盾的思想都較爲成熟，再也沒有 1920 年代那種大起大落的思想波動現象了。1930 年代是茅盾文學聲譽最高的時期，因而在許多研究者心目中，1930 年代茅盾的文藝思想無形中也變成了一種價值尺度。在這把價值尺度的衡量下，茅盾早期文藝思想被認爲整體上是不成熟的，因爲茅盾一會兒倡導「寫實主義」，一會兒又鼓吹「新浪漫派」。這些自相矛盾的理論術語，給人的直觀印象就是茅盾對文學問題缺乏一種較爲穩定、較爲系統的見解〔註

〔註 29〕邵伯周在《茅盾評傳》中認爲，青年茅盾一會兒強調寫實主義，一會兒又倡導新浪漫主義，這包含了一種思想矛盾，主要體現了青年茅盾對新浪漫主義的誤解。參見邵伯周：《茅盾評傳》，頁 61，1987 年 1 月，四川文藝出版社出版。

29〕。相比之下，1930年代茅盾的文藝思想沒有了這種痕跡。這種由不成熟到成熟的思想成長過程，在許多研究者理解中就轉變成茅盾早期文學思想不如1930年代的思想有價值的結論。事實上，思想成熟不成熟與思想自身有沒有價值，這是兩個不同研究層面的問題。但文學史研究者因過份推崇1930年代茅盾文藝創作和文藝思想，而毫不猶豫地將本該區別對待的兩個問題，籠統地雜揉在一起。在他們看來，茅盾早期因思想不成熟才接受了包括「自然主義」在內的「舊」思想的影響，故這種不成熟成了成熟的茅盾必須克服、擺脫的對象。人們有一種普遍的錯覺，彷彿1930年代茅盾文藝思想的成熟，正是他否定了自己早期文藝思想而獲得的。這樣的文學史認識，不僅構成了文學史研究者最普遍的價值認同，而且也得到了茅盾本人的認肯。從1930年代起，茅盾在文章中不止一次承認自己早期的文藝思想是「舊寫實主義」〔註30〕，至於「舊」在什麼地方，他沒有作進一步的說明。但我感到，茅盾對自己早期思想產生「舊」的感覺，是與1920年代中期左翼批評崛起有關。特別是1920年代末，創造社、太陽社中一批激進的批評家對他的批評，給茅盾留下了極爲深刻的印象〔註31〕。他儘管寫了《從牯嶺到東京》這樣的文章爲自己辯護，但內心裏那種唯恐落伍的思想恐懼感始終沒有打消。他對那些針對他個人的批評指責，可以奮起自衛，然而，批評一旦離開對他個人的指責，茅盾同樣也接受了創造社、太陽社的批評尺度。我們不妨對照茅盾對冰心小說《分》和廬隱小說《海濱故人》的批評。當他批評這些女作家過於沉湎於自己的世界，而沒有表現「第四階段」的苦難生活時，這種指責與創造社、太陽社批評茅盾只表現布爾喬亞的生活，而沒有展現革命新時代不是有某種相似之處嗎〔註32〕？區別當然是有，但我以爲這種區別只在於嚴厲的程度。

〔註30〕1934年3月，茅盾在答國際文學社問中，回答1927年之前自己的思想狀態時說：「我自己在那時候是一個『自然主義』與舊寫實主義的傾向者。」上述談話發表於《新港》11月號插頁上。

〔註31〕茅盾在晚年回憶錄中說，1927年底，「對於《幻滅》開始有評論了，大部分的評論是讚揚的，小部分是批判的，甚至很嚴厲。」1928年下半年，「寫完了《自殺》，寄到國內發表，卻猛然想到這個短篇小說又將使我成爲攻擊的目標。……於是，從《幻滅》等三部小說發表以後，讚揚和批評的文章又在我的記憶中跳出來了。」「《從牯嶺到東京》引起軒然大波，各方面的評論很多」。參見茅盾：《我走過的道路》（中），頁10，頁22，頁26。

〔註32〕茅盾以「未明」的筆名發表《廬隱論》，認爲廬隱的創作從《海濱故人》到《曼麗》，到《玫瑰刺》，到《女人的心》，是一個創作上「停滯」、「倒退」的過程。因爲「廬隱，她是資產階級性的文化運動『五四』的產兒，五四運動發展到

茅盾在批評中對作家還寄於某種同情和善意，而創造社、太陽社則完全是唯我獨尊。但這種區別並不影響茅盾與創造社、太陽社在整個思想方式上的一致，即大家都以一種簡單的階級意識爲批評標準，要求新文學家向這一標準靠攏，而不是放任作家們自由地追求自己的創作個性。因此，凡接受了這一套思想的新文學家，他們就被視爲「進步」；凡不理睬這一套思想的，則被視爲「落伍者」；至於對這一套思想提出異議，或反對的，那就是「敵人」了。這種極端激進的文藝思想在 1930 年代恰恰是一個定型、普及的時期，茅盾的批評態度及他的一系列文學創作在當時形成的巨大影響，很容易被用來作爲支撐那種激進的文藝主張合理性的經典事例。因爲第一，茅盾自己就在強調文藝必須表現「第四階級」的生活；第二，茅盾聲稱《子夜》的寫作是爲了配合 1930 年代有關中國社會性質問題的討論；第三，在現實生活中，茅盾是「左聯」成員，被人視爲左翼文藝的代表〔註 33〕。因此，激進的文藝思想加之有文學創作的典型事例給予說明，「進步」的文藝思想就有了巨大的思想市場。不僅左翼文學家相信，甚至像何其芳這樣一批追求過唯美主義的新文學家也膺服此種「進步」學說，許多新文學家在這種貌似激進的文學觀念面前，都失去了耐心，急於去表現一種連自己都不太懂得的社會生活場面。他們甚至容不得自己細細反省一下，那種激進的文學觀念是否眞正對文學創作有幫助。新文學家大都懷著一顆惴惴不安的心，生怕在這種「進步」時潮中落伍了。類似於 1930 年代茅盾那樣將自己以往的文藝思想稱之爲「舊」思想的做

某一階段，便停滯了，向後退了；盧隱，她的『發展』也是到了某一階段就停滯。」「因爲時代是向前了，所以這『停滯』客觀上就成爲『後退』。」見 1937 年 7 月《文學》第三卷第一號，頁 7。在《冰心論》中，茅盾認爲，寫《繁星》、《春水》的冰心，到寫「社會問題」小說的冰心，到寫《悟》、《分》的冰心，是一個不斷變化，不斷進步的冰心。因爲冰心從作品反映自己，發展到能夠在作品中顯示出「世界的風雲，國內的動亂」。參見 1934 年 8 月，《文學》第三卷第八號。茅盾的評價是否能夠有助於盧隱、冰心的創作，的確令人深思。同樣，茅盾在《徐志摩論》中，給詩人勾勒的一幅形象是「我不知道風／是在那一個方向吹——」。假若一位不了解徐志摩的讀者，讀了茅盾的《徐志摩論》，或許眞以爲徐志摩是那麼一個人，而不是創作過《再別康橋》那位神采飛揚的詩人。《徐志摩論》，載《現代》第二卷第四期，1933 年 2 月 1 日。

〔註 33〕茅盾在 1932 年 12 月寫的《子夜》後記中，僅僅強調自己寫《子夜》是爲了反映一個時期的社會風貌。在 1939 年新疆學院講演「《子夜》是怎麼寫成的？」中，認爲自己的寫作動機是爲了揭示中國社會性質。參見《茅盾論創作》，頁 56～62，1980 年 5 月，上海文藝出版社出版。

法，在當時極其普遍〔註 34〕。這種否定自己以往之「舊」的作法，是爲了肯定自己今日之「新」，而這種唯「新」是從的「進步」心理，實際上恰好顯示了 1930 年代中國文壇的新格局。經過 1920 年代末巨大的社會政治動盪之後，1930 年代的中國社會趨於穩定。各種政治勢力從軍事實力較量轉向文化意識形態領域的爭奪。在這種情況下，激進的政治團體以一種進步和要求變革的口號相號召，吸引了大批文學青年。這批文學青年以政治團體的形式集體商討問題，他們儘管以文學青年的身份處身社會，但實際上他們關注的卻是社會政治問題，如柔石、馮鏗等人，他們對政治的興趣比對文學的興趣要濃得多。這批文學青年的出現，客觀上是造就了一批文化個性迥異於五四啓蒙思想家的文學新人。但問題是新文學並未因爲這批新人的出現，而在表現技巧和思想深度上比以前更進了一步〔註 35〕。並且，新文學的發展也未必一定要採取這種非此即彼的否定方式才能前進。但大批新文學家，包括茅盾在內，都傾向於用今日之「新」，否定昨日之「舊」，這種思維形式如細細想想，其簡陋之處顯而易見，但奇怪的是茅盾和後來的一大批新文學家及文學史研究者，竟都順從地接受了這種所謂的「進步」。

在我看來，問題出在這種「進步」思想滿足了一批人的情感需要。對這種「進步」思想最早歡迎，並最樂意接受的是一些思想苦悶，個人生活處於困頓之中的文學青年。他們極其痛恨現實黑暗，也極希望變革社會秩序，而「進步」思想正是以否定現實，變革社會爲自己的主張，這首先滿足了文學青年的情感上的需要。這批青年，未必懂得什麼叫「進步」，但他們一旦聽到「進步」意味著改變社會秩序，則都趨向於接受這種「進步」思想。他們關心的是在改變社會過程中改善自己的現實處境，但他們從未想過，依靠一種非此即彼的否定方式是否眞能實現變革目的。因此，思想對他們來說，不是理性，而是信仰，是一種滿足情感需要的精神支柱。從這一意義上講，人們將「早期茅盾」作爲一個具體的否定和被揚棄的對象，這實際上表明那種非

〔註 34〕如葉聖陶：《倪煥之》創作中，添上光明的尾巴，以顯示倪煥之的「覺悟」、「進步」。丁玲從寫《韋護》、《莎菲女士的日記》，發展到寫《水》、《母親》。何其芳從創作《畫夢錄》到 1930 年代「期待著鐵絲的手掌／擊到我頭上的聲音。」參見何其芳：《醉吧——給輕飄飄地歌唱的人們》，《何其芳文集》第一卷。1982 年 1 月，人民文學出版社出版。

〔註 35〕如，短篇小說成就，1930 年代就很少見到有 1920 年代魯迅小說那樣成熟的作品。

此即彼的否定方式已牢牢占據了文學史研究領域〔註 36〕。這種研究模式，對文學史研究來說，不只是一種極其簡陋的思想方法，而且是一種強權。因爲它可以傲慢到完全不顧文學發展所提出的要求。新文學的歷史經驗告訴我，什麼時候這種強權占據了新文學的主導地位，新文學的自身要求就要被排斥，整個新文學的進程就要被打斷。在這種強權扶植下的文學史研究，當然毫無研究個性可言，而只能按強權的需要任意選擇研究對象。我這裏所謂的「選擇」，僅僅是指一種隨意割裂歷史的研究行爲。因爲眞正的選擇，是研究者按個人的志趣和對問題的思考興趣做出的，這種選擇代表了他個人的風格。但以「進步」爲依據的研究，強迫研究者只能按一種方式研究，對於茅盾研究來說，就是要揭示茅盾現實主義文學道路的必然性。這種思想模式導致 1980 年代以前的茅盾研究，要麼侷限在現實主義這一有限的思維空間裏探討問題，要麼就乾脆放棄文學史研究。由於文學史研究者，包括茅盾本人在內，都已預先確立了一種以 1930 年代茅盾文藝思想爲準衡的價值標準，而將茅盾早期文藝思想作了總體上的否定，所以，研究者在研究中只能放棄其他的研究選擇，而按照「進步」的思想模式，說明茅盾怎樣一步步走向現實主義文學道路。在這一過程中，與茅盾早期文藝思想有關的一些問題雖然也有被涉及，如茅盾早期倡導「寫實主義」、「自然主義」等問題。但這種研究，目的不在於揭示茅盾早期文藝思想，而在於說明茅盾早期文藝思想中早就有現實主義的思想萌芽，而他後來的現實主義創作的成功，歸功於他早期的現實主義思想成份的健康發展。這種文學史研究中的價值觀念的影響，從文學史研究內部截斷了研究者對茅盾早期文藝思想的關注和研究。

假若進一步考察 1980 年代以前茅盾研究的狀況，人們一定會注意到差不多所有茅盾研究的論題，最終都會集中到對茅盾現實主義文學道路的探討上。這種茅盾研究中的現實主義「熱」與茅盾早期文藝思想研究失落景象的

〔註 36〕五十年代以來，茅盾研究基本集中在茅盾現實主義文學道路問題上。最初的四本研究專著，即邵伯周：《茅盾的文學道路》，葉子銘：《論茅盾四十年的文學道路》，孫中田：《論茅盾的生活與創作》和莊鍾慶：《茅盾的創作歷程》，不管作者是否有意，選題都集中在現實主義上。在研究中，他們所突出的一個思想觀點，便是茅盾現實主義文藝思想和創作的成長，但他們都沒有意識到四十年代之後，茅盾文學創作和文學批評的衰落現象。這說明研究者是以一種預先設定的價值結論，要求茅盾研究向這一結論靠攏，照這種評價結論看，越往後茅盾的思想越成熟，越有價值，而越往前，則越幼稚越沒有價值。這種研究結論對文學史研究的思維有更大的限制作用，整個文學史進程被理解成一種線性發展的簡單模式。

對照，顯露出一絲不爲人察覺的價值傾向。我並不否認茅盾現實主義文學道路問題，確實可以作爲問題成立，但所有研究都集中在一個問題上，這實際上不是研究的需要，而是某種文學史觀念的需要。我以爲，所有這些研究者頭腦中事先都有了一個明確的結論，那就是將茅盾 1930 年代的創作，視爲現實主義文學創作的成功典範。他們希望通過對這一經典事例的分析、總結，得出對文學發展具有普遍意義的價值判斷〔註 37〕。因此，他們儘管也提出問題，但這種問題本身是否具有普遍意義，研究者根本不予考慮。他們以這種未經嚴格審查的提問條件爲問題的基礎，用文學史材料印證研究者早已規定好的研究結論。文學史材料在他們眼裏，僅僅是一種印證他們觀點的工具，而不是制約和規定文學史研究的研究對象。表現在 1980 年代以前對茅盾現實主義創作的研究中，作爲研究的開端，研究者也提到茅盾早期的文藝思想活動，但這種活動與眞正的文學史研究之間並沒有多大關係，因爲這些材料不能反映茅盾早期思想的基本狀況，與構成文學史研究對象的「早期茅盾」之間不發生研究關係〔註 38〕。因此，研究者以上述方式談論早期茅盾越多，茅盾早期文學思想研究失落得就越厲害。這種邏輯悖論在文學史研究中表現爲一位作家被研究者談論得越多，人們對他的瞭解反而越少。因爲不得要領的研究往往起到屏障作用，使原來清晰的現象，反而變得模糊難辨。的確，上述邏輯的現實過程就是茅盾研究史上茅盾曾一度成爲現實主義的文學象徵。在那個現實主義獨尊的文學時代，茅盾被熱烈談論，但事實上，像茅盾早期

〔註 37〕在對茅盾文學創作的研究中，《子夜》是研究者普遍關注的對象，因爲這部作品的創作動機被認爲是爲了配合 1930 年代中國社會性質的討論。《子夜》的成功，當然就意味著文學創作能夠配合政治宣傳需要，而且《子夜》的地位越牢固，後一種說明就變得越發具有權威性。但研究者很少注意到 1936 年 12 月 20 日茅盾致函黃旭，在信中談到對《子夜》的評價。茅盾說：「《子夜》寫成後，自己越看越糟，當時曾計劃用別的題材另寫一長篇。後來也搜集了若干材料，但終於未動筆，一則是自忖尚未成熟，二則是忙於寫短文，忙於雜事。」參見孫中田、周明編：《茅盾書信集》，頁 103。事實上，研究者都是在一種前提下從事自己的研究，即毫不懷疑《子夜》是經典之作。但研究者的這種評價與茅盾最初的個人評價之間有差距；而且，研究者毫不顧及茅盾自己對《子夜》的低調評價。

〔註 38〕研究者在早期茅盾身上強調的是「寫實主義」，茅盾對俄國文學的譯介。但很少有人對照早期茅盾身上的另一方面問題進行思考，如茅盾也強調表象主義、新浪漫主義。至於茅盾對俄國文學了解多少，他在這方面的知識積累情況，更是無人問津。研究者對這種史料細節缺乏興趣，從一個側面反映出研究者引用茅盾早期的思想材料，實際上爲了印證研究者自己的觀點需要。

文藝思想等極其具體的文學史研究問題，卻被無情地排斥在研究之外，使文學史研究在這一領域呈現出巨大的思想空白。

三

如果說，1980 年代之前茅盾研究有過上述研究現象的話，那麼，1980 年代掀起的對中國現代文學史研究歷史的反省，理應對這一現象作出深刻反省。但查閱迄今爲止的文學史研究文章，我發現沒有一篇文章明確提出這一問題。這說明 1980 年代的反省工作還沒有在文學史研究的具體層面觸及問題。1980 年代以來，茅盾研究有變化，最重要的變化之一，便是茅盾早期文藝思想研究的出現，但這種變化與同時期的魯迅研究相比，無論在思想深度和思考問題的廣度上，都不及魯迅研究所具有的水平。對此，許多文學史研究者，包括不少茅盾研究專家都表達了不滿於研究現狀的看法。其中批評呼聲最高的，是批評茅盾研究缺乏探索勇氣和膽識〔註 39〕。

我相信，1980 年代以來，茅盾研究中來自非學術的影響干擾，始終沒有中斷。如，人們一旦對《子夜》提出不同看法，常常會引起指責〔註 40〕。但從文學史研究角度考慮，我以爲還必須注意到另一種眞實，那就是許多茅盾研究者不是不敢於堅持自己的觀點，而是苦於找不到研究的突破口。因此，必須從茅盾研究本身來反省，爲什麼 1980 年代以來，茅盾研究出現了變化但卻形成不了總體突破的原因。

在我看來，上述現象與導致茅盾研究變化的力量不是來自茅盾研究內部而是來自其他領域的研究興趣有關。對於茅盾早期文藝思想研究來說，1980 年代以前確實沒有一篇系統的研究文章，1980 年代開始，有了研究文章，這在許多人看來，是茅盾研究內部出現的一種變化、調整。但從茅盾

〔註 39〕葉子銘：《茅盾研究的歷史和現狀》，載《茅盾研究》第一輯，1984 年 6 月，文化藝術出版社出版。吳福輝：《茅盾研究新起點的標識——評四本論茅盾文學歷程的專著》，載《文學評論》1984 年第 2 期。

〔註 40〕見 1989 年第三期《上海文論》發表藍棣之：《一份高級形式的社會文件——重評〈子夜〉》；徐循華：《對中國現當代長篇小說的一個形式考察——關於〈子夜〉模式》。方惠在 1991 年第四期《文學評論》發表《新文學評價的歷史主義問題》，其中批判了「重寫文學史」。沈衛威：《一位曾給茅盾的生活與創作以很大影響的女性》，在《許昌師專學報》1990 年第二期開始連載不久，便被迫停載。金韻琴整理的：《茅盾談話錄》1983 年在《新民晚報》連載後，受到干擾，書稿一直被出版社壓著，據說 1993 年 5 月將由上海書店出版。

早期文藝思想研究關注的問題及研究的實際水平看，我認爲早期茅盾研究是被其他研究領域的研究興趣支配著，具體地說，就是批評理論的研究興趣促使人們對早期茅盾的注意。1980 年代中國文學生活中最大的變革，就是文學批評的崛起，文學批評作爲一種獨立的藝術表達方式，對當代審美生活產生影響。在當代文學批評建設中，人們追溯中國現代文學批評的淵源，結果發現是茅盾最早在中國現代文學史上倡導文學批評。1921 年 1 月，在《小說月報》的改革宣言中，青年茅盾明確提出必須建立文學批評，以督促新文學的健康發展〔註 41〕。不僅如此，研究者還發現，青年茅盾是當時爲數不多的批評家之一。他在中國新文學史上的最初地位，是由他的文學批評奠定的〔註 42〕。因此，由建設當代文學批評的理論需要出發，許多研究者對茅盾早期文藝思想特別關注，他們認爲茅盾早期文藝思想最最重要的價值，在於茅盾提供了一種批評的現代思維，即從中外文學關係的對比中，尋找到一種富有個性和思想啓發的思想方法〔註 43〕。在這種側重於文學批評的研究中，方法論問題被明確突現出來。我對這種研究的準確性，一直抱有懷疑，在對茅盾早期發表的一系列文學論文的閱讀中，在對茅盾早期文學活動的具體考察中，我感到青年茅盾對許多問題的思考未必都很自覺。如 1921 年 10 月 12 日茅盾致周作人的信中就說：《小說月報》「明年體例，究竟如何，我沒了主意〔註 44〕。」我甚至感到生計問題的困擾，有時使青年茅盾不得不放棄對思想問題的關注。以茅盾晚年回憶錄爲例，他在八十高齡的情況下居然還記得他第一次到商務印書館找工作時，受到門房怠慢的情景，這不能不說現實生活留給他的記憶是多麼深刻〔註 45〕。茅

〔註 41〕見《小說月報》改革宣言，載 1921 年 1 月《小說月報》第十二卷第一號，發表時未署作者名。

〔註 42〕參見鄭振鐸編：《中國新文學大系・文學論爭・導言》和阿英編：《中國新文學大系・史料・索引》，1935 年，上海良友圖書印刷公司出版。他們兩位都將茅盾視爲「文學研究會」的理論代表。其他如王哲甫：《中國新文學運動史》1933 年 9 月，傑成印書局出版；張若英：《中國新文學運動史資料》，1934 年 4 月，光明書局出版；都將茅盾視爲文學研究會的理論代表，並突出茅盾在理論上的成就。

〔註 43〕參見丁亞平：《一個批評家的心路歷程》，頁 5，1990 年 11 月，上海文藝出版社出版。

〔註 44〕參見孫中田、周明編：《茅盾書信集》，頁 24。

〔註 45〕參見《我走過的道路》（上），頁 102～103。

盾在晚年致別人的信函中，也一再說到當時如何爲謀稿費而寫作的情況〔註46〕。我相信這對茅盾來說是一種實情。1916 年當剛離校門的茅盾獨自一人來到上海時，在生活都毫無著落的情況下，怎麼可能將全部注意力都投注在思想問題上呢？而且，當時新文學運動還處在醞釀之中，茅盾的思想也處在待啓蒙階段，要關注哪些思想問題對他來說是一個有待準備的過程〔註47〕，更何況青年茅盾從一個文學青年成長爲新文學家，必須有一個學習、摸索的階段。因此，我不相信「現代思維」能夠體現出茅盾早期文學思想的品格特徵，我倒相信青年茅盾此時的思想興趣不完全在思想問題本身，而在於與自己生計問題相關的一些事件上。他雖然此時也做一些文字工作，涉及到一些文學方面的問題，但這些問題只是他當時的職業需要，他未必對問題本身有興趣〔註 48〕。如《小說月報》最初幾期的安排，正如茅盾晚年所說，是湊合而成的。因爲大家各說各的，這種缺乏統一的思想目標的作法，從茅盾個人方面考慮，實際上反映出他對文學問題沒有一個較爲明確的看法，只能從編輯要求出發，每期收齊稿子，按時排稿。所以，他在改革《小說月報》時，究竟要貫徹一個怎樣的辦刊宗旨，茅盾自己也不清楚〔註 49〕。當然，這種對文學的思考與他作爲編輯而不得不做的文字工作之間。到底是一種什麼關係，可以作爲專門的問題進行討論。我在這裏只是從反省茅盾研究狀況方面指出「現代思維」的概括方式與茅盾早期思想的眞實狀態之間，有很大差距，而這種差距是研究者所忽略的。

〔註46〕如，1959 年 7 月 5 日致葉子銘的信中說：「《學生雜誌》所載各文我無底稿，且我久忘之。這些都是『爲稻粱謀』的濫製品，不値再提。」參見孫中田、周明編：《茅盾書信集》，頁 192。1974 年 2 月 4 日，致沈楚的信中，茅盾也說：「至今且六十年，並無專長，只是個大雜家，寫了幾本小說，當時只爲稻糧謀」。《紀念茅盾》，頁 254，1984 年 4 月，陝西人民出版社出版。

〔註47〕1956 年 11 月 3 日，茅盾致函陳端傑說：「我在青年時也和你一樣，在學校學的是理工科，而心中愛好的是文學。後來專搞文學，倒不是在青年時立了這個志，而是出於種種機緣，——也可以說環境所迫。」孫中田、周明編：《茅盾書信集》，頁 162。另外，茅盾在晚年回憶錄中說，當他 1916 年來到商務編譯所時，「世界的變化，中國的變化，我個人的變化，在一九一六年尾我的頭腦裏當眞沒有一絲一毫的預感。」參見茅盾：《我走過的道路》（上），頁 115。

〔註48〕茅盾自己曾說：「離開學校後，我在某書館充當編輯。我這職業，使我與文學發生了關係。」見茅盾：《幾句舊話》，載《創作的經驗》附錄，1933 年 6 月，上海天馬書店出版。

〔註49〕一個明顯的事例是《小說月報》改革宣言所提的六大改革門類和六條改革意見，並沒有在茅盾執編《小說月報》期間獲得具體執行。

研究者對這種歷史細節的忽略，表明研究者是從文學批評方面來闡發茅盾早期文藝思想的意義。這種闡發，從文學史研究來看，可以借鑒，但問題是 1980 年代批評理論內部對自身建設的思路，沒有給予認眞的反省，因而批評理論自身的不足也直接影響到文學史研究。

1980 年代那種側重「方法論」問題的文學史研究思路，至少在兩個方面表現出思考的不成熟。第一，研究者對方法論在文學史研究中的限度缺乏充分的考慮；第二，研究者對 1980 年代「方法論」問題討論的眞實意圖缺乏足夠的認識。

那些在文學史研究中熱衷於方法論問題的人，一般都認爲方法論影響並規定了文學史研究。這種觀點，假若從方法論在文學史研究中有一定的影響和作用來考慮，倒還有幾分合理性可言，因爲方法論確實對研究有影響。但問題在於文學史研究不只由方法論一個方面規定並支配的，因此，在倡導「方法論」研究的同時，必須考慮的是方法論的限度問題。我以爲，在文學史研究中，所謂方法論就是人們圍繞文學史問題而形成的系統思考，方法論是促使人們思考問題的工具，但方法論不能取代問題本身。問題的提出和發現，是文學史研究中最最重要的，有了問題的發現與提出，才可以促成對問題進行不同角度的思考。方法論在研究中的意義，只在於促成人們對問題思考的系統化，但方法論本身只是手段，不是目的。文學史研究也表明，從來就沒有一種單一的思想方法，可以貫穿整個文學史研究，相反，研究中提出的問題倒可以促成研究思路的系統化。從上述意義來考慮文學史研究的方法論問題，我以爲只有與具體的文學史問題相關的思想方法，才眞正具有方法論價值。

對照 1980 年代文學史研究所倡導的方法論，我注意到這種方法論最大的特點，不是通過對文學史材料的閱讀、理解來提出問題，而是根據方法論的要求來構造問題，整個文學史研究成了印證某種研究方法合理性的操作手段。因此，在我的印象中，1980 年代的文學史研究，研究與方法論關係是顚倒的，即研究者眞正關心的，不是從研究中發現和提出新的問題，然後運用恰當的方法形成系統思考；相反，研究者關注的是各種思想方法，他們認爲文學史問題的提出和解決，在於研究者運用了什麼方法，方法決定研究。這種重方法輕研究的現象，從文學史研究角度看，實際上體現了 1980 年代文學史研究者對文學史研究思維應如何建設問題，缺乏深入的思考。一個最最基本的事實是，在文學史研究中研究者爲什麼不倡導研究對象對研究主體和研究方法的制約作用呢？特別是對於早期茅盾研究來說，不管研究者採用何種新方法，只要研究者沒有注意到青年茅盾這一研究對象的思想特點，只要研究者不是從揭示對象的眞實思想著眼，任何方法都是毫無意義的。不關注對象，只抽象地玄談方法，這倒是早期茅盾研究在 1980 年代缺乏自己的研究個性的重要原因之一〔註 50〕。

從人們過份推崇方法論對文學史研究的價值作用中，我感到，研究者對 1980 年代涉及到整個中國當代學術界的那場「方法」問題討論的眞實意圖和要解決的問題，缺乏一種準確的理解。照許多研究者看來，方法論問題的討論，意在建立一種新的學術研究思維，因此，許多人喜歡將方法論討論與學術研究的建設性思路的確立相提並舉〔註 51〕。但我認爲，方法論討論面臨的根本問題不是要建立什麼新思維，而是要突破以往意識形態對學術研究的控制，以中國文學研究爲例。1980 年代中國文學（包括文學史）研究面臨的困難還在於以往意識形態對研究個性的箝制。圍繞方法論問題所展開的論爭，相當程度上也是一種意識形態方面的論爭。我注意到在這場討論中，反對方法論問題探討的一方，總喜歡用「堅持」還是「反對」這樣的邏輯，從政治上闡述其影響；贊同方法論變革的一方，儘管對新方法本身各有各的主張，但在反對「反對派」時，贊同者都保留了自己的意見，積極支持新方法。這種同仇敵愾的立場，恰恰說明這種討論本身有著許多超越學術之外的思想考慮。我當然贊同這場討論，但我又意識到，這種論爭畢竟不能完全等同於學術之間的論爭。學術論爭，應該是論爭雙方充分陳述自己的觀點。它不是要研究者保留自己的觀點去取得某種態度上的一致，而是要研究者在論爭中充分顯示自己的思想個性，提出自己對問題的見識。中國現代文學史研究在這場方法論討論中，除了意識到方法論在文學史研究中有巨大的影響作用外，對方法的崇拜心理也相繼產生。我們看到，這一時期現代文學史研究論文的最大特徵，是談論方法論，差不多每篇論文，不管其論題與方法論問題有沒有關係，總要在文章開端談論一通方法論。1991 年 10 月，茅盾研究國際研討會在總結 1980 年代茅盾研究的最新成果時，

〔註 50〕如果文學史研究者都是根據自己對青年茅盾作品和史料的閱讀、體驗來獨立提問、思考，那麼，我認爲第一、研究論題不會侷限在 1950 年代遺留下來的一些論題上；第二、研究思想也不會限制在對現實主義創作和理論原則問題的探索上，而極有可能具體到茅盾個人生活中碰到的一些問題；第三、即便是有相同的研究，那也是共同發現意義上的「類同」，而不是統一意義上的一致。

〔註 51〕見劉再復：《文學研究思維空間的拓展》，載《讀書》1985 年第二期。

許多學者都肯定新方法運用對研究水平的推進，這反映了文學史研究者對方法論問題認識上的同一種心態，即把反對以往意識形態對文學史研究干預的「方法論」討論，誤以為是在強調方法論本身，結果形成了一種方法論崇拜心理〔註52〕。事實上，在這場方法論討論中，文學史研究在具體的作家作品研究和具體的文學史問題研究上，還沒有提出有價值的問題，具體地說，許多歷史人物評價和文學作品分析，仍是在一種舊的價值框架中尋找不同的解釋。研究者所關注的文學史史料，也差不多還是原來教科書注重的那些，只不過人們改換了一下解釋方式罷了。茅盾研究中對現實主義問題的看法，原來是從現實主義理論來研究，現在則從文化理論，特別是從東西文化衝突、碰撞方面看待茅盾對外來影響的接受，但思考的範圍仍在現實主義問題之內。但假若從文學史研究的角度考慮，人們完全有理由根據自己的研究興趣，尋找不同的文學史材料，發掘不同的研究問題，而沒有必要僅僅集中在一個問題上大做文章。因此，那種「方法論」討論，在我看來，沒有從如何適合文學史研究特點方面進行開拓，給文學史研究提供富有建設性的研究思路。這樣，隨著文學史研究的發展，1980年代後期，基本上沒有研究者再去專心於那種「方法論」研究了，這倒不是「方法論」問題沒有意義，而是那種抽象的方法論討論與文學史研究關係不大。

四

我對 1980 年代中國現代文學史研究和茅盾早期文藝思想研究的上述分析，或許會引起人們的許多異議。許多研究者會問：在「方法論」討論的引導下，1980 年代中國現代文學史研究不也取得了可觀的進展了嗎？為了澄清這一問題，我希望從 1980 年代中國現代文學史研究的具體討論，包括茅盾研究中提出的問題，來進一步闡明我的觀點。即對方法論的盲目崇拜，是怎樣掩蓋了中國現代文學史研究中真正有價值的發現。

在我看來，1980 年代中國文學史研究中最有聲色的兩次學術討論，是「二十世紀中國文學」討論和「重寫文學史」討論〔註53〕。這兩次討論從文學史研

〔註52〕《茅盾研究國際學術討論會述要》，載《中國現代文學研究叢刊》1992 年第二期。

〔註53〕1985 年第五期《文學評論》推出黃子平、陳平原、錢理群合作的論文：《論「二十世紀中國文學」》。在文章中，他們對中國現代文學史研究提出一種總體設想，即把中國近代、現代和當代文學當作一個整體來研究。1988 年第四期《上海文論》開闢由陳思和、王曉明主持「重寫文學史」專欄，希望通過對一些重要的現當代作家作品及文學史現象的重新評價，來反省以往的文學史價值體系。

究角度看，實際上都涉及到文學史研究對象問題，因爲無論是「二十世紀中國文學」研究，還是「重寫文學史」活動，首先碰到的問題，就是文學史研究對象是什麼的問題。這個問題在這兩次討論中的出現，說明這兩次討論的實際範圍已遠遠超出「方法論」問題的思考範圍。當然，在許多研究者眼裏，這些討論仍然是方法論問題討論的延續。因爲 1980 年代流行於研究者中間的一種思想模式，便是認爲文學研究的發展須分三步走，即方法論→價值論→本體論。具體地說，文學研究的發展，首先應由方法論革命開始，然後用新的方法確立一套評價系統，用這種價值系統再來具體研究文學審美活動，建立一種自足的文學研究體系。整個文學史研究的基本思路，在相當多的人看來也應如此。我查閱了參加討論的絕大多數文章，注意到許多參加者在同一時期發表的一系列研究論文中，都強調方法論在文學史研究中的重要地位，他們在研究中也盡可能引進一些新的研究方法。然而，假如人們眞的從自己對文學史研究的具體感受出發來思考問題，我相信人們會感受到研究對象、研究主體和研究方法在具體的文學史研究中同時並存，相互聯繫。如果說，這種感受是一種最最基本，也是最最普遍的感受的話，那麼，表現在文學史理論的思考上，就不能僅僅專注於方法論變革，而將研究主體和研究對象置於方法論統轄之下。這種簡單的文學史道理，許多研究者不是不懂，但他們爲什麼還要那樣無條件地贊同方法論變革呢？我認爲，這涉及到 1980 年代研究者對方法論的理解及方法論的特別含義。在許多研究者看來，方法論代表了人們對客觀世界的基本看法，而這種基本看法，在 1980 年代以前，只允許一種存在，那就是庸俗社會學的存在。這種庸俗社會學方法本身的荒謬處不值一提，但它作爲一種意識形態，卻強加在文學史研究之上。1980 年代的文學史研究者借方法論改革之名，向那種以庸俗社會學爲特徵的意識形態發起挑戰，使整個文學史研究的學術空氣得以活躍。然而，在這種意識形態的反叛活動中，研究者的參照對象不是文學史研究對象，而是研究中存在的以往意識形態的舊有體系。研究者注意在研究中保持與以往意識形態的對抗，卻忘記了從文學史研究的具體過程來獨立提問，也就是說，忘卻了以研究者個人對文學史的理解、思考來進行提問。我注意到「二十世紀中國文學」討論和「重寫文學史」討論的參加者，都有一種強烈的社會使命感，他們不在乎具體研究如何，但對文學史研究所表達的歷史使命極其重視。在他們手中，一部新文學史簡直就是一部中國現代政治史。但問題是這種意識形態話題與具體的作家創作，與文學史關注的一個時期的文學所面臨的文學問題又有什麼直接關係呢？而且，對歷史使命的崇尚，未必就一定能保證這種歷史使命本身有值得崇尚的價值。

當然，我也見到這些研究者在文章中談到要注意研究方法與研究對象的適應關係問題。但他們強調方法對研究對象的適應，著重點不在研究對象，而在於研究方法，他們是從如何保證方法對研究的指導角度，提出方法對對象的適應問題。但這種思想也使得「二十世紀中國文學」討論與「重寫文學史」討論比以往的文學史研究大大進了一步，因爲它在理論思考中增加了一個對象問題，而這是 1980 年代的文學研究在其他研究領域所沒有提供的。所以，後於文學批評界提出「方法論」問題的中國現代文學史研究界，同樣也在反省「方法論」問題，但因文學史研究涉及的是一大批作家作品，換句話說，文學史研究中對象的直接性比批評研究的對象更明顯，批評的對象還可以是一種觀念和主張，但文學史的對象直接是一個作家的生平材料和具體作品，因而，文學史研究特有的屬性幫助文學史研究者克服從觀念出發的研究方式，而專注於對對象的思考。

茅盾作品的重新評價，就是「重寫文學史」活動中提出來的問題。研究者從對茅盾的《子夜》評價入手，對以往的文學史評價系統作了大膽的質疑〔註54〕。這種質疑，對茅盾研究來說，實際上開啓了一條富有啓發的反省之路，那就是從具體的作家作品的體驗、分析入手，提出自己的觀點。如果說，研究者不滿意於以往文學史研究對茅盾《子夜》的過高評價，那麼，研究者最有力的回答，就在於自己對茅盾《子夜》進行閱讀、體驗，捕捉自己的閱讀感受，對照以往的評價，提出以往評價在哪些方面評價不切實際，爲什麼會形成這種不切實際的評價。這樣的研究，應該說是眞正將文學史反省導向具體研究層面。因此，我相信照這條思路發展下去，會形成眞正對文學史研究有建設意義的理論思維。但可惜的是「方法論」問題被人們看得過於重要，而這個「方法論」又是改頭換面過的意識形態概念，所以，對茅盾《子夜》的重評剛剛開始，各種批評指責便蜂湧而至，致使這場討論竟只能維持在是肯定茅盾還是否定茅盾的水平上。

當然，文學史研究者也在努力嘗試突破以往的研究方式和研究格局，這種努力可以表述爲研究主體影響的發揮。假若從 1980 年代這兩次文學史討論

〔註54〕見藍棣之：《一份高級形式的社會文件——重評〈子夜〉》，載 1989 年第三期《上海文論》。

在文學史原始材料的挖掘方面看，我以爲 1980 年代討論的優勢未必能夠充分顯示出來，但從研究者對既有材料的解釋方式看，顯然有許多新的感受包含在這種解釋方式中。他們最願意說，不只是文學史研究選擇了我們，而且也是我們選擇了文學史研究。這話的意思在於強調研究者個人必須保持自己的研究風格，也必須在研究中表明自己對問題的看法〔註 55〕。在 1980 年代對茅盾研究的反省中，我認爲王富仁的《兩種形態的現實主義小說——魯迅小說和茅盾小說比較研究之一》是最爲出色的論文之一〔註 56〕。這篇論文的出色之處，在於研究者通過對茅盾小說的閱讀、分析，將研究者自己的歷史感受和他對歷史的追問精神發揮到了淋漓盡致的地步。所謂歷史感受，就是研究者通過自己的生活體驗，盡可能多地再現歷史眞實。所謂對歷史的追問，是指研究者在研究過程中自始至終保持對問題的思考，並以懷疑的姿態重新審視、證實一切現有研究結論。我認爲，茅盾研究在這之前，還不曾有過這樣大膽而勇敢的學術探索。王富仁認爲，以往研究者將魯迅與茅盾都歸爲現實主義作家，並從現實主義文學思潮角度，強調他們倆人在思想和藝術風格上的關係。但這種強調久而久之讓後來的研究者形成一種錯覺，以爲魯迅和茅盾的文學創作是同一種類型的。王富仁從他個人對小說的閱讀體驗出發，提出茅盾小說的獨特風格，即茅盾小說是以當代敏感的社會政治問題爲表現對象，採用粗略勾勒的筆法將整個時代的社會景觀迅速呈現在讀者面前，以引起人們對社會問題的關注。在他看來，茅盾追求的是作品的時代效應，而不一定是審美方面的。所以，茅盾的作品一旦離開這種時代政治的內容，眞正吸引人們的地方很少。王富仁在文章中提出的具體觀點，可以作爲研究進一步討論，但這篇文章的價值不在於具體結論本身，而在於研究者向我們顯示了一種擺脫既定的研究話題，按研究者自己對作品的理解、體會來進行獨立的文學史研究的可能。的確，王富仁在他的文章中，注重的是他自己對茅盾作品的閱讀、體驗，並在這種基礎上指出以往茅盾研究中存在的崇拜心理對研究者研究的干擾。從王富仁對以往茅盾研究結論的大膽質疑中，我強烈感受到研究者個人研究風格對文學史研究發展的影響，而這種影響恰恰是以往

〔註 55〕參見黃子平給趙園：《艱難的選擇》作的「小引」，1986 年 9 月，上海文藝出版社出版。

〔註 56〕載《學術之聲》（1），北京師範大學中文系編，北師大出版社 1988 年 8 月出版。

茅盾研究中缺乏的。當然，王富仁的努力只是一種開端，這意味著他身上還保持著與過去研究的思想聯繫，具體表現在他的論文的思想探索，總喜歡放在與以往意識形態的對抗關係中來進行。王富仁對茅盾的研究，並不表明他對作爲作家、文學家的茅盾有興趣，而是表明他對以往那種推舉茅盾爲魯迅傳統繼承人的作法，懷有濃厚的思考興趣。後一個問題，從文學史研究方面來看，顯然是一個文學藝術中意識形態的問題。王富仁將研究的全部目標集中在這一問題上，表明研究者對意識形態問題的興趣，而這對文學史研究來說，是不夠充分的。因爲文學史研究最大的價值，不在於揭示某種意識形態對作家創作和文學發展的影響，而在於從作家創作的具體心態和一個時期文學自身發展所需要提供哪些幫助方面，來具體闡述文學發展所面臨的問題。對茅盾研究來說，意識形態問題是一個問題，但立足點應該是文學；是從文學家的茅盾身上來思考意識形態的影響問題，而不是從意識形態來考察茅盾的思想演變。王富仁對意識形態問題的偏重，從他個人的研究選擇來說，當然有許多理由，但對文學史研究來說，這種研究選擇只意味著過去的意識形態的影響以新的方式在我們今天文學史研究中的存在。即過去意識形態干擾文學史研究，是讓文學史研究順從意識形態的強權。而今天，則是通過研究者不斷保持自己與意識形態的對話而使研究話題繼續保持在意識形態領域。所以，王富仁對茅盾的分析、論述，在意識形態方面留給人們的印象，遠甚於他在文學史研究上的努力。而這使我聯想到我在論文開始提出的問題，爲什麼 1980 年代茅盾早期文藝思想還不能達到眞正的文學史研究的水平。從 1980 年代兩場文學史討論和王富仁對茅盾創作的研究選擇中，我相信，人們對意識形態還是有一種難以割捨的依戀情結，不論是方法論討論，還是對以往文學研究的反省，研究者都樂意從意識形態問題並在意識形態上展開論爭，從而每次探討的最終結局只能在狹隘的肯定－否定格局中進行，根本不能實現文學史研究思維的全面突破。在這種情況下，我們說茅盾早期文學思想研究在 1980 年代缺乏眞正的文學史研究水平，實際上是指出了 1980 年代中國現代文學史研究的某種思維和格局的歷史侷限。

五

在思考 1980 年代以前早期茅盾研究的失落及 1980 年代以來早期茅盾研究缺乏眞正的文學史研究的水平的問題中，我感到最有意義的工作，在於自己從中意識到文學史研究的某種思路，這條思路就是從文學史研究的具體問題尋求文學史研究思維的某種突破。

所謂從文學史具體問題研究著手，尋找文學史研究思維的突破，是指研究者通過自己搜集材料閱讀材料；根據自己對材料的閱讀、理解，特別是自己對問題的體驗，發現和提出對一個作家和一個時期的文學發展具有實際意義的問題；通過對這些問題的思考，研究者逐步獲得對文學史問題的回答，並致力於文學史理論思維的提取。

這條研究思路，在許多研究者看來，僅僅是一個研究態度問題，而不能作為研究思路，但我以為，目前我們的文學史研究最最需要的，倒不在於給某種研究尋找一個圓滿的解釋，而是必須給文學史研究尋找一個較為紮實的發展基礎。因此，將具體的文學史問題的發現與思考當作文學史研究目標來提出，而不是首先考慮文學史體系問題，是為了重新建設文學史研究的基礎。這種從閱讀、體會材料，到發現提問，最後形成文學史研究思維的過程，不同於一般的從經驗到理論的思維提升模式；相反，上述一整套類似於理論思維形成過程的研究方式，是要求放棄任何既定的文學史研究結論，而尋求研究者個人在文學史研究中對研究對象的發現和提問。因為我深深感到，目前各種構造體系和框架的文學史研究，最終都會因體系、框架而忽略了對具體研究對象的注意。克服這種「體系綜合症」的辦法，就是放棄對體系的奢望，讓研究者直接面對自己的研究對象，從自己的理解、自己的興趣中，找到問題，形成研究。

早期茅盾研究被我重新注意、重新提出，正是基於我前面對中國現代文學史研究在早期茅盾研究中所表現出來的特別明顯的問題而作出的。反省文學史研究不能只是理論層面的工作，還必須從具體研究中來思考，而具體研究的反省，並不一定順著原來研究提出的問題然後一一進行糾正。在我看來，研究者完全沒有必要非得與以往研究保持對話關係不可。研究者完全可以通過直接閱讀材料，根據自己對問題的理解和興趣，選取研究對象。基於這種認識，我感到早期茅盾有特別研究的價值。首先，「早期茅盾」是整個茅盾文藝思想形成過程中，最活躍、最有生氣的時期。早期茅盾不像後來成為現實主義文學象徵的茅盾那樣，肩負沉重的思想包袱。早期茅盾雖說不上青春、樂觀，但在精神上對自由和創造的嚮往卻是非常明顯的〔註 57〕。他厭惡各種

〔註 57〕其中多半與他當時的生活環境壓抑有關，在茅盾晚年回憶錄中，茅盾回憶剛剛見到商務印書館那種變相「官場」的黑暗現實時，自己「不勝感慨」。參見《我走過的道路》（上），頁 107。

陳規陋習，反抗舊的思想傳統，這種反抗儘管有個人生計方面考慮，但在精神上畢竟保持了一種創造突破的勢頭。而且，那條「現實主義」文學道路對茅盾來說如果眞有的話，那麼，我相信，它絕不是一種權威色彩極濃，並有著規範和制約作用的思想，而完全可能是一種與舊傳統相抗爭的精神形式。因爲像早期茅盾這樣處於社會底層的文學青年，從個人考慮，只有不斷反抗舊傳統，創造出自己的思想產品，才能獲得社會的注意。從這一意義上講，早期茅盾所面臨的三個最基本的論題是，茅盾對文藝問題的基本態度，或者說是早期茅盾文藝觀問題，茅盾對外國文學的學習、接受問題，茅盾對中國傳統文學的批判問題。

早期茅盾發表過一系列與文藝問題相關的文章，提出了自己對文學問題的看法，但如何看待茅盾早期的這些文學主張，在什麼樣的思想範圍裏來研究這些思想，我認爲最最重要的是分析、把握茅盾是從什麼角度來論述這些問題的。他當時的心目中文學問題究竟占據了一個什麼位置，也就是說，從總體上把握早期茅盾對文學問題的思想態度。

從茅盾早期文藝思想的具體構成看，對外國文學的學習接受和對中國傳統文學的批判、否定，是兩個最最基本的方面。這不僅在於茅盾文章內容，大都集中在這兩個問題上，而且正是通過這兩方面的思想活動，茅盾由一位普通的文學青年，成長爲新文學家。這兩方面的論題，在以往中國現代文學史研究中，也是老生常談的問題，但眞正從青年茅盾的思想狀況出發，來具體談論他的學習、接受外國文學和批判、否定中國傳統文學的研究卻很少。幾乎沒有研究者意識到，青年茅盾在學習外國文學和批判傳統過程中，他自身思想上碰到過什麼問題，如知識素養問題，學習對象和批判對象選擇問題，等等。這些具體問題是準確理解和把握茅盾早期文藝思想不能不考慮的。

研究早期茅盾，在我看來，還必須關注他的文學活動，這種關注，不只是強調他在文學活動中表達了怎樣的文學主張，而在於他參加文學活動的動機、目的，以及文學活動對他思想性格的影響。我注意到青年茅盾不是屬於那種書齋型的文學青年，他對純粹的理論問題缺乏持久的耐心。他對文學問題的論述，大都是通過參加文學社團和文學論爭而實現的。因此，文學活動對茅盾來說，不只是一般的社會活動，而是他思考文學問題的基本思想方式，假若離開了對這一問題的思考，我相信，早期茅盾研究將無法從理論上得到圓滿解決。

綜述上面四方面的問題，我認爲它們與以往研究有沒有聯繫是次要的，我所關心的是青年茅盾在他個人成長中，他在考慮些什麼問題，他在對待外國文學、中國傳統文學問題上是否有著個人的考慮，特別是他躋身社團，參加文學論爭是否有超乎文藝思考之外的種種打算？這從一個文學青年的成長角度來看，都是極其正常也極需要考慮的問題，但對於迄今爲止的中國現代文學史研究，特別是茅盾研究來說，幾乎很少有那種貼近對象，從研究對象的生活處境、心理狀態和精神需求等最具體也最切實的方面來展示文學史思考的研究。因此，如果反省文學史意味著一種探索和建設新的文學史研究思路的話，那麼我願意從自己對早期茅盾的研究開始，在最最具體的研究層面上進行文學史反思。

第一章　茅盾早期文藝觀

與以往文學史研究不同，我不希望直接談論茅盾早期文藝觀是什麼或這種文藝觀有什麼價值。我願意先考慮一種日常生活經驗。假若站在我們面前的，是一位與青年茅盾有著相似經驗和相同文學觀點，但卻沒有取得茅盾後來那樣文學成就的年輕人，我們如果要去談論他，我相信，人們很少會選擇他的文藝觀是什麼，或者他的文藝觀有什麼價值這樣嚴肅的話題。因爲絕大多數人會覺得研究對象本身的素養和思想狀況，都還承受不了這麼沉重的話題。用一本正經的態度嚴肅對待一個極普通的日常生活話題，不一定會把問題解答得更徹底，相反，倒有可能使本該輕鬆解決的問題弄得過於繁瑣，笨手笨腳。在茅盾早期文藝觀研究中，後一種情況總是像夢一樣纏繞著研究，我們甚至一而再再而三地被那種「嚴肅」的話題拖得精疲力竭。我看到，差不多所有涉及這一問題的思考，都集中在「茅盾早期文藝觀是什麼」的問題上，而很少有人從更廣闊的思維領域來提問和思考。因此，這種相對集中的研究思路，至少在研究的思維形式上表明，研究者對許多與茅盾早期生活相關的歷史細節，缺乏興趣，研究者甚至不願去想一想，構成茅盾早期文藝觀存在的前提條件問題〔註 1〕。

茅盾早期文藝觀能夠成立嗎？我們眞能像目前那種研究那樣，將茅盾早期的文學觀點都視作茅盾對文藝問題的自覺思考，轉而來尋求那種統一的文藝觀嗎？我敢說，上述疑問，是迄今爲止所有茅盾研究論文很少提到過的。

〔註 1〕在目前的文學史研究中，在何種意義上談論早期茅盾文藝觀問題，沒有爲研究者普遍重視。這表明研究者對自己的研究對象的特徵，缺乏準確的理解和把握。

在研究者看來，這簡直是不成問題的問題。像茅盾這樣的現實主義文學代表，他早期對文學問題會沒有系統思考嗎？他不是參加過各種文學社團活動和文學論爭，發表過許多文學批評文章麼，而這一切不都在默默無聲地提醒人們，茅盾早期文藝觀是存在的嗎？研究者實在想像不出這中間還會有什麼疑問。

但在我看來，恰恰是在人們公認爲沒有問題的地方，問題出現了，這就是茅盾早期參加了那麼多文學活動，發表了那麼多的文學論文，但這一切眞能說明茅盾對文藝問題形成了自己獨特而系統的文學思考了嗎？更明確地說，憑藉這些事例，我們就能確認早期茅盾文藝觀成立了嗎？

什麼是文藝觀？文藝觀就是人們對文藝問題經過長期思考而形成的文學基本態度和觀點。文藝觀概念本身並不難理解，但用它來判斷日常生活經驗，卻是一個複雜的問題。一般來說文藝觀是一個有著嚴格限定的學術用語。我們不會對日常生活中任何一位普通的讀者提問：你的文藝觀是什麼。只有對那些有豐富的文學學識涵養，對文學問題進行過深入系統的思考，並且以自己的思想影響過文學發展的人，我們才考慮用「文藝觀」一詞來概括他對文藝問題的看法。對照早期茅盾的思想狀況和他對文藝問題的思考，我們眞能說茅盾早期對文藝問題的回答，已達到上述要求了嗎？這些反反覆覆出現於研究中的疑問，雖然都是針對「文藝觀」而發，但從研究角度看，最最基本的還在於了解和掌握青年茅盾的整個思想狀況，特別是他在這一時期究竟對什麼問題考慮得最多。正是這些具體卻又十分重要的問題，將我的研究思路帶到了對茅盾個人歷史的追憶之中。

一

1916年8月，21歲的茅盾離開故鄉浙江烏鎮，經人介紹到上海商務印書館謀職〔註2〕。他來商務印書館報到的第一天，就發生了一件讓他終生難以忘

〔註2〕據茅盾回憶，1916年7月他從北京大學預科畢業，母親託在北京財政部債務司任司長的盧鑒泉表叔給茅盾找工作。8月初即收到盧表叔的信，內附商務印書館北京分館經理孫伯恒向上海商務經理張元濟的推薦信。參見茅盾：《我走過的道路》（上），頁102，1981年10月人民文學出版社出版（下面注釋中引文出自此書者，出版年月和單位從略）。另見《張元濟年譜》，載1916年7月27日，孫壯（孫伯恒）來信，告以盧鑒泉（即盧鑒溥）薦沈德鴻（即茅盾）來館，張元濟覆以「試辦，月薪24元，無寄宿。試辦後彼此允諾再設法。」參見張樹年主編：《張元濟年譜》，頁127，1991年12月商務印書館出版。

懷的事。門房因看不起這位來自外地的青年人而輕蔑地將茅盾擋駕在總經理辦公室門口。此事對茅盾刺激極大，直至他晚年寫回憶錄時，字裏行間還夾雜著餘憤與不平〔註3〕。但就是因爲這一點，使我感到，生存問題是青年茅盾踏上社會時，最先碰到的問題〔註4〕。所謂生存問題，就是與個人的事業、發展前途和生存環境相關的問題。對青年茅盾來說，生存問題並不是一個抽象的思想觀念問題，而是每天都能從別人的冷漠眼光中直接感受到的一種刺激。這種刺激，對於生活在社會底層的人來說，是最常見不過的事了。像魯迅、胡適、郁達夫等人，早年都碰到過這類事〔註5〕。但對於茅盾來說，他表現得比別人更特別，這種特別就在於他首先聯想到的，是自己童年以來的生活不幸〔註6〕。

茅盾的童年是不幸的，生活讓一個本該沉浸於夢幻世界的孩童，過早地失去了夢幻，而意識到家庭生活的嚴酷。茅盾八歲那年，父親患上了結核病，

〔註3〕茅盾：《我走過的道路》（上），頁102～103。

〔註4〕在閱讀茅盾晚年回憶錄時，我注意到他對早年這一時期個人的生活，特別是交往人員、工作環境記錄尤爲詳盡，而純粹的思想問題談及很少。這種記錄，反映了茅盾早期生活中，生存問題占據主要位置。茅盾放棄繼續在北大就學的機會，而進入商務印書館工作，就因爲家境貧困，生活難以維持。

〔註5〕魯迅在《〈吶喊〉自序》中說：「我有四年多，曾經常常，——幾乎是每天，出入於當鋪和藥店裏，……總之是藥店的櫃台正和我一樣高，當鋪的是比我高一倍，我從一倍高的櫃台外送上衣服或首飾去，在侮蔑裏接了錢。」載《魯迅全集》第一卷，頁415，1989年人民文學出版社出版。胡適在《四十自述》中記錄他父親死後，異母所生的兩個兄長對母親的冷漠。「我十一歲的時候，二哥和三哥都在家，有一天我母親問他們道：『穈』（胡適小名——引者注）今年十一歲了你老子叫他念書。你們看他念書念得出嗎？」二哥不曾開口，三哥冷笑道：『哼，念書！』二哥始終沒有說什麼。我母親忍氣坐了一會，回到了房裏才敢掉淚。」胡適：《四十自述》，頁34～35，1939年1月，亞東圖書館出版。郁達夫在《書塾與學堂——自傳之三》中記敘了他小時進學堂買皮鞋的事。爲了買皮鞋，郁達夫母親陪他去鞋店，但家窮，只能賒帳，「而各個賬房先生，又都一樣地板起了臉，放大了喉嚨，說是賒欠不來。到了最後那一家隆興裏，慘遭拒絕賒欠的一瞬間，母親非但漲紅了臉，我看見她的眼睛，也有點紅起來了。……到了家裏，她先揿著鼻涕，上樓去了半天；後來終於帶了一大包衣服，走下樓來了。我曉得她是將從後門走出，上當鋪去以衣服抵押現錢的；這時候，我心酸極了」。載1935年1月5日《人世間》半月刊第十九期。

〔註6〕茅盾在晚年回憶錄中談到自己第一次感到商務印書館也是個變相的官府時，不勝感慨。他聯想到母親要盧表叔不要在官場找工作，目的是避開這種黑暗，但偏偏命運多舛，人間的黑暗到處都有。商務印書館的這種感嘆的依據，在我看來是他自幼以來對各種不幸的體驗。

從此臥床不起，整個家庭負擔全都落到了茅盾母親身上〔註 7〕。在中國傳統社會中，一個家庭若男子無力支撐，而要靠一位婦人來主操家政，首先碰到的便是社會輿論造成的強大心理壓力〔註 8〕。茅盾的祖父在烏鎮開紙舖，給茅盾一家留有一份家產，這使得茅盾家還有經濟上的依靠，但父親的病和心理上的壓力，明顯地使這個家庭籠罩著一種頹敗的氣氛。茅盾在晚年回憶錄中清楚地記得母親不斷向他講述娘家從前如何興旺的情形，這種談論，實際上正是茅盾母親感受到現在家庭生活的不景氣而產生的對以往娘家生活的懷戀〔註 9〕。茅盾 9 歲時，又發生了父親自殺未遂事件〔註 10〕。我無法想像，9 歲的茅盾聽到母親告訴他此事時，茅盾的整個心理反應會怎樣，但我相信，對死亡的恐懼，尤其對發生在自己生身父親身上的死亡的恐懼，震懾了茅盾幼小的心靈，使他終生難以抹去對這種恐懼的心靈體驗。茅盾在晚年曾回憶說，兒童時代有一段時間，自己覺得天下人都是他的仇敵。他模仿偵探小說中的人物，製作飛標和毒藥，以便自衛〔註 11〕。這種仇視社會和以「飛標」、「毒藥」爲武器的自衛行動，實際上正反映出茅盾孩童時期惶惑不安的驚恐心理。

茅盾的中學生活也極不平靜，他自己回憶說是「灰色的平凡的」〔註 12〕。這種灰色而平凡的生活，我想首先是指中學生活沒有給少年茅盾以心理慰藉，相反在他懵懂未開的心裏又加上了一道心理屏障。青春期的到來，使年輕的茅盾意識到男女性別上的差異，因而使他失去了與女孩子們的正常交往〔註 13〕。而當時學校裏那種高年級男生爭著與低年級臉蛋漂亮的男生交朋友

〔註 7〕見茅盾：《我走過的道路》（上），頁 44。

〔註 8〕茅盾晚年回憶，母親在記父親遺囑時說：「這麼大的事，別人會不相信是你說的，應該請公公。」另，茅盾父親亡故後，有一次一小孩反誣茅盾欺侮他，加之茅盾二姑母譏諷茅盾母親，他母親感嘆到：有你父親在就好了。可以想見壓力確實有。參見茅盾：《我走過的道路》（上），頁 51，頁 65～66。

〔註 9〕茅盾晚年回憶，母親告訴過他祖父的家境，但外祖父家比祖父家更好，從茅盾回憶錄對外祖父詳盡敘述看，不能不說與茅盾母親的敘說有關。另外，茅盾弟兄長大後，茅盾母親常感嘆哺育他們之艱辛，由此，我相信茅盾母親是一個對現實生活處境非常敏感的人。參見茅盾：《我走過的道路》（上），頁 18，頁 121～122。

〔註10〕茅盾父親怕自己的病牽累一家，萌生自殺念頭。他讓茅盾拿來水果刀，然後借故讓茅盾走下樓。茅盾母親從茅盾口中知道丈夫要了一把刀，急忙奔上樓去，才免於悲劇發生。參見茅盾：《我走過的道路》（上），頁 47～48。

〔註11〕茅盾：《談我的研究》，載《印象・感想・回憶》，1936 年文化生活出版社出版。

〔註12〕茅盾：《我的中學生時代及其後》，載《印象・感想・回憶》。

〔註13〕茅盾在任何文章中都沒有提到這一時期自己與年齡相近的女性有過交往。

的變態風氣，使得茅盾連同性的朋友也沒有了。他變得越加孤獨，也越加敏感。他常常感到同學背後都在以異樣的眼光打量他，他承受不了這種環境的壓力，不得不中途退學，轉到另一所學校〔註 14〕。但在新學校，茅盾得罪了學監，又被開除回家。最後只得再換一所中學學習〔註 15〕。這種接二連三的改換學習環境的現象，在許多研究者眼裏，包括茅盾本人，都認為是當時學習環境實在太糟了，但幾乎沒有人注意到這種不得不中途輟學的坎坷求學經歷，對茅盾心理成長和個性形成的長久影響。我認為，上述遭遇使剛懂事的少年茅盾有一種明顯的挫折感，他對外界很少抱有幻想，而只求自己努力適應這種外界生活。這特別表現在他的三年北大預科學習上。

1913 年 8 月，茅盾赴北京大學攻讀預科〔註 16〕。對他來說，這是一次極其難得的求學機會。因為照茅盾家鄉當時的風俗習慣，家境貧窮的人家，小孩中學一畢業，就該去做學徒或謀一份工作來養家。茅盾的家族成員也有這種議論，但茅盾母親力排眾議，繼續讓茅盾上學深造〔註 17〕。因此，茅盾在北大預科三年，照他自己的看法是學習很刻苦。他主要是通過自學，在三年裏精讀了四史（《史記》、《前漢書》、《後漢書》和《三國志》），並將二十四史中其他各史與文學、歷史相關的史傳瀏覽一遍〔註 18〕。考慮到北京大學在當時還未經過蔡元培的改革，整個北京尚有「兩院一堂」的說法〔註 19〕。茅盾

〔註 14〕茅盾在湖州中學念書時，因與一位姓張的高年級男生關係較好，引起一些調皮的同學的譏諷，這使得茅盾極為氣惱，學習也不能專心，第二年遂轉學嘉興中學。參見茅盾：《我走過的道路》（上），頁 81。

〔註 15〕茅盾在嘉興中學時，因對學監反感而將一隻死老鼠偷偷送給他，結果茅盾被學校除名。參見茅盾：《我走過的道路》（上），頁 85。

〔註 16〕據茅盾回憶，他七月下旬到上海報考北京預考第一類，這一類包括文、商、法三科，只考國文和英文。八月，《申報》廣告欄刊登被錄取者名單，不過將沈德鴻之「鴻」錯為「鳴」。八月中旬，茅盾離開烏鎮抵上海，住四叔祖吉甫家二、三天，即與謝硯谷乘輪船到天津，再換火車到北京。見茅盾：《我走過的道路》（上），頁 90～92。

〔註 17〕東方曦（即孔令境）說：在茅盾家鄉，當時流行的風氣是小孩中學畢業，就做學徒養家，而送孩子上大學，是一件破天荒的事。茅盾母親不顧家族成員的反對，堅持送茅盾弟兄到外地求學。參見東方曦：《懷茅盾》，載《作家筆會》，1945 年 11 月，上海春秋雜誌社出版。

〔註 18〕參見茅盾：《我走過的道路》（上），頁 97。

〔註 19〕「兩院」指北洋軍閥政府的參議院和眾議院；「一堂」指京師大學堂，即北京大學前身。當時去逛「八大胡同」嫖妓的，以兩院議員和京師大學教員與學生為最多，故有此語。

在這種情況下能刻苦用功，更見其不易。對於一位不到20歲的青年人來說，若沒有特別的約束力，是難以辦到的。而這種約束力，正是生活的壓力迫使少年茅盾做出這種選擇。因此，我知道，直至1916年8月青年茅盾來到商務印書館謀職爲止，生計始終縈繞在他頭腦中，這種生活的重壓使他不能不壓抑自己在自由想像方面的天性，而只能在對外界環境的敏感中，培養自己的觀察能力和冷靜的分析能力。

當然，青年茅盾遭受到這一系列的生活不幸之後，從個人性格的發展方面進行考慮，常常有兩種發展可能。一是自我沉淪，在別人輕蔑而冷漠的眼光注視下，自暴自棄。另一種選擇，便是自強不息，變環境的壓力爲鞭策自己不斷向前的動力。茅盾後來在文壇取得的聲譽和地位，充分說明茅盾選擇的是一條自強不息的人生道路。但茅盾不是神而是人，在走上這條強者的人生道路時，他有過各種怯弱的心理，如他常常有一種挫折感，生怕事情做不成功。剛到商務編譯所不久，便給母親寫信，覺得商務印書館也像「官場」，言下之意，擔心沒有自己的發展前途。引導茅盾走出這種封閉的精神世界，使他不斷獲得精神力量的源頭，我以爲是占據青年茅盾心頭的兩個精神形象，一個是母親陳愛珠，一個是表叔盧鑒溥〔註20〕。

茅盾母親陳愛珠，出身名中醫家庭，知書達禮，人也極其能幹。茅盾父親患病及病故後，整個家庭全壓在她身上，但她吃苦耐勞，極有主見，不僅將茅盾弟兄哺養成人，而且千方百計讓兩個孩子讀書求學，謀求更大的前途。她對茅盾的影響，不僅是性格上的，而且也在於人生道路的選擇上。1916年7月茅盾三年北大預科畢業後，面臨職業選擇，茅盾母親委託當時在北京財政部債務司任司長的盧鑒溥表叔給茅盾找工作，但她立下一條規矩，即政界和銀行不去，希望找一個讀書人多的地方工作〔註21〕。這種擇業標準，在中國傳統社會中，算不得特別，因爲對許多出身寒門的讀書人來說，政界、商界不僅富家子弟多，而且受外界影響也大，唯有學界，風險較小，讀書人可以憑個人的才智獲得自

〔註20〕茅盾曾說：「在二十五歲以前，我過的就是那樣的在母親『訓政』下的平穩日子。」參見茅盾《我的小傳》，載《文學月報》第一卷一號。在茅盾晚年回憶錄中，他轉述母親的話說，曾祖父晚年只賞識盧鑒泉表叔一人。參見茅盾：《我走過的道路》（上），頁18。

〔註21〕茅盾晚年回憶，母親給盧鑒泉表叔寫信，「請他不要爲我在官場（盧表叔在當時的政派中屬於梁士詒一系，與葉恭綽友善）或銀行找職業。」參見茅盾：《我走過的道路》（上），頁102。

己的生存地位。然而，像茅盾母親這樣以絕決的態度來選擇茅盾的個人職業，這樣的作法雖稱不上特別，但也見其果敢。青年茅盾正是在母親爲他設計的這一職業裏，與文學發生了聯繫，造就了他的文學事業。

茅盾的表叔盧鑒溥，是北洋政府財政部債務司司長，兼交通銀行董事長。在茅盾的晚年回憶中，他是茅盾家族中唯一具有男性氣質的形象。茅盾家族的男人，在茅盾看來，很多都不像男人。他們沒有健全的體魄，沒有辦事的才能，沒有成就感，也沒有家庭的責任。唯有盧表叔是個例外。第一，盧家是當地有聲望的家族，盧鑒溥本人也不負眾望，壬寅中式第九名〔註 22〕。其次，盧表叔一家爲人寬厚，茅盾父親亡故後，盧表叔家總是從各方面接濟茅盾一家〔註 23〕。第三，盧表叔本人在茅盾看來也是一位事業的成功者。他在北京做大官，見多識廣，有學問。所以，茅盾在京三年預科，受盧表叔生活上的照顧不說，在思想上也受到盧表叔的影響，茅盾相信盧表叔所說的「二十四史是中國的百科全書」的說法〔註 24〕，就認認眞眞通讀了一遍二十四史；而且，在袁世凱稱帝前夕，社會上人心惶惶之際，茅盾在盧表叔身上見到了那種遇事不驚的大家風度〔註 25〕。所以，茅盾的心目中眞正代表父輩形象的男子是盧鑒溥。

茅盾母親和盧表叔他們的堅強性格，給茅盾以巨大的影響。每當受到生活困擾，每當遇到意想不到的精神刺激時，茅盾總是從這兩位親人身上尋找慰藉和精神支持。茅盾在晚年回憶錄中，竟那麼清晰地記得他剛到商務編譯所不久，見到職員之間相互傾軋，拉幫結派，等級森嚴等黑暗現象時，深爲個人的前途擔憂，心情也十分苦悶。他給母親和盧表叔寫信，想不到母親和盧表叔的回信內容是那麼相似，他們都鼓勵茅盾不要顧及外界因素的影響，

〔註 22〕茅盾晚年回憶，「壬寅鄉試是試行庚子、辛丑恩正並科，也是清朝舉行的倒數最後第二次的鄉試（最後一次即癸卯科），盧鑒泉於壬寅中式第九名」。茅盾：《我走過的道路》（上），頁 30。

〔註 23〕茅盾晚年回憶自己幼時在植材高等小學讀書時，有一次盧鑒泉表叔主持會考，出題《試論富國強兵之道》，茅盾作文成績出眾。盧表叔此舉目的，在於阻止茅盾家庭成員要茅盾去做學徒的打算。參見茅盾：《我走過的道路》（上），頁 68～69。

〔註 24〕茅盾晚年回憶：「盧表叔說，二十四史是中國的百科全書，我當時是相信此說的。」參見茅盾：《我走過的道路》（上），頁 97。

〔註 25〕茅盾晚年回憶，1914 年袁世凱稱帝之前，北京政局不穩，人心浮動，盧表叔則要茅盾不要聽信謠言。參見茅盾：《我走過的道路》（上），頁 97。

趁年輕之際好好讀書，掌握本領〔註 26〕。事隔半個世紀之後，茅盾在寫回憶錄時還那麼清楚地記得，可以想見，青年茅盾當時的確是從兩位親人的信中獲得了人生的力量。

青年茅盾在親人的鼓勵和引導下，在初到商務印書館的幾年裏做事賣力，學習勁頭很高。一年之中，許多星期天他都獨自一人留在宿舍看書，「到上海快一年了，除了寶山路附近，從沒到別處去過。〔註 27〕」這種苦學，從茅盾個人角度來說，是一種思想接受活動，但卻不是以思想爲目的的自覺思想活動，因爲此時茅盾接受的，大都是一些中國古書，而且這種讀書的動機不外乎學好本領，謀求將來事業發達的求生動機。茅盾念念不忘的是「只要有學問，何愁不立事業」這句箴言，這種思想邏輯與他當時處身社會底層，急於擺脫這種生活困境的想法是完全合拍的。因此，沒有必要將茅盾的這種苦學活動在文學史研究層面上大肆渲染，可以說，任何一位文化名人都有過一段生活的磨練時期，只不過茅盾的磨練時期比有些人要短。他在晚年回憶錄中說：「青年時甫出學校，即進商務印書館編譯所，四年後主編並改革《小說月報》，可謂一帆風順〔註 28〕。」這種「一帆風順」得益於他在編譯所能夠充分地發揮個人的學識與才能。一本英文本《人如何得衣》，茅盾花了一個半月便全部譯完，令高級編輯孫毓修非常滿意。後來孫毓修又從茅盾嘴裏知道茅盾年紀輕輕，便讀完了十三經注疏、先秦諸子、四史（《史記》、《漢書》、《後漢書》和《三國志》），《漢魏六朝百三名家集》、《昭明文選》、《資治通鑒》，這令孫毓修十分佩服，並替茅盾只享受編輯的待遇而憤憤不平〔註 29〕。能夠得到同事的賞識和重視，對青年茅盾來說是第一次在生活中直接體會到母親和盧表叔所說的「只要有學問，何愁不立事業」這句話的人生哲理。所以，茅盾辦事更賣力，學習也愈加勤奮。在不到一年時間裏，翻譯了《衣》、《食》、《住》三本書，還和孫毓修合編了《中國寓言》。用茅盾自己的話來說，「我那時全神貫注在我的『事業』上〔註 30〕」。茅盾的工作得到了商務老闆的賞識，

〔註 26〕茅盾母親的回信是要茅盾「安心讀書做學問」。盧表叔的回信是教導茅盾「只要有學問，何愁不立事業；借此研究學問是正辦。」參見茅盾：《我走過的道路》（上），頁 115～116。

〔註 27〕參見茅盾：《我走過的道路》（上），頁 119。

〔註 28〕同上註，序言。

〔註 29〕同上註，頁 114～115。

〔註 30〕同上註，頁 139。

不到一年便加薪六元，這是同類編輯中破格優待的報酬〔註 31〕。同時，許多商務印書館的雜誌編輯也找茅盾幫忙，做一些文字工作。其中身兼《教育雜誌》、《學生雜誌》和《少年雜誌》主編之職的朱元善向編譯所所長高夢旦要求調茅盾到自己的編輯部來工作；並讓茅盾代筆，爲《學生雜誌》撰寫社論〔註 32〕。茅盾也慢慢地向社會投稿，通過向《時事新報》副刊《學燈》投稿，他結織了張東蓀，後來張東蓀創辦《解放與改造》，就約茅盾寫稿〔註 33〕。

在青年茅盾「事業」發展最初的「一帆風順」過程中，時勢的變化給他提供了巨大的幫助，這種幫助不只是思想方面的，也是爲他個人事業的發展提供了一種機會。1919 年五四運動的爆發，社會上對各種新思潮趨之若鶩。商務印書館出於各方面的考慮，特別是從商業盈利方面考慮，允許各雜誌主編對雜誌進行部分改革。這導致了 1919 年 11 月份，身兼《小說月報》和《婦女雜誌》主編的王蒓農找茅盾談話，請茅盾從第二年，即 1920 年起擔任《小說月報》新闢的「小說新潮」欄執行編輯〔註 34〕。茅盾在《小說月報》最初發表的兩篇文章，即《小說新潮欄宣言》和《新舊文學平議之評議》就在這時完成了。後來他發表兩篇介紹外國文學的文章，一篇是《俄國近代文學雜談》（上），另一篇是《安得列夫死耗》。1920 年底，王蒓農迫於各方面的壓力，辭去《小說月報》主編職務，茅盾旋即接任主編之職，並於 1921 年 1 月推出了《小說月報》的全面改革版〔註 35〕。如果說，五四之後時勢變化，使茅盾得以以「新人」姿態登上文壇，那麼應該看到，這種社會地位的迅速轉變，並不意味著青年茅盾在思想上也迅速完成了一次轉變。在我看來，轉變是有的，這就是茅盾像同時期的許多文學青年那樣，熱衷於新文學，熱衷於介紹外國文學，但就其自身的思想狀況來看，他還沒有從謀生、求學過程完全擺脫出來。因爲第一，茅盾對新文學具體有些什麼文學主張並不清楚，對具體要介紹哪些外國作家作品也不明確。第二，茅盾不是以倡導新文學爲當時自己的首要任務，他當時急於要做的事是結識一批北京的新文化運動的核心人物，如周作人、魯迅等。所以，1920 年底，當鄭振鐸邀茅盾參加文學研究會並告訴茅盾是周作人領銜發起時，茅盾也不顧該組織成員個人的具體情況如何，欣然表示願意加入該社團。通過社團

〔註 31〕參見茅盾：《我走過的道路》（上），頁 115。

〔註 32〕同上註，頁 125～128。

〔註 33〕同上註，頁 132。

〔註 34〕同上註，頁 154～155。

〔註 35〕同上註，頁 160。

的活動，茅盾結識了周作人、魯迅，使他終於能夠與新文化運動的中心人物建立直接的聯繫。第三，茅盾改革《小說月報》時，並沒有一個明確的文學指導思想，他在《小說月報》改革宣言中指出要在六個方面改革版面，並在六個具體問題上進行努力，但他主編《小說月報》後，並沒有完全依照改革宣言的內容進行改革〔註36〕，這說明，改革宣言並不是一個系統的文學改革計劃，而是類似於「趕任務」一樣完成的一篇文章，主要目的在於表態，表明《小說月報》在新舊衝突中站在新文學一方，至於發表的作品是否眞正「新」，執編者本人是否對「新文學」之「新」有系統的思考，則並沒有在茅盾的宣言中體現。第四，茅盾與鴛鴦蝴蝶派的衝突，未必全是思想之間的衝突，因爲在茅盾執編《小說月報》之前，雙方沒有明顯的文字衝突，只不過茅盾任主編之後，停止刊發鴛鴦蝴蝶派的作品，這才導致雙方的衝突，而且衝突的結果以茅盾辭職爲代價，這在茅盾來說，是始料不到的〔註37〕。這種意料不到的「吃驚」，實際上反映出「一帆風順」的茅盾對眞正的新舊思想鬥爭的嚴酷性，完全缺乏思想準備，他不能像魯迅那樣準備作「韌的戰鬥」，他只能憑自己對時局的敏感，感到舊文學的衰落將大勢所趨，但他沒有考慮到這「所趨」，與「已經去了」之間還有很大的現實距離，特別是茅盾被迫辭去主編之職而再一次陷於壓抑的生活困境時〔註38〕，他那敏感的求生本能又驅使他要努力擺脫這種生活的壓抑，謀求政治上的發展。

〔註36〕1921年1月，茅盾在《〈小說月報〉改革宣言》中，提出版面六大門類的改革，即設（1）論評，（2）研究，（3）譯叢，（4）創作，（5）特載，（6）雜載。而在具體內容上又提出六條意見，即（1）偏重譯叢和創作；（2）對爲人生的藝術和爲藝術而藝術的東西，同時研究；（3）輸入寫實主義；（4）建立文學批評；（5）探討國民性；（6）研究中國傳統文學。所謂六大門類的改革，若作爲整體，從未在茅盾執編《小說月報》時期實行，若個別門類則在茅盾主編之前就已有改革，茅盾不過重複別人的東西而已。同樣，六條改革意見，作爲系統綱領，並沒有在《小說月報》中顯示出來，至於偏重譯作、創作和評論，也是當時風氣使然，絕大多數新文學稿件都集中在這三方面，茅盾也只能這樣編刊物。

〔註37〕1922年茅盾拒絕商務印書館老闆要他向鴛鴦蝴蝶派道歉的要求，並針對王雲五檢查《小說月報》發稿的作法提出抗議。茅盾向商務老闆提出兩條辦法，要麼他辭職，要麼商務方面放棄檢查。結果商務老闆選擇了第一種作法。茅盾得知消息時，既氣憤又屈辱。但假若茅盾眞有思想準備，他對發生的事，就不會震動那麼大。參見茅盾：《我走過的道路》（上），頁190。

〔註38〕茅盾辭去《小說月報》主編後，商務老闆也沒有委他以重任，只讓他編編書。參見茅盾：《我走過的道路》（上），頁222。

指出生存問題對茅盾個人思想的影響，是希望擺脫以往茅盾研究中那種將茅盾思想完全自覺化、超前化的研究思路〔註 39〕，而將茅盾早期文藝觀思考限定在一個較爲接近其思想個性和思想狀況的歷史維度中進行。當然，這並不是說，早期茅盾對文藝問題的思考隨著他的社會地位的變化和工作的變化沒有發生過變化，我以爲變化是有的。從擔任《小說月報》主編開始，青年茅盾接觸社會的面更廣了，也更直接了，特別是參加文學研究會後，與周作人、魯迅的書信往來，給茅盾以巨大的思想幫助，這種思想影響作用，最突出地表現在青年茅盾結束了埋首書本、不顧外界事情的學習階段，而開始將眼光投向現實，投向社會。他除了一般地表態支持新文學，批判舊文學外，更重要的是他直接投身於新舊文學的激烈鬥爭。這種鬥爭的激烈程度是他意料不到的，但通過參加文壇的論爭，茅盾的文章有了具體的針對性，並運用已接受到的外國文學知識進行分析、思考。如他在主編《小說月報》期間，發表了《新文學研究者的責任和努力》、《春季創作壇漫評》、《創作的前途》、《評四五六月的創作》、《語體文歐化之我見》、《譯文學書方法的討論》等等〔註 40〕，在這些文章中，茅盾對翻譯問題、創作現狀問題、新文學的發展方向問題，都力求提出自己的看法，這種欲望和要求，在青年茅盾思想中的出現，表明青年茅盾自執掌《小說月報》主編之後，思想是有轉變。

這裏需要進一步說明的，一是茅盾的思想變化是在擔任《小說月報》主編之後，才慢慢開始轉變的，這種轉變的標誌，不在於他表示自己贊同新文學反對舊文學，而在於他在具體的文學活動中，意識到舊文學在當時文壇的代表是鴛鴦蝴蝶派，而新文學當然是周作人、魯迅等人，換句話說，他開始改變泛泛而論的思想作風，而趨向於從文學實際出發。另一方面，我認爲對

〔註 39〕目前茅盾研究中一個突出的現象，便是根據茅盾後來在文壇的地位和影響，來推測他早期的思想狀況，認爲五四時期青年茅盾已在自覺探索一種現實主義文學道路了。我認爲上述研究是一種非歷史的超前研究，研究者忽略了青年茅盾面臨的生存問題和他整個思想待啓蒙和剛啓蒙之際所需要的學習、接受過程。在研究者眼中，茅盾的一舉一動都帶有某種自覺的思想動機，都在尋找現實主義文學這條道路，這實際上體現了研究者個人的主觀臆測思想。

〔註 40〕《新文學研究者的責任與努力》，署名郎損，載《小說月報》第十二卷第二號。《翻譯文學書方法的討論》，署名沈雁冰，載《小說月報》第十二卷第二號。《春季創作壇漫評》，署名郎損，載《小說月報》第十二卷第四號。《語體文歐化之我見》，署名雁冰，載《小說月報》第十二卷第六號。《創作的前途》，署名雁冰，載《小說月報》第十二卷第七號。《評五四六月的創作》，署名郎損，載《小說月報》第十二卷第八號。

青年茅盾的這種思想變化，不能完全按思想標準來嚴格要求，所謂思想標準是指從思想的系統要求出發，要求思想者在思考問題過程中貫串嚴密的思想邏輯，並具備獨立提問和思考的能力。我認爲，青年茅盾擔任《小說月報》主編後，思想有變化，但這種變化還沒有使茅盾達到對文藝問題形成系統的看法，也沒有使他能夠準確地捕捉到新文學面臨的問題。理由之一，是到 1927 年爲止，茅盾倡導的「寫實主義」、「新浪漫主義」、「自然主義」、「爲人生而藝術」、「無產階級藝術」這些主張，沒有一個是他在當時文壇上最早挑起話頭。在一般情況下，他都是順著別人提出的話題，發表自己的看法。這與當時一批新文化運動領導者，如陳獨秀、胡適、魯迅、周作人相比，顯然有較大的思想差距。這種差距不只是在發現問題和思考問題的能力上，也在於思想自身的系統性方面。類似於胡適和周作人等，他們對新文學都有自己較爲系統的思考，胡適提倡白話文和進化論的文學觀，周作人則倡導「人的文學」。正是由於他們的思想的深刻和系統，所以，在五四青年的心目中，他們是思想人物，即通過自己的思想來感召時代。青年茅盾當時也思考文學問題，但那只是文學青年對文學懷有熱情的表示，離思想人物的要求還有很長的距離。所以，商務老闆儘管賞識青年茅盾，但在他們眼中，茅盾只不過是一位有才幹的青年，而不是在文壇有影響的巨擘。當茅盾與鴛鴦蝴蝶派發生衝突，給商務印書館帶來麻煩時，商務老闆毫不猶豫地逼迫茅盾辭去《小說月報》主編之職。這種迫使茅盾束手就範的作法，當然對新文學陣營有影響，但從商務老闆和鴛鴦蝴蝶派，乃至茅盾個人來考慮，就未必是一次思想事件。從鴛鴦蝴蝶派看，撤了茅盾主編之職，給他們平息了心頭的怒氣；從商務老闆方面看，犧牲一位文學青年，換回了公司利益；而從茅盾個人來說，則有一種被損害被出賣的感覺〔註 41〕。茅盾的被迫辭職，實際上反映了茅盾有限的社會影響和極不穩固的社會地位，今天別人需要他，就可以封他爲主編；明天不需要他，又可以將他放在一邊。茅盾在這過程中幾乎沒有一點自主的可能。對比後來接替茅盾職位的鄭振鐸的處境，顯然鄭要比茅盾好得多。鄭振鐸同樣像茅盾那樣倡導新文學，但鴛鴦蝴蝶派也奈何他不得，因爲第一，鄭

〔註 41〕茅盾晚年回憶說：「當時我實在不想再在商務編譯所工作，而且我猜想商務之所以堅決挽留我，是怕我離了商務另辦一個雜誌。可是陳獨秀知道此事後，勸我仍留商務編譯所，理由是我若離開商務，中央要另找聯絡員，暫時尚無合適的人。」參見茅盾：《我走過的道路》（上），頁 190。

振鐸的組織活動能力比茅盾大得多，與北京新文學人物都有密切的往來，商務老闆不願得罪他，鴛鴦蝴蝶派也只得聽之任之。第二，鄭振鐸任主編時期，新文學發展勢頭更猛，文學研究會在文壇也有了一定社會影響。第三，鄭振鐸後來與商務編譯所所長高夢旦的女兒結婚，高在商務是實權人物，人們對他的女婿當然是另當別論，甚至在 1927 年鄭振鐸爲躲避「黨禍」，出訪歐洲時期，他的《小說月報》主編之職照樣保留。相比之下，我感到，1923 年茅盾辭職，更多的可以從個人命運方面作出解釋。的確，茅盾自己也明顯感受到命運對他的無情撥弄。生存問題這一幾乎被他差點忘掉的問題，又在他的記憶中重新抬頭，所以，他急於尋找機會，擺脫這些。我注意到從 1923 年茅盾辭去《小說月報》主編到 1925 年他離開商務印書館爲止，是茅盾青年時期發表文章頻率最高，參加社會活動最多的時期。1923、1924 年，他幾乎每年要發表一百篇以上的文章。而且，他廣泛參加各種社會活動，用他自己的話來說：「過去是白天搞文學（指在商務編譯所辦事），晚上搞政治，現在卻連白天都要搞政治了。〔註 42〕」這種現象的出現，我以爲並不是全都能從他對文學、對社會問題的自覺思考方面來解答。茅盾此時發表的文章固然多，但未必見得他對文學的思考就深入了。從茅盾此時的心境來看，我甚至認爲他根本不可能靜下心來細細思考問題。他的絕大多數文章都是匆匆草就，泛泛而論，並且也談不上在當時文壇有什麼影響。從今天研究者還在引用他的這一時期的文章看，1923 年有三篇，它們分別是 1923 年 10 月發表於《文學週報》第九十一期上的《讀〈吶喊〉》，12 月 17 日發表於《文學週報》第一〇一期的《讀代英的〈八股〉》，和 31 日發表在同一刊物第一〇三期上的《「大轉變時期」何時來呢？》。1924 年有兩篇文章，它們是 4 月 14 日發表於《民國日報．覺悟》上的《對於泰戈爾的希望》和 5 月 16 日發表於同一刊物的《泰戈爾與東方文化》。這五篇文章，第一篇是論魯迅的小說集《吶喊》，短短三千字，茅盾肯定了魯迅小說的四個方面，即一是抨擊舊傳統；二是創造新形式；三是顯示灰色人生；四是對某種淺薄的「希望」的絕望。這四點評價是否準確把握住了魯迅《吶喊》的特色，有待進一步論證。但我主要想指出的是，這篇文章在當時發表，並沒有形成什麼文壇影響。而且茅盾是在認眞研究了魯迅小說之後，覺得《吶喊》非常重要，須認眞對待才來寫這篇評論文章的呢，還是抱著一般的態度來完成這篇評論的呢？查茅盾晚年回憶錄，茅

〔註 42〕參見茅盾：《我走過的道路》（上），頁 239。

盾本人似乎也沒有特別提及這篇文章，他不像回憶其他一些重要文章的寫作情況那樣，對當時的寫作情形記憶猶新，這究竟是茅盾的疏忽呢，還是茅盾當時確實沒有特別重視，以至年長日久竟記不起怎麼寫這篇文章了？〔註 43〕我相信，許多覺得茅盾這篇評論文章有重要意義的研究者，大概也不知道茅盾當初是否眞的認爲這篇文章有這麼重要的價值。對晚年茅盾來說，印象深刻的倒是《讀代英的〈八股〉》和《「大轉變時期」何時來呢？》這兩篇文章的寫作情景。這兩篇文章是對惲代英發表在當時《中國青年》上的《八股》和鄧中夏發表在同一刊物上的《貢獻於新詩人之前》的響應。惲代英和鄧中夏都是職業政治家，他們從自己的政治職業的需要出發，提出文學要爲政治服務。茅盾接過他們的話題，從文學角度加以闡發，在這闡發過程中，他針對新文學創作題材上的狹隘和作家因不熟悉生活而導致作品表現力度不夠這些問題，鼓勵新文學家走向社會。但茅盾這樣寫的用意顯然不在對文藝問題進行解答，而是他對惲、鄧等人的革命文學的一種態度上的支持和贊同〔註 44〕。所以，很難說是青年茅盾在對當時新文學面臨的問題進行深入、系統的考察後做出的思想選擇。1924 年茅盾評泰戈爾訪華而寫的兩篇論文，同樣不能作爲他系統思考新文學問題的思想成果。茅盾自己回憶，這兩篇文章是奉中共中央的旨意寫的〔註 45〕。因此，上述五篇文章，在我看來，沒有一篇是茅盾對新文學面臨的問題作出系統考察後作出的回答，在當時文壇也沒有找到直接的證明材料可以說明它們在當時有巨大的社會影響。這一系列論文，實際上與茅盾同一時期草就的許多「趕任務」之作沒什麼大的差別，我認爲，茅盾發表這些論文「趕任務」是一方面原因，但更重要的或許是連他自己都還來不及清醒意識到的生存危機的刺激〔註 46〕。

〔註 43〕查閱茅盾晚年回憶錄，他只在介紹與創造社論戰時，提到成仿吾寫了《〈吶喊〉的評論》時，才說茅盾自己的《讀〈吶喊〉》與成文觀點不同。有關這篇文章的寫作情況，在其他地方均無提及。參見茅盾：《我走過的道路》（上），頁 213。

〔註 44〕參見茅盾：《我走過的道路》（上），頁 233～234。

〔註 45〕同上註，頁 245～248。

〔註 46〕茅盾在晚年信函中多次談到自己早年的論文是「趕任務」之作。如 1957 年 2 月 21 日致葉子銘的信和 1961 年 6 月 15 日致莊鍾慶的信。參見孫中田、周明編：《茅盾書信集》，頁 171，頁 195。1988 年 3 月，文化藝術出版社出版。但也不能不考慮，茅盾此時已有兩個小孩，外加妻子和母親，一家的經濟負擔全壓在他身上，單靠商務印書館的薪水還是比較緊張的，所以，他後來說：「由於生計所迫，時間即金錢，我們僅有的時間非寫作不能養自己和家庭。」參見《悼鄭振鐸副部長》，載 1958 年 11 月 1 日《新文化報》。

在茅盾與鴛鴦蝴蝶派的衝突中，茅盾被商務老闆作了一次交易，最後以茅盾被迫辭職來平息了鴛鴦蝴蝶派的怒氣。當這一現實擺在青年茅盾面前時，他除了感到屈辱之外，也感到一種無奈，畢竟自己的力量太弱小了〔註47〕。因此，他要奮起努力，擴大自己的社會影響，最終擺脫這種寄人籬下的壓抑生活。對他來說，擺脫這種生活的方式之一，是盡可能多地發表文章，通過頻繁發表文章來擴大自己在社會上的知名度。所以，文章的具體內容倒顯得次要了，重要的是能夠保證這種發表文章的機會，假若連這種機會都再不能保證，那麼茅盾的確會陷於一種絕望。的確這方面的努力他實現了，可以說在同一時期的新文學家中，他的評論文章的產量要數前幾名。另一種方式便是茅盾直接投身政治。個人的力量是有限的，只有得到集體的幫助，個人才有力量。茅盾投身政治，擔任中共聯絡工作，這些帶給他的影響便是結交陳獨秀等社會知名人士，能夠在更廣闊的社會天地中發展個人的事業。所以，文學對茅盾的吸引力並不是絕對的，爲了個人的前途，特別是在生存危機的刺激下，茅盾可以棄文從政〔註48〕。1925 年後，他到廣州、武漢參加實際政治工作，逐漸成爲一名職業政治活動家。

在上述分析中，我以爲早期茅盾文藝觀問題，從茅盾個人當時的思想狀況來考慮，不能當作一種抽象的思想觀念來研究，或者說，不能完全立足於新文學的要求來考察和闡發茅盾早期文藝觀，因爲文藝問題對他來說，不是以構架理論系統爲目的，而是一種職業謀生的要求，使他不得不對文學進行評論和回答。在茅盾的早期生活中，文學與生存問題是交織在一起，並在他個人生存條件的範圍裏尋求文學問題的解答。所謂個人生存條件範圍，就是指茅盾只有在個人生存問題不受影響的前提下才開始思考文學問題，而爲了

〔註47〕在商務印書館發展歷史上，前有陸費逵，後有章錫琛，都因爲在商務時處於與茅盾相似的境遇而離開商務，自立門户，分別成立了中華書局和開明書店。茅盾雖說爲陳獨秀所勸而沒有離開商務，但這其中多多少少含有一種無可奈何的成份在。憑茅盾當時的影響、地位和資金，能自辦一個刊物而持續下去嗎？1926 年茅盾自廣州返滬，仍希望在商務工作，但被商務借故委婉辭退。參見葉至善：《賦別寄哀思》，載《新文學史料》，1982 年第四期。

〔註48〕茅盾在晚年回憶錄中，對他脫離商務印書館工作而成爲一名職業政治家的過程沒有給予充分說明。實際上，1926 年茅盾參加完廣州的國民黨第二次全國代表大會之後，3 月回到上海，鄭振鐸受商務老闆之託，希望茅盾另找工作。在這種情況下，茅盾只有一條路可走，那就是從事專門的政治活動了。參見茅盾：《我走過的道路》（上），頁 313。

生存目的，他可以捨棄文學問題而暫時不顧。生存問題的範圍不僅限定了茅盾早期文藝觀的思考範圍，也使我看到了茅盾個人獨特的一種思想觀點的表達方式。

二

茅盾在晚年回憶錄中說：「我早期文學藝術觀，即提倡寫實主義和新浪漫主義（後者代表就是羅曼・羅蘭）；贊成進化的文學、爲平民的文學；主張藝術要爲人生，爲社會服務。」〔註49〕。

如果我們單單從字面來了解這段文字，我相信，許多人都不會有什麼疑議。但結合我前面對茅盾當時思想狀況和他面臨的生存問題的分析，特別是考慮到茅盾是在見到了不少研究者對他早期文藝觀點的一般評價之後而對自己早期文藝觀做出概括的〔註50〕。這樣，我們即便承認他的說法有代表性，也仍不得不對他的個人陳述有所保留。疑問之一，是「寫實主義」、「新浪漫主義」、「進化的文學」、「爲平民的文學」、「爲人生爲社會服務」的文學，這一系列文學主張和文學概念，假若從它們的原來思想體系和代表時期看，應屬於歷史上不同時期、不同體系的文藝思想，有些甚至是完全對立的思想。青年茅盾是怎麼將它們揉雜到一起，並且，他究竟要表達一種什麼樣的個人想法呢？疑問之二，茅盾最早對自己早期文藝觀進行概括，是1930年代答國際文學社問。他認爲「我自己在那時候是一個『自然主義』與舊寫實主義的傾向者。」〔註51〕這裏的「那時候」主要指1927年之前。如果說1930年代茅盾只表示「自然主義」文藝觀對自己的影響，那麼到晚年寫回憶錄時，他又增加了「寫實主義」、「新浪漫主義」、「進化論」和平民的文學這麼些觀點，這究竟是說明他的文藝觀就是這些東西呢，還是這些東西根本與他的文藝觀沒有關係，他只是根據自己的需要在做文章？疑問之三，進化的文學觀和爲平民的文學觀，在五四時期分別由胡適和周作人爲代表。茅盾在自己文藝觀

〔註49〕茅盾：《我走過的道路》（上），頁287。

〔註50〕不少茅盾研究者都將自己的研究初稿交茅盾審閱過。如葉子銘的《論茅盾四十年的文學道路》和莊鍾慶的《茅盾的創作歷程》。參見葉子銘：《茅盾漫評》，頁289，1983年6月，百花文藝出版社出版。莊鍾慶：《茅盾的創作歷程》，頁43註1，1982年7月，人民文學出版社出版。

〔註51〕茅盾：《答『國際文學社』問》，載1957年十一月號《新港》，此文寫於1934年3月。

中羅列了這兩種文藝觀點，究竟是表明他對胡適、周作人的文藝觀點贊同呢，還是有其他的意思要表達？疑問之四，是「爲人生」的文學主張，常常令人想到五四時期的人道主義文學思潮。茅盾在 1931 年發表的《關於「創作」》一文中也提到：「人的發見，即發展個性，即個人主義，成爲『五四』時期新文學運動的主要目標，當時的文藝批評和創作都是有意識的或下意識的向著這個目標。」〔註 52〕那麼，茅盾倡導的「爲人生」的文學，是否表明他在思想上站在人道主義一邊呢？

上述問題是茅盾早期文藝思想的基本內容，也涉及到對茅盾早期文藝思想的理解，我希望結合茅盾早期思想狀態和他所面臨的問題作進一步的分析。

我認爲，早期茅盾可以劃分爲三個思想階段，即 1920 年之前一個階段；1921 年至 1923 年之間一個階段；1923 年至 1927 年又是一個階段。這三個階段中，生存問題儘管始終纏繞著青年茅盾的思想，但另一方面，茅盾對思想問題的興趣也在不斷增強。查閱 1920 年之前茅盾發表的文章，他並沒有提「寫實主義」「新浪漫主義」等文學概念。在 1920 年 1 月 1 日發表於《時事新報‧學燈》上的《我對於介紹西洋文學的意見》中，茅盾第一次採用「古典主義」、「自然主義」、「新表象主義」和「新浪漫派」等詞語，並參照《新青年》六卷六號中朱希祖譯文後面的附注，認爲「現在爲著要人人能領會打算，爲將來自己創造先做系統的研究打算，卻該盡量把寫實派自然派的文藝先行介紹」〔註 53〕。茅盾使用這些概念術語，並不顯得茅盾個人對這些概念術語有所了解。因爲第一，到 1920 年爲止，茅盾在文章中沒有正面闡明過這些概念術語的明確涵義。第二，從他引用《新青年》六卷六號上朱希祖對廚川白村的《文藝的進化》的附注看，《新青年》當時介紹的歐洲文學進化模式，影響到青年茅盾對文學問題的理解、思考〔註 54〕。第三，茅盾有一定

〔註 52〕茅盾：《關於「創作」》，載《北斗》創刊號，1931 年 9 月 20 日出版。

〔註 53〕《我對於介紹西洋文學的意見》，署名冰，載 1920 年 1 月 1 日《時事新報‧學燈》。

〔註 54〕陳獨秀在《青年雜誌》第一卷第三號發表《現代歐洲文藝史譚》。在文章中他認爲「歐洲文藝思想之變遷，由古典主義（Classicalism）一變而爲理想主義（Romanticism），此在十八十九世紀之交。……十九世紀之末，科學大興，宇宙人生之眞相，日益暴露，所謂赤裸時化，所謂揭開假面時代，喧傳歐土，自古相傳之舊道德、舊思想、舊制度，一切破壞。文學藝術，亦順此潮流，由理想主義，再變而爲寫實主義（Realism），更進而爲自然主義（Naturalism）。」陳獨秀在此文中，最早在國內提出文學進化由古典主義至浪漫主義至寫實主義至自然主義的思想模式。

的英語閱讀能力，他可以根據英文版的歐洲文學史來理解、接受文學史概念，而當時歐美流行的文學史模式，也是從古典主義到浪漫主義，到現實主義、自然主義和新浪漫主義這樣的思想線索〔註 55〕。上述三條理由假若成立，我們就可以看到，茅盾不用通過自己對文學史的具體考察和系統思考，而在文學觀念上提出「寫實」問題，他完全可以根據《新青年》所談的有關新文學的話題，再加上外國文學史的一般理論模式，而勾勒出一幅「寫實」的觀念圖像。事實上，陳獨秀在《青年雜誌》一卷三號的《現代歐洲文藝史譚》中，已經明確提出歐洲文學從古典主義進化到浪漫主義和現實主義的思想模式，並倡導「寫實」文學。青年茅盾這一時期對《新青年》極其注意，差不多每期必讀〔註 56〕《新青年》倡導的這種文學史演進模式，他同樣也會注意到，並迅速接受過來。這樣，茅盾儘管在 1920 年初就開始講「寫實」文學，但這種倡導與直接把握了歐洲文學發展的實際脈絡並對歐洲文學有過仔細考察的人來談論「寫實」文學，兩者之間顯然有很大的差別。1921 年茅盾擔任《小說月報》主編之後，介紹過各種國外文藝思潮，從他這時著力翻譯的文學作品情況看，大都是歐洲弱小民族的文學〔註 57〕，但這種文學與新文學發展所面臨的問題之間又有什麼必然的聯繫呢？我認爲單單從茅盾譯介的這些作家作品本身來看，沒有多少價值，因爲這些作品表現形式並不見得出色，它們至多在社會學意義上體現了這些民族的國民精神狀態。茅盾偏執於弱小民族文學介紹的作法，或許受到周作人、魯迅的影響，但周氏兄弟在這一問題上的態度很明確，他們是從探討「國民性」問題出發，對東歐及

〔註 55〕英國文學史家和批評家聖茨勃里（Saintsbury）的文學史和批評史體例便是如此。而茅盾早年接觸過聖茨勃里的著作。據李健吾回憶，有一次鄭振鐸處理一批書時，讓李健吾去挑，結果發現一本 1911 年版的 Saintsbury 的 History of Criticism。扉頁上簽名是「雁冰手持」。參見李健吾：《憶西諦》，載 1981 年第四期《收獲》。

〔註 56〕查閱茅盾晚年回憶錄，他記得當年《學生雜誌》主編朱元善讓他寫順應新思潮的文章，茅盾馬上想到《新青年》上陳獨秀《文學革命論》和胡適《文學改良芻議》這類文章。參見茅盾：《我走過的道路》（上），頁 125。另據胡愈之回憶，早年經常在出售《新青年》的棋盤街益群書局碰見茅盾。從時間上看也不會超過 1920 年，因爲 1920 年《新青年》遷至上海，有單獨的發行渠道。參見胡愈之：《早年同茅盾在一起的日子裏》，載 1981 年 4 月 25 日《人民日報》。

〔註 57〕1920 年代茅盾向周作人請教問題的書信中，談外國文學的內容據多，而外國文學又大都是東歐和弱小民族的文學。另見茅盾早期譯文集：《桃園》《雪人》和《回憶・書簡・雜憶》。

弱小民族文學感興趣〔註 58〕，而茅盾卻認認眞眞地從介紹外國文學的角度來盡力介紹這些作品，這不能不說茅盾對文學本身還缺乏一種系統的認識。1921 年至 1923 年期間，茅盾最爲用力地鼓吹「自然主義」，這種鼓吹同樣反映了一個問題，即茅盾並不是在了解「自然主義」的前提下倡導這種文學主張，而是他爲了攻擊當時鴛鴦蝴蝶派的需要，拿左拉的「自然主義」寫實這一面，批判鴛鴦蝴蝶派小說的向壁虛造的弱點。我這樣說的理由，一是茅盾沒有譯過一篇左拉的作品，也沒有確鑿的材料能證明茅盾當時閱讀過左拉的文學作品與理論著作。二是茅盾當時正與鴛鴦蝴蝶派發生激烈衝突，他在當時致汪馥泉的信中曾說，《自然主義與中國現代小說》一文，就是針對鴛鴦蝴蝶派而發的〔註 59〕。三是隨著論戰的結束，1924 年後，茅盾很少再提「自然主義」。這表明茅盾是根據自己當時的論戰需要，而借用「自然主義」來與鴛鴦蝴蝶派論戰。至於「自然主義」在歐洲文學史上究竟代表什麼，有哪些具體主張，提出了哪些文學問題，青年茅盾可以統統不顧，甚至不了解。因爲他沒有時間對這些具體的文學問題進行研究，他關心的是自己在論戰中克敵制勝，而這正是生存法則最基本的要求。

那麼，我們要進一步思考，青年茅盾究竟要表達一種什麼樣的文學思想呢；他爲什麼要借助於外來概念這種奇特的表述形式，來表達自己的文學思想呢？

我注意到一個現象，那就是茅盾最熱衷於文學活動的時期，正是他與陳獨秀等人關係最密切的時候〔註 60〕。1920 年 7 月，茅盾在上海結識陳獨秀，

〔註 58〕魯迅回憶自己早年介紹東歐文學的情景，「因爲那時正盛行著排滿論，有些青年，都引那叫喊和反抗的作者爲同調的。」「因爲所求的作品是叫喊和反抗，勢必至於傾向了東歐，因此所看的俄國，波蘭以及巴爾幹諸小國作家的東西就特別多。」參見魯迅《我怎麼做起小說來》，載《魯迅全集》第 4 卷，頁 511。周作人也說：「我們學俄文爲的是佩服它的求自由的革命精神及其文學」。參見周作人：《知堂回心錄》，頁 214，1980 年 11 月，三育圖書文具公司出版。

〔註 59〕茅盾致汪馥泉的信說：「至於我的『自然主義與中國現代小說』一文，竟惹起郁君（指郁達夫——引者注）之疑，眞出人意料之外了！……『自然主義與中國現代小說』的被打擊者正如兄文所云，是禮拜六小說」。載 1922 年 11 月 11 日《文學旬刊》第五十五期。

〔註 60〕茅盾晚年回憶，他與陳獨秀結識是 1920 年初。陳獨秀抵滬後，爲籌備出版《新青年》，約陳望道、李達、李漢俊及茅盾到漁陽里二號談話。參見茅盾：《我走過的道路》（上），頁 169。茅盾此回憶有含糊乃至錯誤之處。第一，陳獨秀是 1920 年 2 月 19 日抵滬的，他邀陳望道加入《新青年》是四月份的事，如果茅盾與陳獨秀結識與《新青年》編輯有關，那也應是四月。參見陳望道：《回憶黨成立時期的一些情況》，載《「一大」前後》（二），1980 年 8 月，人民出

而此刻陳獨秀正在籌組中國共產黨，主張進行社會革命。青年茅盾經常參加他們的聚會，並成爲他們中的一員〔註61〕。通過與這批社會政治人物的交往，他們對社會問題的關注和思考分析，喚醒了茅盾性格中那份沉睡的理智，他將那種用於自我保護，自我防衛的機靈與矜持，轉變成了冷靜分析社會問題的工具。他不再沉浸於狹小的個人利益的謀算，而是將目光轉向社會、轉向現實。1921 年，他寫下了《自治運動與社會革命》〔註62〕，對當時各省自治運動提出批評，這是他最早的一篇政治分析文章。他同時與鄭振鐸取得聯繫，成爲文學研究會的一員，通過文學研究會的組織形式，他不僅結識了周作人、魯迅，而且也接受了他們那種關注現實人生的思想主張。如果說，思想啓蒙之前茅盾只是個埋首書本、勤奮苦讀的學子的話，那麼，啓蒙之後的茅盾，他在思想上的第一個轉變就是將眼光從書本轉向現實。社會現實，成爲茅盾關注的問題中心，也是他急於表明自己觀點的思想對象。但這種關注現實的熱情與文學主張上的「現實主義」之間還是存有差別。前者是一種生活態度，後者是一種藝術精神。從生活角度講，茅盾可以要求文學關心現實生活，注重客觀描寫。但從藝術精神來考慮，客觀寫實和關心現實未必一定就是現實主義文學才有的。茅盾強調文學的客觀寫實，實際注重的是文學對現實社會生活，特別是政治生活的關注。所以，像郭沫若當時發表的許多浪漫、誇張的新詩，儘管創作的手法不是客觀寫實，但它保持了文學對社會、對現實政治的高昂熱情，因此茅盾說郭沫若的詩給他留下了深刻的印象。這表明茅盾對「寫實」不「寫實」本身並不怎麼重視〔註63〕。

版社出版。第二，李達是 1920 年夏才從日本回國，不可能參加 1920 年 4、5 月間的上海「馬克思主義研究會」活動。參見《李達同志生平事略》，載《李達文集》第一卷頁 4，1980 年 7 月，人民出版社出版。第三，《新青年》搬至上海後的第一次出版是 1920 年 5 月八卷一號《新青年》，內容轉向宣傳馬克思主義和俄羅斯研究。這是《新青年》從思想啓蒙到指導革命實踐的一個轉變標誌。茅盾於此時結識陳獨秀。第四，同一時期茅盾爲秘密發行的《共產黨》刊物翻譯《共產主義是什麼意思》的文章。參見茅盾：《我走過的道路》（上），頁 175。

〔註61〕茅盾晚年回憶，1920 年 10 月，經李漢俊介紹，他加入上海共產黨。參見茅盾：《我走過的道路》（上），頁 175。

〔註62〕《自治運動與社會革命》，刊《共產黨》第三號。

〔註63〕查閱茅盾晚年回憶，他說郭沫若的詩當時給他留有深刻的印象，但這並不是郭詩的浪漫主義特色，而是郭的叛逆精神、創作氣魄和對光明的追求，這些內容，實際上都是與現實相關的內容，正是這些東西給茅盾留下了深刻的印象。參見茅盾：《我走過的道路》（上），頁 194～201。

在對待現實問題上，茅盾從個人的感受出發，強調文學必須揭露現實的黑暗。在《社會背景與創作》一文中，茅盾認爲「凡被迫害的民族的文學總是多表現殘酷怨怒等等病理的思想。」〔註 64〕而在《創作的前途》中，茅盾認爲中國當時社會的情形，「大可以用『痛苦』兩個字來包括。」〔註 65〕茅盾這裏所謂的「黑暗」「痛苦」等等現象，實際上是任何社會中都存在的，但茅盾在 1920 年代這樣強調這些問題，並不是因爲新文學發展特別需要在這些問題上進行開掘，而在於處在新舊政治格局交替之中的新的政治勢力，爲了謀求社會政治的變革，它就必須將人們對社會現實的不平之感盡可能地突現和發揮。這就導致了茅盾在文藝主張中將客觀描寫與揭露社會黑暗之間建立了思想關係。

當然，從變革現實角度來理解文學描寫客觀生活，揭露社會黑暗，是遠遠滿足不了現實人生的需要，因爲揭露黑暗，從理論上講，也可能導致人們對現實生活產生幻滅感，而且事實上，1920 年代正值五四大退潮，一大批文學青年湧入文壇，他們不是爲了文學的興趣，而是因爲他們對現實感到失望，轉而到文學世界中繼續發展自己的理想熱情。這種現實狀況，使得許多職業政治家希望通過宣傳革命的理想精神而將青年的熱情重新引導到現實政治上來。文學是他們首先注意到的宣傳工具。1923 年惲代英、鄧中夏、蕭楚女等人在《中國青年》上號召文學要配合革命形勢，表現理想精神。而茅盾在這前後也曾反反覆覆提到了文學中的「理想」問題。他在《「大轉變時期」何時來呢？》中，就主張文學要激勵人心，這與他在更早的時候強調文學作品要有羅曼·羅蘭的理想激情用意完全一致，但茅盾這裏所說的理想和激情，並不是貫串作品始終並融化在具體場景和人物性格中的東西，而是作爲作品的某種結局呈示在作品之中。所以，這種理想不是一般文學理論中所指的東西，而是人們在現實生活中，處理現實和理想關係時所提到的那種「理想」。這種理想是作爲解決現實社會問題，使沉浸在思想苦悶中的人們獲得一種生活勇氣和力量的想像性解決辦法。所謂想像性解決辦法，是指在思想觀念上解決問題，但並不保證在處理現實問題時也採用同樣的方法。當然，在茅盾的眼中，五四期間一大批社會問題小說，包括 1920 年代中期一大批戀愛題材小說缺乏理想精神。但實際上，從今天來看，這批小說從頭到尾充滿了一種稚

〔註 64〕《社會背景與創作》，署名郎損，載 1921 年 7 月 10 日《小說月報》第十二卷第七號。

〔註 65〕《創作的前途》，署名雁冰，載 1921 年 7 月 10 日《小說月報》第十二卷第七號。

嫩的理想情調。像冰心小說《超人》和《去國》，其中的主人翁哪個不是理想精神十足？「超人」的冷漠和「去國」主人公的去國，都是一種理想的處理方式。假若按一種現實的處理方法，《去國》的主人公原本就沒有必要因爲自己是留學回國人員，表現出一種精神上的優越，處在現實生活關係中的人，本來就不會拱手將自己的一份生存空間讓給一個外人，除非那人在競爭中顯示出自己的各種優勢，所以，《去國》主人公的「去國」是一種理想行爲。當然，《超人》中的那位「超人」因孩子的童心的感化，而終於覺悟，也是一種理想的行爲。這些作品不是沒有「理想」，而是這種「理想」與茅盾所要求的能夠解決人們思想實際問題的「理想」相比，前一種「理想」虛幻色彩更強，後一種因有現實政治力量作背景，顯然可以轉變成一種具體的精神力量。從這一意義上講，「寫實」與「理想」在青年茅盾的理解中並不矛盾，而且的確，他自己對倡導「寫實主義」和「新浪漫主義」，從未感到過兩種主張之間有什麼對立和不適應。這說明茅盾是根據自己的理解在處理這兩種不同體系的思想，這種理解，我認爲，主要不是從新文學發展自身面臨的具體問題思考出發而採取的針對性措施，倒是更多地體現了茅盾對現實生活，特別是政治活動關注的熱情。因爲「寫實」與「理想」對他來說，不是文學創作自己選擇的表現手段，而是像完成任務那樣必須忠實執行的紀律和條款，這種別無選擇的選擇所體現的是一種與文學追求並非完全一致的風格，但與職業在文學、而興趣卻在政治的青年茅盾的思想風格倒完全吻合，因爲政治的保證就是紀律與服從紀律。

如果說，「寫實主義」、「新浪漫主義」集中代表了茅盾對現實生活中的「現實」與「理想」問題的看法，那麼他爲什麼不直接表達自己的思想，卻要借助於一系列的外來概念表達自己的思想呢？在我看來，這中間有許多連茅盾自己也未必明確意識到的集體認同心理在起作用。「寫實主義」、「新浪漫主義」，作爲外來文學概念，在五四接受外國文學的熱潮中，對絕大多數文學青年都有吸引力。人們不一定都懂得這些文學術語具體表達些什麼內容，但是，由於這些概念本身代表了外國文學，所以，只要有人敢於表明自己對這些概念的贊同，並且敢於在自己的文章中使用這些概念，無疑他在人們的眼裏就代表了一種「新」。許多五四時期的當事人都說到過五四青年學生對外國文學接受閱讀的狂熱情景，茅盾自己也承認這些〔註 66〕。這種不以接受具體的外

〔註66〕郭紹虞回憶五四說：那時「言必稱希臘的時候較多，言必稱三代的毛病，在當時似乎要犯得少一些」。郭紹虞：《「文學研究會」成立時的點滴回憶——悼

國文學的知識爲衡量新舊之標準，卻以贊同還是反對這種接受活動爲衡量準則的思想活動，體現在「寫實主義」、「新浪漫主義」概念的運用上，就是這種運用不具備知識論的意義，即人們不是爲了了解外國文學而去學習外國文學。而是代表了人們在接受外來文化上的一種價值態度，即在新舊文化（文學）對抗關係中，文學青年通過自己使用這些概念而表明自己在態度上傾向新文學。青年茅盾沒有對「寫實主義」、「新浪漫主義」文學作過仔細的研究，就在自己的文章中使用這類概念，說明他對這些概念的理解，在思想邏輯上與上述文學青年的思想邏輯相近似，他要表明自己屬於「新人」的行列。當然，對茅盾來說，單單表明自己爲「新人」是不夠的，此時他還處在文學事業的發展階段，他直接表達自己的思想，或許在這文學青年遍地皆是的情況下，誰也不會注意到他，因此利用人們對外國文學普遍接受的心理，將自己的思想灌注其中，是一條引人注意的事業發展道路。茅盾最初在《學燈》引起張東蓀的注意，就是因爲茅盾不斷向他們投寄譯稿〔註 67〕。同樣，在表達自己的思想觀點時也採用了此類方式。他將「寫實主義」、「新浪漫主義」這兩種不同體系的文學思想揉在一起，表達他自己對「現實」和「理想」的看法，這種在後來的研究者視爲極其矛盾的現象之中，茅盾個人卻一點矛盾的感覺都沒有。我相信，對茅盾來說，這中間確實不存在矛盾，因爲他根本就沒有把「寫實主義」、「新浪漫主義」當作嚴格的文藝思想體系，他只是爲了更充分地表達自己的思想，而借助這兩個概念用用而已。所以，當後來的研究者在反反覆覆考慮茅盾在使用這兩個概念時，是否會發生矛盾時，我認爲恰好反映出一種抽象的文學史研究狀態，因爲研究者只限於自己對歐洲文學史上「寫實主義」、「新浪漫主義」概念的考察，而忽略了青年茅盾當時的思想狀態和整個一套奇特的表達方式。查閱 1930 年代至晚年茅盾回憶文章，我

念振鐸先生》，載 1958 年 12 月 5 日《文藝月報》第十二期。1974 年 2 月 4 日，茅盾致沈楚的信說：「《新青年》提倡文學革命時，我把線裝書擱起，專讀歐洲各國古典文學和近代文學」。載《紀念茅盾》，頁 253，1981 年 4 月。陝西人民出版社出版。

〔註 67〕茅盾晚年回憶，「1920 年，商務印書館當局還沒有約我主編《小說月報》的時候，《時事新報》的主編張東蓀見我經常在《時事新報》的副刊《學燈》上投稿，認爲發現了一個人材，就有意要拉我到《時事新報》工作。」茅盾投給《學燈》的第一篇文章便是他翻譯的契河夫《在家裏》。參見茅盾：《我走過的道路》（上），頁 245，頁 132。

發現，茅盾自己也確實從未談到過自己在這些問題上感到過思想矛盾〔註 68〕。

如果說，「寫實主義」、「新浪漫主義」在青年茅盾早期文藝觀中僅僅代表了一種形式，那麼在「平民的文學」和「爲平民的文學」主張中，就體現出較豐富的思想色彩。所謂較豐富的思想色彩，是指進化的文學觀和爲平民的文學觀直接啓發了青年茅盾對文學問題的思想興趣。茅盾在晚年回憶五四時期自己的思想時說：「進化論，當然我研究過，對我有影響，不過那時對我思想影響最大，……還是《新青年》。」〔註 69〕茅盾的這段話有許多矛盾之處，我們可以暫且不顧，但他承認《新青年》對他的影響，而且從他的思想活動情況看，《新青年》的啓蒙應該在 1920 年之前，因爲 1920 年之後，新思想已在社會上得到普遍傳播；茅盾也沒有必要再關注於《新青年》一本雜誌了。1920 年前的《新青年》直接啓蒙了茅盾對思想文化（包括文學）問題的注意，但這一時期《新青年》所宣傳的文學思想，最有代表的除了胡適的文學進化論和周作人的「人的文學」外，幾乎就沒有其他更有影響的文學觀了〔註 70〕。所以，茅盾晚年說「進化的文學」和「爲平民的文學」是他早期文藝觀的一部分，這是眞實的，但對茅盾來說，他根據什麼接受並贊同這些文學主張呢？我以爲，這兩種文學觀在當時形成的普遍社會影響，是青年茅盾所直接感受到的。在 1920 年 1 月他發表的《「小說新潮」欄宣言》中，他引《新青年》六卷六號朱希祖譯文的附注來說明寫實派文學介紹之必要，這表明他對《新青年》的影響不僅感受到，而且是相信的。但最讓他感興趣並激發起他接受胡適、周作人文學主張的，是進化論所強調的「變」及「爲平民的文學」對社會底層生活的關注，這兩點對當時還在爲生存問題煩惱的青年茅盾來說，

〔註 68〕「寫實主義」、「新浪漫主義」這些不同體系的文學思想，在茅盾早期思想表述中竟可以作爲一種整體出現，這一現象說明茅盾當時採取的是爲我所用的辦法，他從「寫實主義」處吸收「寫實」方法，從「新浪漫主義」處吸取強調「理想」的思想。但這種吸收並不是建立在青年茅盾對外國文學和文藝思想系統研究、了解基礎上的，因爲沒有材料證明茅盾此時研究、閱讀了有關這方面的思想材料，更何況五四興起才一、二個年頭。因此，茅盾的「寫實主義」、「新浪漫主義」與歐洲文學史上的「寫實主義」「新浪漫主義」，不可同日而語。

〔註 69〕參見茅盾：《我走過的道路》（上），頁 128。

〔註 70〕《新青年》上發表的有關新文學觀念的文章，在當時影響較大的不外乎陳獨秀的《文學革命論》，胡適的《文學改良芻議》、《歷史的文學觀念論》、《易卜生主義》，周作人的《人的文學》。而這些文學觀，主要以進化論和人道主義思想爲核心。參見胡適：《中國新文學大系・建設理論集・導言》，1935 年良友圖書印刷公司出版。

是體會最深，最容易引起同感的，他完全是將個人的生活體驗化作了對進化文學觀及爲平民的文學觀的具體內容的理解，在《自然主義與中國現代小說》中，他反反覆覆講「進化論，心理學，社會問題，道德問題，男女問題，……都是自然派的題材」〔註 71〕，其實，這些題材何嘗只是自然派表現的對象？茅盾只不過個人對這些問題感受至深，又面臨必須作出選擇的苦惱，所以，才特別強調這種變革要求和反映底層生活的要求。

青年茅盾雖然受進化論文學觀和爲平民的文學主張的影響，但這並不表明他與胡適、周作人思想觀點的一致。胡適、周作人與青年茅盾思想上的最大差距，或許還在於胡適和周作人是當時的思想啓蒙領導人物，他們對思想問題都經過較長時間的思考、比較〔註 72〕，這種思考純粹是以解決思想問題爲目的，以豐富的知識積累作自己的思想觀點（包括文學觀）的背景，因此，胡適的「一時代有一時代之文學」的觀點和周作人的「人的文學」、「平民的文學」觀點一經提出，在思想上就給人以耳目一新之感，在學風上也領導一時代之學術新潮〔註 73〕。相比之下，青年茅盾在當時只是一般的文學青年，他對思想問題的思考和理解不像胡適、周作人那樣嚴密、深刻，他完全是憑個人的生活經驗在理解、接受他們的觀點，他強調變革和關注社會底層生活，與他個人的生活遭遇關係極大。1923 年茅盾驚呼：現在的青年苦悶極了〔註

〔註 71〕《自然主義與中國現代小說》，署名沈雁冰，載 1922 年 7 月 10 日《小說月報》第十三卷第七號。

〔註 72〕胡適在美留學時，與梅光迪、任叔永、楊杏佛等在綺色佳（Ithaca）討論中國文學問題。參見胡適：《逼上梁山》，載《中國新文學大系·建設理論》，頁 6。周作人、魯迅在日本留學期間也關注文學問題。他們創辦《新生》雜誌，翻譯俄國、東歐小說。參見周作人：《知堂回憶錄》「翻譯小說」（上）（下）、「河南——新生甲編」。

〔註 73〕胡適的「一時代有一時代之文學」的觀點，見胡適：《文學改良芻議》，載 1917 年 1 月 1 日《青年雜誌》第二卷第五號。周作人的「人的文學」、「平民的文學」主張，見周作人的論文《人的文學》和《平民的文學》，分別載於 1918 年 12 月 15 日《新青年》第五卷第六號，署名周作人和 1919 年 1 月 19 日《每周評論》第五號，署名仲密。這些文章發表，新文學人士爭相談論進化的文學觀和「人的文學」。茅盾 1923 年 4 月 12 日在《文學旬刊》第七十期上發表《雜感》，討論「文言白話之爭」問題，大量援用進化的文學觀，表明自己贊同白話文。而在 1920 年 1 月 25 日發表於《小說月報》第十一卷一號上的《新舊文學平議之評議》中，茅盾也認爲新文學「唯其是爲平民的，所以要有人道主義的精神」。

〔註 74〕1923 年 6 月 2 日《文學旬刊》第七十五期發表《雜談》，署名雁冰。茅盾在這篇文章中說：「悲觀這兩個字，近來是很時髦的」。

74〕！此時正好是他被迫辭去《小說月報》主編不久，而且五四運動也處於低谷，茅盾的這種從個人體驗出發的理解接受方式，使得胡適、周作人那種立足理想，以理性爲基準的文學觀念，在接受中變成了一種以個人情感、情緒溝通爲主的接受方式。我注意到，包括青年茅盾在內的整整一代被《新青年》啓蒙起來的五四青年，他們對文學觀念所反映的價值傾向極其注意，但幾乎很少有人從知識和學理上探討這些新文學主張是怎麼推導出來的，它們的知識根據是什麼等最最基本的問題。他們從個人的生活要求出發，特別是在對舊家庭、舊式婚姻和舊的社會秩序的極度不滿之中，他們更希望用一種「新」的思想觀念給他們以精神上的支持，所以，茅盾儘管接受胡適、周作人的文學思想觀點，但卻代表了稍遲於五四思想啓蒙者的一代文學新人的思想方式，即情感式的接受方式〔註 75〕。

正是在這種思想方式的支配下，青年茅盾雖然也在講五四啓蒙者們講過的話，但人們從他的言行中明顯感到兩者之間有一種差別，這種差別就在於茅盾這一代人是一些更注重於社會實踐，特別是政治實踐活動的人。在五四啓蒙者隊伍中，幾乎很少有人直接捲入政治組織，依靠組織力量來進行政治活動，即便是陳獨秀、李大釗也還是保持著五四啓蒙者那種獨特的思想個性，即保持自己在集體隊伍中的思想獨立性，獨立地思考問題。青年茅盾熱衷於社會活動，這倒不是說他個性使然，而是他被環境所迫，不能不依靠集體的力量發展自己〔註 76〕。1920 年代他參加各種社會活動，已有公論，我不再贅言，從思想上，特別是他對「爲人生」的文學的理解上，我以爲可以見出他頭腦中那種根深蒂固的對集體、社會力量的信任和崇拜。

在許多研究者看來，茅盾主張的「爲人生」的文學與周作人倡導的「人

〔註 75〕像陳獨秀、胡適、李大釗、周作人、魯迅、錢玄同等一批五四啓蒙思想家，在倡導文學革命前，都有一個較長時期的學習、思考和體驗過程。他們談問題雖有激烈之處，但總不離學理與知識。而在五四啓蒙思想感召下新出現的一批文學青年，大都學生出身，對社會了解不多，但都因個人生活問題的挫折，如家庭束縛、婚姻不自由等，遂導致對社會的對抗。他們接受新文化思想，多半是從個人情感需要出發，而不是從思想上眞正意識到新文化（包括新文學）的合理性。所以，時潮一過，情感有新變化，又會對新的革命產生另一種思想解釋，這體現了一種情感式的接受特徵。

〔註 76〕茅盾晚年回憶，自己初到商務時「不喜歡走動」，但從五四運動爆發開始，外界局勢的變化，迫使他不得不出來走動，了解情況。參見茅盾：《我走過的道路》（上），頁 149。

的文學」可以一道歸入五四人道主義文學潮流〔註77〕。從史料上看，1920年代初茅盾曾多次致函周作人向他求教、徵求意見〔註78〕，然而，茅盾的地位和社會處境，使得他思考問題的方式迥異於周作人。假若將五四人道主義視爲以張揚人的個性爲主，注重於個人自由、個人權益的一種思想運動的話，那麼，茅盾的注意力顯然不在這種個體的「人」上。他強調文學要表現社會環境，反映「第四階級」的生活處境，他反對那種侷限於個人情感世界的戀愛小說，認爲視野過於狹隘了。這些主張和文學追求，說明青年茅盾對那種社會、集體的活動場面和活動形式特別有興趣，這種興趣固然代表了他個人的藝術趣味，但從思想上考慮，仍然體現了他個人對生活的一種體驗。從他個人生活來說，他不是感到個人在社會生活中的作用太巨大，而是感到個人的力量太微不足道了。像他這樣一位勤奮努力，又有出色才幹的文學青年，一夜之間可以成爲主編，但同樣輕而易舉就能被人趕下台；相反，許多不學無術，沒有敬業精神的人物卻能活得很好，因爲他們有背景、靠山。這種現實感受促使他意識到，單靠個人的努力是不會有大的前途和希望，尤其像茅盾這樣毫無背景的貧寒人家的子弟，只有投身社會運動，通過集體、組織的力量來改變社會的整個秩序，個人才會有前途。所以，我注意到茅盾在倡導「爲人生」的文學時，在談到個人與現實社會的關係時，總是強調社會對個人的壓迫，進而將人們的注意力從個人轉向社會。而在談到個人與未來社會關係時，他又是無條件地將個人視爲新的社會集體中的一員，享受各種權力。可以說，他在「人」的問題上，思路從來沒有脫離過對社會集體的關注〔註79〕。

〔註77〕可以說，這種觀點普遍存在於中國現代文學史研究之中。茅盾自己在1930年代發表於《北斗》創刊號上的《關於「創作」》中，也認爲五四文學可以用人的發現來概括，但他又認爲這種人道主義後來又被克服、超越。國內研究者中，莊鍾慶是較早明確指出茅盾的「爲人生」的文學觀與胡適、周作人的人道主義觀點有區別，但莊鍾慶的分析我不能同意，因爲他將茅盾此時的思想意識過於自覺化了。參見莊鍾慶：《茅盾的創作歷程》，頁30。

〔註78〕從目前所見的書信看，1920年茅盾致周作人信1封；1921年10封；1922年4封。

〔註79〕1920年1月10日，茅盾以佩韋的筆名在《東方雜誌》第十七卷第一號中發表《現在文學家的責任是什麼？》，他認爲現在新文學家要知道「什麼叫做社會化的文學」。1922年9月10日，他以雁冰之名在《小說月報》第十三卷第九號發表《文學與政治社會》，要求「文學之趨於政治的與社會的」。1925年在《文學旬刊》第一七二，一七三，一七五，一九六期上，連載《論無產階級藝術》，強調文學要有「無產階級藝術」的思想意識。

他將個人的希望放到集體的建設上，因此，他不是立足於個人來思考人的問題，而是通過集體，特別是政治團體的活動來發展自己。但個人在新的集體中是否一定就能充分發展自己，這一問題茅盾在現實生活中不是沒有感受過的。1920 年代初，與創造社的論爭中，茅盾就感到過新團體之間也有衝突，而 1920 年代末太陽社對他的批評，使他更深地感到在新的集體中有時犧牲自我是多麼痛苦。他在《從牯嶺到東京》中爲自己的獨立地位和立場辯護，甚至認爲「布爾喬亞」的生活也是生活。但這僅僅是在他個人感受到新團體中同樣有不自由時而產生的感慨，一旦輪到他批評別人時，他又不知不覺將自己當作了某種集體精神的代表，召喚文學家表現社會和集體。1933 年他發表的那篇《徐志摩論》，充分地顯示了茅盾對一位自由主義者的心靈世界的隔膜和不熟悉。在茅盾看來，徐志摩的創作危機就在於忽略了社會生活而過於沉浸於自我的世界，但茅盾沒有注意到，同樣是這位關注自我的徐志摩，不也創造出《再別康橋》之類流暢、明快的新詩麼。青年茅盾在「爲人生」的文學主張中，強調人的社會關係，但這種強調是將社會當作整體，而個人只是依附於社會的一分子。在這種整體與個體的對比關係中，「人」實際上始終是被整體控制的一個被動對象。如茅盾論述表現人生的文學時，他認爲文學之所以要表現人生，是因爲人生代表了社會最普遍的感受，換句話說，人生是一個社會和時代的整體象徵。茅盾不像那些側重於個體生命的人道主義者那樣，將個人的尊嚴和權力放在至高無上的地位，認爲個人權力神聖不可侵犯。像周作人在《人的文學》中論述「人」的地位，他就是從人的生物特徵和社會進化原則，提出個人本位的人道主義原則。在他看來，人就是人，論證人的存在合理性，沒有必要一定得從人的社會關係，特別是政治關係方面尋求支持。青年茅盾與周作人等人的不同，正在於論證「人」的問題時，茅盾總是首先考慮到人的社會關係，並將個人視爲依附於社會機體的一分子，他這一種論證的結果不是要人們關注於人權力和人的尊嚴，而是要人們注意社會，注意社會政治形勢的變化、發展。因此，茅盾式的「爲人生」的藝術主張，與五四人道主義文學的根本分歧就在於人道主義文學關注的是個體的人，而茅盾是借助於「人」的話題討論社會政治問題。

通過上述分析，可以看到，茅盾早期文藝觀是茅盾個人根據自己的生活體驗和要求，對當時流行於新文壇的重要話題所作的一種解釋。這些話題包括「寫實主義」、「新浪漫主義」、「進化的文學」、「爲平民的文學」和「爲人生」的文學。茅盾在這種解釋過程中，主要是根據自己的生活體驗和從自己的需要出發來關注文學，而不是像許多研究者所說的是他通過對新文學發展狀況的通盤考察之後，作出的文學思考。畢竟青年茅盾在 1920 年代才剛剛進入文壇，並且自 1921 年至 1927 年之間，他的大部分時間、精力都投注在社會政治的活動上，不用說他沒有充分的時間系統思考問題，甚至他是否有這種能力迅速提出新文學發展所面臨的問題，也需要重新思考〔註 80〕。

三

的確，對文學問題關心、思考，並且眞正從文學發展的需要角度提出問題，進行思考，這不能僅僅通過某個人在某一時刻發表了什麼文章，提出些什麼觀點，就可輕易作出判斷的，我以爲，必須注意到那些思想人物個人思想發展的眞實狀態。大凡那些有著眞知灼見的思想人物，他們最有力的思想，表現在他們有一種自我反思的思想能力。每隔一段時間，特別是面臨重大的歷史事變之際，思想人物總會陷入深深的思想反省，並產生成熟的思想成果，像魯迅、周作人、胡適等人，在 1920 年代五四落潮時期，正是他們積極反思，思想產品大量生成的時期，並且從他們的個人思想體驗來看，痛苦是一種突出的現象。魯迅的「徬徨」時期就在這時，周作人、胡適閉門讀書，整理國故也始於這時。相比之下，1920 年代是青年茅盾思想上最輕鬆，最沒有負擔的時期。對他來說，深深的思想苦悶和被思想問題纏繞而形成的痛苦，還沒有體嘗過，只有到了 1927 年大革命失敗之後，命運之神迫使他深刻反省自己的過去，以便決定自己的發展未來時，那種屬於思想者應有的思想痛苦才姍姍而來。因此，在研究早期茅盾文藝觀問題時，我感到茅盾早期文藝觀在 1920 年代還只是茅盾個人的思想產品，所謂個人的思想產品是指它代表了茅盾個

〔註 80〕我認爲，整個 1920 年代青年茅盾幾乎沒有在新文學領域裏首先明確提出過一些值得讓人們普遍關注的文學問題。茅盾翻譯許多弱小民族的文學，而這與新文學發軔期要求提供第一流的西方文學作品的需求之間，沒有直接關係。茅盾在文學批評中，對作品的批評也缺乏統一、系統的價值衡量尺度。這些現象的存在，與茅盾將過多的時間、精力投注於社會活動有很大的關係，另外，個人的外國文學知識素養和以知識爲背景的思想能力的缺乏也有關係。茅盾沒有出國留學的經歷，外國文學靠自學獲得，這受到圖書資料等因素的限制。另外，茅盾雖參加各種社會政治活動，但在這些活動中，他是一位熱情的投入者，而不是冷靜的思考者，他不可能像魯迅那樣時時反省自己，也反省時局。

人的思想興趣，並限於他個人思想範圍之內來考慮問題。查閱茅盾晚年回憶錄，我注意到茅盾自己在概括他 1923 年至 1927 年之間的生活時，用了四個標題，即「文學與政治的交錯」、「五卅運動與商務印書館罷工」、「中山艦事件前後」、「1927 年大革命」〔註 81〕。這四個標題如果說眞是揭示了茅盾 1920 年代中期前後生活狀況的話，那麼，我認爲除了「文學與政治的交錯」還與文學有關，其他則與文學關係甚少，而在「文學與政治的交錯」中作者用意也不在說明他對文學有什麼思考，而是說作爲一種職業，他手頭所做的是與文學有關的一些文字工作。並且，在 1927 年之前，茅盾的文章，特別是他的文學批評文章，是否眞的對新文學發展構成了直接影響，在我看來，這仍是一個有待考證的問題〔註 82〕。在查閱這一時期與茅盾有關或讀過茅盾批評文章的新文學家在當時及後來的回憶文章中，我注意到他（她）們很少提到自己創作思想或文學觀念受到過茅盾文章的啓發，相反，我發現，當時許多職業革命家或與茅盾處境相近似的人，如鄭振鐸、葉聖陶、胡愈之等人，倒是說過茅盾學識豐富，但也沒見他們說過「影響」之類的話題，只是從 1950 年代開始，許多研究文章中才明確提到茅盾 1920 年代文學主張的思想影響，特別是強調茅盾那篇《論無產階級藝術》的社會影響。其實，這種影響在我看來是後來研究者附加上去，並被茅盾本人認可的一種東西，如果說茅盾這篇文章對他，對新文學來說眞這麼重要，爲什麼 1950 年代之前新文學家沒有一人提到過它，甚至茅盾本人也記不起來呢？而且，這篇文章當時是陸續刊載於《文學週報》，在這一時期，茅盾在《文學週報》同時還發表《街角的一幕》、《疲倦》、《大時代中一個無名小卒的雜記》，這一組文章既沒有貫串「無產階級」的意識，也沒有提到「無產階級藝術」，更談不上堅定、明確的「無產階級藝術」信念了，所謂茅盾積極鼓吹「無產階級藝術」乃至產生社會影響，簡直無從談起。日本學者白水紀子在 1980 年代末發表《關於〈論無產階級藝術〉出處的說明和一些感想》，指出茅盾這篇論文是轉譯於亞・波格丹諾夫的《無產階級藝術的批評》〔註 83〕。究竟茅盾的《論無產階級藝術》是編譯還是根據自己觀點寫成的論文，這一問題我以爲意義並不大，重要的倒是這些

〔註 81〕參見茅盾：《我走過的道路》（上），目錄。

〔註 82〕作爲一個專題問題，我在論文第四章「茅盾早期與文學社團和文學論爭」中有論述。作爲總體評價，參見註 80。

〔註 83〕白水紀子：《關於〈論無產階級藝術〉出處的說明和一些感想》，載《茅盾研究》第五輯，1991 年 3 月，文化藝術出版社出版。

新提出的問題和新發現的史料讓我意識到，青年茅盾並不是在考察了新文學的發展情況和系統閱讀了國外作家作品的基礎上作出了文學思考，而是他根據鄧中夏、惲代英等人提出的革命文學的話題，借助了一些蘇聯文學的材料作了一種理論上的表態，至於這種表態對新文學本身會不會有影響，茅盾當時無暇顧及，而且確實也沒有當時的材料可以證明有影響。

總之，通過對茅盾早期文藝觀的分析，使我意識到茅盾的早期文學主張屬於他個人，代表他個人志趣並限定在他個人的生活範圍內，茅盾不屬於那種創造並能夠產生新思想的啓蒙思想家，但茅盾屬於那些有熱情，有奮鬥精神、勇於追趕時代潮流的文學青年。正是在這種社會時代的潮流中，青年茅盾積累了豐富的社會和生活經驗，爲他後來的文學創作奠定了生活基礎。

第二章　茅盾早期對外國文學的接受

茅盾與外國文學的關係，是茅盾早期文藝思想研究中不能不談的問題。茅盾自己一再說：五四時期「受新思想影響的知識分子如飢似渴地吞咽外國傳來的各種新東西，紛紛介紹外國的各種主義、思想和學說。」〔註1〕但如何來理解茅盾與外國文學的關係，在什麼範圍裏把握和理解茅盾與外國文學的關係，確實是研究茅盾早期文藝思想時不能不仔細考慮的。我注意到目前許多研究都把茅盾與外國文學之間的關係，視作一種既定事實，然後再用文學史具體史料來證實和補充。的確，早期茅盾是翻譯、介紹過不少外國文學，他還倡導過「寫實主義」、「新浪漫主義」和「自然主義」，但這只是問題的一部分，但另一方面，我們也不能不看到，茅盾早期所譯介的外國文學，就這些作品之間的相互關係而言，簡直找不到一種內在的聯繫，有的甚至風格截然相反。如他介紹俄國文學，同時也介紹法國文學，但在俄國文學和法國文學之間，茅盾卻沒有加以具體區分，在他看來都屬於外國文學之列，因此，當茅盾喊出：「我愛左拉，我也愛托爾斯泰」〔註2〕時，眞正從文學風格上講，簡直是讓人難以相信的，因爲左拉與托爾斯泰的創作屬於完全不同的兩種藝術風格，很難將它們統一在一起。從茅盾早期對這些作家作品及藝術主張的理解、發揮、倡導看，他似乎從未感到這種統一有什麼困難，他根本不顧這些作家作品之間的矛盾和衝突，他關注的倒是盡可能多地介紹、引進外國文學內容。1920年1月，茅盾在《現在文學家的責任是什麼？》中說：「我以爲

〔註1〕茅盾：《我走過的道路》（上），頁133，1981年10月，人民文學出版社出版（本章下面引文出於此書者，省略出版單位及出版時間）。

〔註2〕茅盾：《從牯嶺到東京》，載1928年10月10日《小說月報》第十九卷第十期。

現在文學家的責任是在將西洋的東西一毫不變的介紹過來。」〔註3〕儘管他希望有系統有選擇地介紹外國文學，但從他對外國文學的了解程度及具體介紹情況看，這種系統和選擇是否眞的存在，倒是値得仔細思考的，因此，我不是將茅盾早期與外國文學的關係視作一種既定事實，而是作爲我具體考察、分析茅盾早期文藝思想的具體構成的一個方面來展開下面的研究。

一

凡對茅盾生平稍有了解的研究者都知道，茅盾沒有出洋留學的經歷，他的外國文學知識全都是靠他自學獲得的。這種個人經歷，是否對他的外國文學知識積累形成某種思想上的影響？

事實上，在茅盾自覺地接受外國文學之前，外國文學連同一切外國的東西都包溶在「西學」這一概念中而明確地在他頭腦中確立起來了。茅盾在晚年回憶錄中，清晰地記得自己小時候進新式學堂，學習聲光化電這些「西學」的情景〔註4〕，這表明他自小就意識到有一種可以稱爲「西學」的東西存在，並且在他理解中，「西學」代表了一種與「中學」不同，具有新鮮、陌生成份的存在。那麼，茅盾的這些最初印象究竟是怎樣得來的？

讀茅盾晚年回憶錄，我們會發現晚清以降，江浙沿海一帶的開化程度，遠比我們想像得高。茅盾曾祖父做生意做到了漢口，見識大開，已不再將自己的思想束縛在狹小的地域之內〔註5〕。到茅盾父輩時，整個教育環境也大變。茅盾在《我的小傳》和晚年回憶中，屢屢提到他父親是維新派，主張學習「西學」〔註6〕。但實際上，茅盾父親只不過是當地一位不怎麼出名的醫生，他既無特別的經歷，也沒有較高的聲望。像這樣一位平民人士都能意識到學習「西藝」之重要，可想而知當時茅盾故鄉一帶的開化程度了。這種較爲開放的社會環境，爲茅盾自小確立「西學」概念提供了可能。

〔註3〕《現代文學家的責入是什麼？》，署名佩韋，載1920年1月10日《東方雜誌》第十七卷第一號。

〔註4〕茅盾回憶自己童年進植材高等小學讀書的情景說：課程已不只是國文、英文兩門，而是增加了算學（代數、幾何）、物理、化學、音樂、圖畫、體操等六、七門課。參見茅盾：《我走過的道路》（上），頁66～67。

〔註5〕茅盾：《我走過的道路》（上），頁9。

〔註6〕茅盾：《我的小傳》，載《文學月報》第一卷第一號。茅盾《我走過的道路》（上），頁27。

茅盾的家庭教育對茅盾的「西學」觀念的形成，可以說有著直接的影響。茅盾家庭在當地一般家庭中算是較爲特別的。茅盾父母都知書達禮，父親自學數學，並買了不少介紹西洋自然科學和社會科學的書來看，甚至還萌生了去日本留學的念頭〔註 7〕。茅盾母親也讀過《瀛環志略》這類介紹各國自然地理、歷史的書籍，並能教茅盾讀新式教科書〔註 8〕茅盾的父母都相信「西學」、「西藝」。茅盾 9 歲時，家裏還請過一位日本女醫生給茅盾父親治病〔註 9〕。這一舉動表明，茅盾家庭對「西醫」懷有某種信任。在這種家庭環境中長大的茅盾，自幼便對「西學」有一種朦朧的印象，並在感情上對「西學」保持了一份親近。

當然，如果僅僅止於上面這些條件，是絕對構不成茅盾自幼便對「西學」保持深刻印象的現象，在我看來，「西學」概念之所以能深深置入他童年的記憶，與茅盾父親的遺囑有極大的關係。1906 年茅盾父親患骨癆病逝，是年茅盾 10 歲。茅盾父親在遺囑中告誡自己的孩子要學習「西藝」，以便將來糊口〔註 10〕。父親的遺囑和母親後來反反覆覆的教誨，使茅盾終生難以忘卻「西學」。他不是將「西學」作爲一個普通的知識概念來理解，而是當作父親囑託的一件神聖大事來完成。1906 年烏鎮第一所新式學堂成立，茅盾就離開私塾進了這所新式學堂。以後他在杭嘉湖三府的三所中學就讀，這三所中學都是新式學堂。所謂新式學堂，在當時的標準就是教英語和數學等含有西方人文和自然科學內容的學校。在新學堂剛剛出現，新舊學堂相互對峙的時期，茅盾就毫不猶豫地進了新式學堂，這表明茅盾及茅盾家庭對「西學」的信任。特別是 1913 年茅盾報考北京大學預科，全然沒有了魯迅當年報考江南水師學堂時的那種失落感。這種個人情感上的變化，當然與社會風氣有關，但從茅盾個人角度考慮，顯然父親的遺囑更是起著關鍵作用。因爲在中國傳統社會中，父親的遺囑具有至高無上的神聖地位，它甚至規定著後輩人的整個人生道路的選擇和人格的塑造。茅盾家庭在這方面同樣也不例外。茅盾年近暮歲，還始終恪守著慈訓，要求自己「謹言愼行」〔註 11〕。對待茅盾父親的遺囑，茅盾和茅盾母親都恭行不踰。儘管茅盾後來選擇了文學作職業，有悖父訓，但進新學堂，學習「新知」、「新學」，其基本精神仍不悖父親遺囑。從這一意義上講，「西學」這一概念自

〔註 7〕茅盾：《我走過的道路》（上），頁 28。

〔註 8〕同上註，頁 21，頁 27。

〔註 9〕同上註，頁 49。

〔註 10〕同上註，頁 51。

〔註 11〕茅盾：《我走過的道路・序》（上），頁 1。

妨在茅盾頭腦中具有深刻的印象，並不是說他對「西學」有眞正的了解和認識，而是「西學」代表了他情感上對父親的某種依戀和信任。所以，對他來說，「西學」不僅是個人將來謀生的一種技能，也是他顯示自己優越感的一種特殊表達方式。我注意到茅盾青年時期，每每要嘲諷別人或顯示自己精神上的某種優越感時，他總要搬出「西學」這一法寶。1913 年他剛進北大第一學期，就碰上陳漢章先生在歷史課上大講西方的聲光化電源出於中國古代諸子典籍的事。對一般的學生來說，陳先生的這種說法只是一種荒唐的舉動，一笑了之。但茅盾卻反應強烈，大大地諷刺了陳先生一通。茅盾的舉動，或許是他自己都沒有意識到，是在維護父親遺囑的神聖性。因爲茅盾譏諷陳先生，並不見得茅盾此時「西學」知識比陳先生多，而是要表明他心目中的那個「西學」概念神聖不可侵犯。特別是當陳先生受到茅盾這意想不到的冒犯而微微受窘時，我相信，茅盾是獲得了一種精神優勝的快樂體驗。

隨著年齡的增大和知識的增多，青年茅盾當然不會滿足於單純以信念形式保存「西學」概念在自己頭腦中的神聖地位，他要用學到的知識在理智上支持「西學」概念。然而，茅盾個人對這種思想意識或許是不自覺的，他在晚年回憶錄中認爲自己是通過學習、思考接受「西學」的〔註 12〕。但應該指出的是，在五四新思潮還沒有成爲一種時潮時，學習、接受可以是學中國傳統的東西，也可以是「西學」的東西。茅盾儘管古書讀得很起勁，但「西學」他也從未輕視過。五四運動之後，讀洋書的風氣盛行，茅盾因在編譯所工作，使他接受「西學」成爲名正言順的事，但這種外部條件的改變僅僅是爲他頭腦中的「西學」概念提供了一種更充分的存在理由，眞正使他接受「西學」的力量，還是來自於對父親遺囑的神聖信念。我們不妨作這樣一種假設，如果青年茅盾對「西學」沒有這樣一種情感關係，他面對「西學」熱潮是否還會這樣態度熱烈呢？從茅盾的處境及個性來看，他至少會遲疑觀望一陣，然後再作選擇，但事實是他根本沒有什麼考慮，便投入了這股讀洋書、接受「西學」的熱潮中去了。這一現象讓我意識到，茅盾頭腦中的這一「西學」概念是依靠父親遺囑所具有的那份親情力量維繫著，時潮和讀洋書的活動只加強了這種聯繫的牢固程度，卻未必規定茅盾必須捍衛這種「西學」的神聖性。

〔註 12〕茅盾晚年回憶說：「那時，二十世紀才過了二十年，歐洲最新的文藝思潮還傳不到中國，因而也給我一個機會對十九世紀以前的歐洲文學作一番系統的研究。」參見茅盾：《我走過的道路》（上），頁 134。

這一點或許是茅盾自己無意識的，他信以爲自己是在五四啓蒙精神的召喚下，才萌生了接受「西學」的念頭。

二

進一步考察 1919 年至 1927 年之際，茅盾對外國文學的接受情況，我相信人們會加深對我上述結論的印象。

茅盾自己說過，在五四運動的影響和推動下，「我開始專注於文學，翻譯和介紹了大量的外國文學作品。」〔註 13〕確實，從茅盾發表文章的情況看，從 1919 年下半年起，他對外國文學的翻譯陡然增多〔註 14〕。這些文章大都發表在《時事新報》副刊《學燈》上。單單就翻譯這一舉動來看，茅盾確實是受到五四新思潮的影響，因爲 1919 年恰恰是《新青年》、《新潮》等新文化新文學雜誌熱烈鼓吹和介紹外來文學、文化的時期，新的時代浪潮激發了茅盾保存在內心的對「西學」的神聖情感。他像當時的文學青年那樣到處尋找介紹西方思想學說的書籍閱讀，所寫文章也常常引外國的事例進行說明。但在具體分析茅盾所譯介的那些外國文學的內容時，我感到茅盾的譯介內容有很大的侷限性。第一，茅盾譯介的一些作家作品，絕大多數在《新青年》、《新潮》上已經被人提到過。極有可能茅盾是根據這些提示而去尋找作家作品進行翻譯、介紹的〔註 15〕。第二，茅盾對各作家作品之間的關係並不一定十分清楚，像梅特林克、莫泊桑、契訶夫的作品，他幾乎是不作區分同時加以介紹。第三，茅盾雖然對當時缺乏系統的介紹外國文學現象有過批評〔註 16〕，但這並不能說明茅盾自己系統地在學習、介紹外國文學，更不能說他已經具

〔註 13〕參見茅盾：《我走過的道路》（上），頁 132。

〔註 14〕據茅盾自己說：「在這之後半年多的時間內，我接連翻譯了契訶夫的《賣誹謗者》等十多篇短篇小說和劇本」。參見茅盾：《我走過的道路》（上），頁 132。

〔註 15〕陳獨秀在 1915 年《青年雜誌》（後改名《新青年》）第一卷第三號、第四號發表《現代歐洲文藝史譚》、《現代歐洲文藝史譚（續）》，其中提到的國外作家有左拉、龔古爾、佛羅培爾、都德、屠格涅夫、莫泊桑、王爾德、梅特林克、易卜生、托爾斯泰、莎士比亞、歌德等。茅盾 1919 年起，最初翻譯的一批外國作家作品，基本上不超出上述作家範圍。茅盾晚年回憶中曾談到《學生雜誌》主編朱元善訂閱《青年雜誌》之事，想必茅盾的翻譯與《新青年》有關。參見茅盾：《我走過的道路》（上），頁 125。

〔註 16〕參見《我對於介紹西洋文學的意見》，署名冰，載 1920 年 1 月 1 日《時事新報．學燈》；《對於系統的經濟的介紹西洋文學底意見》，署名沈雁冰，載 1920 年 2 月 4 日《時事新報．學燈》。

備了一套系統的外國文學知識了。我倒是相信茅盾提出系統介紹外國文學的要求，是從他個人學習、接受的便利方面來進行考慮的。我注意到一系列能夠說明茅盾此時外國文學知識狀況的材料。1957 年 2 月 20 日，茅盾在致朱雄夫的信中說自己年輕時讀外國文學的書非常不容易〔註 17〕。1975 年 8 月 13 日茅盾致臧克家的信中也說，五四時期自己讀歐洲近代文學和馬列書籍都不深入〔註 18〕。從同時代的人對當時各自接受外國文學狀況的介紹看，也能清楚地看到茅盾翻譯活動的情況。鄭振鐸在 1950 年代寫的《記瞿秋白早年的二三事》中，記錄了五四時期瞿秋白、耿濟之翻譯托爾斯泰的情況，瞿、耿僅僅是聽說托爾斯泰的名聲很大，憑自己的直感覺得要翻譯，至於俄國文學發展狀況和發展線索怎樣，托爾斯泰的生平和創作的具體情況如何，他們一概不知〔註 19〕。茅盾對俄國文學的了解程度，在當時並不在瞿、耿之上，特別是他 1920 年代寫給周作人一系列的請教外國文學的書信看，茅盾的確在當時沒有積累起豐厚的外國文學知識〔註 20〕。

當然，1921 年 1 月他主編《小說月報》後，學習、接觸到的外國文學比以前明顯多了。據茅盾回憶，1921 年他母親到上海時，發現茅盾有二三百本原版書〔註 21〕。另外茅盾還訂閱英國的《泰晤士報》的《星期文藝副刊》和《紐約時報》的《每周書報評論》等英文報刊雜誌〔註 22〕。但這些接受很明顯與他執編工作，特別是要顯示《小說月報》之「新」有關。查閱當時的國內報刊雜誌，人們不難發現，當時所謂的「新」，主要是在翻譯、介紹外國文

〔註 17〕1957 年 2 月 20 日茅盾致朱雄夫的信中說：「我青年時，不像你們那樣先讀外國作品（那時根本沒有那些翻譯的外國作品，只能讀原文，但原文書貴得很，買不起），而是先讀中國古典文學作品。」參見孫中田、周明編：《茅盾書信集》，頁 171，1988 年 3 月，文化藝術出版社出版（本章引文出於該書者，省略出版單位及出版時間）。

〔註 18〕1975 年 8 月 13 日，茅盾致臧克家的信中說：「『五四』前我是完全埋頭於線裝書的，追求博覽，成了個『雜家』。其實一無所得，蓋亦『雲水迷（茫）茫未得珠』也。『五四』後涉獵歐洲近代文學，又讀馬列，然而都不深入，及今既老，悔之無及。」參見孫中田、周明編：《茅盾書信集》，頁 290。

〔註 19〕鄭振鐸：《記瞿秋白早年的二三事》，載《五四運動回憶錄》（續），1979 年 1 月，中國社會科學出版社出版。

〔註 20〕如 1920 年末，茅盾致周作人的信中就有「先生說我們應該分別：分別哪些是不可不讀的及供研究的兩項，不可不讀的，大抵以近代爲主。我以爲這個辦法，雖然又欲被某派人罵爲包辦，然而確是很緊要的事。」，頁 4。

〔註 21〕參見茅盾：《我走過的道路》（上），頁 172。

〔註 22〕同上註，頁 162。

學上下功夫〔註 23〕。這種爲「新」而「新」的追求，常常使得許多翻譯、介紹陷於盲目境地，那些沒有多少文學價值或與新文學發展需要沒有多少聯繫的作家作品，統統都塞進了各種刊物中。所以，對茅盾研究來說，我認爲我們主要不是去列數茅盾在《小說月報》上發表了多少作家作品的翻譯、介紹，而是要看看他當時對自己的譯介工作是否自信，或自信到什麼程度〔註 24〕。查 1921 年 7 月 20 日茅盾致周作人的信，信中談到翻譯外國人名地名時，茅盾顯得極不自信。他說：「譯外國的地名，我最怕，一則地名不熟，現成的也要記不得；二則俄國人波蘭人捷克……等等，竟不知如何讀，只有亂寫一個，很想在這上頭研究研究，不知可有什麼方法」〔註 25〕。同年 10 月 12 日茅盾致周作人的信中，談到雜誌明年的欄目安排情況時，茅盾竟說：「明年體例，究竟如何，我沒了主意。請先生開示一些意見！」〔註 26〕針對胡適批評《小說月報》1921 年第七期「新浪漫主義」宣傳過濫而要求多注意寫實主義文學的提議，茅盾在第八期《小說月報》「最後一頁」欄目中寫下要注意寫實主義文學的字句〔註 27〕。這說明，青年茅盾在擔任《小說月報》主編期間，儘管

〔註 23〕如 1920 年 9 月 15 日，《民國日報》的宣傳廣告便是「奮鬥的精神，革新的主張」。1921 年 1 月 15 日《時事新報》的宣傳廣告是「提倡文化運動，迎接世界潮流」。

〔註 24〕茅盾 1962 年 9 月給莊鍾慶的手箋中曾說：「我從前在小說月報（一九二四年前後罷）寫過不少介紹外國作家作品的短訊，但這只是介紹而已，說不上我當眞是喜歡他們。」參見莊鍾慶：《茅盾史實發微》，頁 2，1985 年 2 月，湖南人民出版社出版。

〔註 25〕參見孫中田、周明編：《茅盾書信集》，頁 14。

〔註 26〕同上註，頁 24。

〔註 27〕查胡適 1921 年 7 月 22 日日記，有「我昨日讀《小說月報》第七期的論創作諸文，頗有點意見，故與振鐸及雁冰談此事。我勸他們要慎重，不可濫收。創作不是空泛的濫作，須有經驗作底子。我又勸雁冰不可濫唱什麼『新浪漫主義』。現代西洋的新浪漫主義的文學所以能立腳，全靠經過一番寫實主義的洗禮，有寫實主義做手段，故不致墮落到空虛的壞處。如梅特林克，如辛兀（Maeterlinck，Synge），都是極能運用寫實主義的方法的人，不過他們的意境高，故能免去自然主義的病境。」參見《胡適北大日記選》，頁 72，台北遠景出版事業公司，1984 年 7 月初版。另查閱 1921 年 8 月 10 日出版的第八期《小說月報》「最後一頁」欄目，有編者按語「文學上自然主義經過的時間雖然很短，然而在文學技術上的影響卻非常之重大。現在固然大家都覺得自然主義文學多少有點缺點，而且文壇上自然主義的旗幟也已豎不起來，但現代的大文學家——無論是新浪漫，神秘派，象徵派——哪個能不受自然主義的洗禮過。中國國內創作到近來比起前兩年來，愈加『理想些』了，若不能乘機把自然主義狠狠的提倡一番，怕『新文學』又要回原路呢。」

外國文學的知識素養有了提高，能夠從一些具體的文學史線索上來分析提問，但對西方文學的整個系統的了解和把握，仍有許多不足之處。例如 1923 年他辭去《小說月報》主編之職後，花了許多時間和精力寫成《大仲馬評傳》和《司各特評傳》。他選擇大仲馬和司各特作爲自己的研究、評價對象，當然與他當時在商務編譯所的工作有關，但與他個人的趣味也有關。如果說他喜歡這兩位外國作家是他個人的欣賞習慣和藝術趣味使然，那麼從介紹外國文學角度來看，這種翻譯所選擇的對象，對介紹西方文學來說並沒有太大的代表性。因爲大仲馬在法國文學史上算不得第一流的作家，而在司各特之前，英國文學史上也還有莎士比亞更值得介紹。因此，茅盾的這些翻譯、介紹並不能說明他對外國文學深有了解，而是了解不多，故選擇餘地也少，只能碰到什麼，介紹什麼。這說明茅盾即便接觸到了不少外國文學，但其整個外國文學的知識系統仍沒有牢固地建立起來。

指出茅盾在學習、接受外國文學中的上述情況，我著意考察的仍是青年茅盾在外國文學知識準備不足的條件下，爲什麼在觀念上能夠保持對外國文學的接受信念。特別是在 1921 年之後，在許多研究者看來茅盾是依靠豐富的西洋文學的知識建立了「外國文學」概念，但我的分析仍然顯示，茅盾外國文學的知識系統遠沒有構成，他不是根據自己對外國文學的理性認識建立了牢固的「外國文學」概念，而是憑著自己對外國文學的想像和理解，勾勒一副外國文學的圖景，這就使得我在下面需更進一步分析和思考青年茅盾在 1920 年代究竟靠什麼力量繼續保持自己對「外國文學」概念的信念。

三

在一些研究者看來，茅盾 1920 年代開始對外國文學的翻譯、介紹，與他對中國新文學面臨的問題的思考有關。茅盾自己曾說：「1920 年 1 月起，我寫的或譯的文章比上年多」。〔註 28〕從文章數目看，我不懷疑茅盾此刻對許多問題懷有濃厚的興趣。但有興趣與針對思想問題產生眞正的思考之間，畢竟還有很大的差距。我認爲，在 1920 年前茅盾對許多問題，包括社會問題、政治問題、文學問題只是有興趣，而這種興趣與冷靜的思考相距很大。讀他譯介的一系列有關俄國文學和俄國革命的文章，如《托爾斯泰與今日之

〔註 28〕參見茅盾：《我走過的道路》（上），頁 71。

俄羅斯》、《俄國人民及蘇維埃政府》〔註29〕，可以明顯地看出他對俄國文學和俄國革命並沒有多少了解，也沒有提出有價值的問題。以前一篇文章爲例，作者開頭就端出文章大綱，說：「提示本篇之大綱。曰：托爾斯泰及俄國文學、托爾斯泰生平及著作、托爾斯泰左右人心之勢力。緣此三綱，依次敘述。讀者作俄國文學略史觀可也，作托爾斯泰傳觀可也，作俄國革命原因觀亦無不可」。〔註 30〕這裏，一篇文章竟可以將俄國文學史、托爾斯泰傳和俄國革命原因三方面內容扯到一起來談，這種文章的寫法其本身是否可行，是令人懷疑的。而且，從他對俄國文學、托爾斯泰生平和作品的介紹看，幾乎見不到茅盾對俄國文學有什麼具體了解。他在「俄文學之特色」一節中，認爲俄國近代小說是「爲心理的小說」。這種說法是否準確，我們可以不管，問題是茅盾怎麼得出這種結論的。在論述這一問題時，茅盾根本沒有援引具體的文學史料和俄國的作家作品來展開論證，只是三言兩語說俄國社會也經歷過類似英法中世紀的愚昧，而現在才抵達歐洲文藝復興的水平，藝術創作出現了繁榮。這種判斷實際上是對歐洲不少國家和民族的文學發展來說，都能適用。茅盾作這一判斷，並不是說他對東西方文學中出現的共同現象深有感觸，而是他對俄國文學缺乏起碼的了解，只能用一種籠統的說法來搪塞。我以爲不妨對照周作人同一時期對俄國文學的分析、介紹。1920 年 11 月，周作人作了《文學上的俄國與中國》的講演〔註31〕，在講演中他主要從中俄雙方的社會背景，文學發展特徵和作家思想三方面闡述了中俄文學的相似性，要求人們注意未來中國文學對俄國文學的借鑒與吸收。周作人的講演有幾個特點。第一，有自己對問題的獨到見識，他認爲新文學要注意俄國文學影響的特殊價值。當時儘管有許多新文學家對俄國文學懷有興趣，但從中國新文學發展的角度提出「俄國文學」這樣一個概念，不能不說周作人有獨特的見地〔註32〕。第二，對問題的論述非常具體，他引用了不少俄國文學史料

〔註29〕《托爾斯泰與今日之俄羅斯》，署名雁冰，載《學生雜誌》第六卷四一六號。《俄國人民及蘇維埃政府》Jerome Davis 著，署雁冰譯，載《東方雜誌》第十七卷第三號。

〔註30〕參見註 29 前半部分。

〔註31〕1920 年 11 月 13 日，周作人往北京協和醫校講演，講題爲《文學上的俄國與中國》，收入周作人：《藝術與生活》，1931 年 2 月，上海群益書社出版。

〔註32〕從新文學發展角度，提出「俄國文學」這一概念，認爲俄國文學對中國新文學有特別的意義，這是周作人的首創。周作人之前，還沒有人這麼明確將中國新文學的發展前途與「俄國文學」聯繫在一起。

和具體的作家作品，這種談問題的方式本身，說明周作人奉行一套較爲嚴格的思考方法在思考問題，而不只是在作表態文章。對比之下，茅盾的文章就缺乏這種獨到的見地和細膩的分析。這種缺乏，說到底是因知識積累不足而引發的。1920 年後，茅盾仍然沒有從這種狀態中擺脫出來，據唐弢回憶，《小說月報》的《俄國文學研究》專號是在鄭振鐸的催促下才想到要辦〔註 33〕，另外，查茅盾當時的信函，他對自己的俄國文學基礎也並不怎麼自信。在致周作人的信中，茅盾就說：「一個俄國文學專號裏若沒有先生的文，那眞是了不得的事」。〔註 34〕這裏當然是茅盾對周作人的恭維，但也反過來說明茅盾對自己的知識的素養的侷限還是有較爲清醒的意識。

若進一步考慮茅盾的譯介活動與中國新文學發展之間的關係，我以爲茅盾的譯介活動基本上只能代表他個人的學習興趣，對新文學的發展還沒有形成實質性的影響。所謂實質性的影響，是指針對新文學迫切待解的問題提出切實的解決方案。

自 1917 年胡適、陳獨秀揭開文學革命的序幕以來，從新文學本身的狀況來考慮，最最缺乏的是創作。各種理論主張有了，各種翻譯也有了，但唯獨缺少新文學自己的創作。從這一意義上講，胡適從倡導白話文到自己親自動手創作白話詩，代表了新文學自身的某種努力。魯迅小說的劃時代意義，從新文學方面考慮，也在於魯迅用自己的創作填補了新文學的一大空白，以自己那種格式新穎又包溶了作者個人對生活的深切體驗的文學作品，豐富了新文學。相對這種建設性的文學活動，1920 年代抨擊中國舊傳統和宣傳西方文學思潮的文學活動，帶有較濃的文學史消極意義，所謂消極是指這種活動並不能正面提供新的文學思維，而僅僅起到保障新文學順利發展的作用〔註 35〕。因此，在新文學剛剛起步階段，即 1920 年之前，譯介西方文學、抨擊

〔註 33〕唐弢說：「西諦對文學的興趣極爲廣泛，但早期卻傾心於俄羅斯文學，他介紹了不少俄國文學，慫恿《小說月報》出《俄國文學研究》，還和耿濟之等合編過《俄國戲曲集》，共出十冊。」參見唐弢：《悼西諦》，收入陳福康編：《回憶鄭振鐸》，頁 51，1988 年 9 月，學林出版社出版。

〔註 34〕參見茅盾 1921 年 1 月 7 日致周作人的信。另見 1921 年 10 月 15 日致周作人的信，其中有「俄國文學號內容很不行，但銷場倒還好，大概一般讀者被厚重的篇幅迷昏了。」兩封信均收入孫中田、周明編：《茅盾書信集》，頁 7，頁 25。

〔註 35〕「消極」一詞在這裏不是貶意，而是相對於提出新的研究思路這一「積極」的思維活動來說，「消極」的思維側重於批判、否定活動。

中國舊傳統，對新文學發展有很大的意義，它爲新文學開拓出一塊生存和發展的空間，而外國文學的介紹、引進，在文學格式和思想內容上爲新文學提供了一種樣板。但到了 1920 年代，新文學發展所面臨的最迫切任務是如何創造出新文學自己的作品。這一點魯迅在《中國新文學大系・小說二集・導言》中就說，《新青年》沒養成什麼小說家，倒是《新潮》匯聚了一批文學創作人才〔註 36〕。而《新潮》之所以在新文學史上有這樣的意義，其中最重要的就在於它爲新文學提供了第一批文學創作。1920 年代初，《小說月報》成爲新文學界矚目的對象之一，很大程度上，也應歸功於雜誌刊發了一大批創作〔註 37〕。但從茅盾此時個人的努力方向看，他做得最多的是翻譯與文學批評，但這種翻譯與文學批評，對解決新文學所面臨的創作匱缺的問題並沒有提供有力的幫助。從介紹外國文學方面來看，茅盾 1920 年代主要精力都集中在對東歐和弱小民族的文學介紹上〔註 38〕。這種介紹對新文學來說，有兩方面的意義，第一，是讓中國作家了解到這些弱小民族文學的發展狀況；第二，表明茅盾個人對外國文學的介紹確實是抱著自由開放的態度，他在介紹弱小民族文學時，並沒有說其他國家、民族的文學就沒有介紹的價值。然而，對照新文學發展所迫切待解的文學創作匱缺問題，茅盾的這種譯介並沒有多少意義，這不僅在於茅盾譯介的這些弱小民族的作家作品今天已無人問津，甚至在當時，從藝術價值方面來考慮，也沒有很大的意義。茅盾實際上沒有明確意識到新文學需要的是提供一些西方一流的作家作品，給新文學創作提供樣板，而不是僅僅做出一種迎接外國文學的趨新姿態〔註 39〕。但對於

〔註 36〕魯迅說：「《新青年》其實是一個論議的刊物，所以創作並不怎樣著重，……較多倒是在《新潮》上。」參見魯迅：《中國新文學大系・小說二集・導言》，頁 1～2，1935 年，上海良友圖書印刷公司出版。

〔註 37〕這裏所說的一大批創作，僅僅是相對《新青年》、《新潮》而言，就《小說月報》本身來說，翻譯和評論的篇幅遠遠超過文學創作。

〔註 38〕1962 年 9 月，茅盾給莊鍾慶的手箋中有「曾經對波蘭、匈牙利等東歐民族的文學有興趣，那是一方面也從政治上考慮。」參見莊鍾慶：《茅盾史實發微》，頁 2～3。另見茅盾的譯文集，《桃園》、《雪人》收集了他早年的譯作，以東歐及弱小民族的文學作品爲主。

〔註 39〕五四新文學家對西方的小說敘述文體，接觸很少，對這種文體的駕馭能力也較差，所以，最初的創作，結構上普遍鬆散、拖沓。1930 年代的新文學家顯然閱讀西方小說的機會比 1920 年代的作家要多，對文體的熟悉程度也加深了，故 1930 年代的創作結構上都比較講究。茅盾本人 1920 年代寫《蝕》三部曲與他 1930 年代寫《子夜》時，對文體的自覺程度就不一樣，後者結構上用心較多。

茅盾來說，占據頭腦思考中心的，可能還在於保持翻譯、介紹的勢頭，在新舊文學對峙格局中，表明自己屬於「新」的一方。至於他的翻譯、介紹，是否真正切合新文學的具體要求，可能他還沒有來得及細細考慮。

在文學批評方面，茅盾執編的《小說月報》的確有創新的意識，我認爲茅盾開創了一種文學批評的風氣，即允許同時代的人對各種文學現象和作家作品發表各種不同意見。茅盾自己曾寫下了《新舊文學平議之評議》、《春季創作壇漫評》、《社會背景與創作》、《創作的前途》、《評四五六月的創作》、《獨創與因襲》、《自然主義與中國現代小說》、《「左拉主義」的危險性》、《「大轉變時期」何時來呢？》、《文學者的新使命》等等〔註 40〕。茅盾在這些文章中，對文學價值觀念、文學表現題材、文學技巧等問題都發表過自己的意見。但個人的批評實踐與針對新文學迫切待解的問題提出批評意見之間還有差別，前者只具有個人的意義，後者有廣泛的社會影響，從目前見到的當時作家回憶材料看，幾乎還沒見到有誰說是在茅盾的批評影響下完成創作的。在我看來，茅盾的文學批評確實爲新文學開闢了一塊批評的實驗園地，但這種批評實踐就其表達的實際內容來看，起點還相當低，也就是說，批評者還沒有能力根據自己對文學創作的悉心體會，有針對性地提出問題、解決問題。1922 年前後茅盾發表的一系列批評文章，主要是針對鴛鴦蝴蝶派而發的。這是因爲鴛鴦蝴蝶派在上海文壇的勢力很大，除《小說月報》和《文學旬刊》之外，差不多所有文學刊物都由這批舊式文人掌握。而且這些舊式文人常常攻擊茅盾，使他不得不將批評的主要矛頭集中在鴛鴦蝴蝶派身上。當然，茅盾此時的批評不只限於批評舊式文人創作，對新文壇他也批評。如他寫過《春季創作壇漫評》和《評四五六月的創作》，但這種批評的著眼點基本還是維

〔註 40〕《新舊文學平議之評議》，署名冰，載 1920 年 1 月 25 日《小說月報》第十一卷第一號。《春季創作壇漫評》，署名郎損，載 1921 年 4 月 10 日《小說月報》第十二卷四號。《社會背景與創作》，署名郎損，載 1921 年 7 月 10 日《小說月報》第十二卷第七號。《創作的前途》，署名雁冰，載 1921 年 7 月 10 日《小說月報》第十二卷第七號。《獨創與因襲》，署名玄，載 1922 年 1 月 4 日《時事新報．學燈》。《自然主義與中國現代小說》，署名沈雁冰，載 1922 年 7 月 10 日《小說月報》第十三卷第七號。《「左拉主義」的危險性》，署名郎損，載 1922 年 9 月 21 日《時事新報．文學旬刊》第五十期。《「大轉變時期」何時來呢？》，署名雁冰，載 1923 年 2 月 31 日《文學週報》第一〇三期。《文學者的新使命》，署名沈雁冰，載 1925 年 9 月 13 日《文學週報》第一九〇期。

持在批判、否定舊小說的格局之內〔註41〕。茅盾這一時期的文章很少闡發新文學「新」在什麼地方，並且也很少關注新文學要朝哪種新的方向發展下去。他關注的是新文學中存在哪些舊的東西，並對這些舊東西加以否定。這從茅盾對客觀描寫的強調上可以見出。茅盾在《自然主義與中國現代小說》、《獨創與因襲》等文章中都指出，新文學缺乏客觀描寫。照理他可以從新文學本身需要這種客觀描寫方法的角度來展開論證，但他的論述思路卻是從舊小說殘存著「向壁虛造」的惡趣味角度，來提出克服新文學創作中缺乏客觀描寫的問題。這就將一個值得正面探討和論述的理論問題，變成了對某種文藝思潮的表態。特別是茅盾的那篇《自然主義與中國現代小說》，他並沒有通過對歐洲自然主義文藝思潮和作家作品的深入分析，來闡明客觀描寫之於中國現代小說的必要，相反，他是為了達到「從正面批判了鴛鴦蝴蝶派」的目的來論述問題〔註42〕。所以，茅盾的批評文章放棄了對那些本該作為有價值的理論問題進行深入思考的內容，而將重點放到了批判舊傳統，並且是表態式的批判上去了。

在上述批判過程中，茅盾援引了許多外國文學的事例來證明自己批判的合理性，但這些外國文學之間是否能構成一個系統，或者說，這些外國作家作品能否用來準確說明茅盾的思想觀點，是值得深思的。如茅盾要強調客觀描寫，便引左拉的文學主張和文學創作為例；而茅盾要強調文學中的理想，便援引羅曼．羅蘭來說明問題。左拉和羅曼．羅蘭的創作成功，是否在於他們的客觀描寫與表達理想激情，他們的藝術主張是否只在於強調客觀描寫與表達理想而沒有其他內容了，我想這些問題在茅盾援引他們作為自己文章的例證材料時，肯定沒有細細思考過〔註43〕。這種現象再一次說明，1920 年代茅盾執編《小說月報》之後，他對「外國文學」的接受也並非像人們想像得那麼系統，至於針對中國新文學的需要有選擇地譯介外國文學，更是很難在茅盾早期的譯介活動中體現出來。

〔註41〕茅盾批評新文學創作，題材過於集中，缺乏生活體驗。他的這種批評，不是從文學批評的一般原理來進行，而主要是從新舊文學對立關係，即認為新文學沒有擺脫舊文學的影響角度來談論問題。

〔註42〕參見茅盾：《我走過的道路》（上），頁 185。

〔註43〕茅盾本人沒有講過對羅曼．羅蘭和左拉的生平、思想、文學作品和文學主張有過系統研究。

四

假若上述分析可以成立，那麼，我認爲茅盾頭腦中那個「外國文學」概念與眞正的外國文學之間沒有多大聯繫，它不是隨著茅盾接受到的外國文學的內容的增多而變得具體起來，相反，它只保持著一種與中國傳統文學相對立的關係，它僅僅是一個與傳統對立的新概念。

我注意到茅盾身上有一種奇異的現象，一方面他在與周作人、胡適等人的交往中，對自己的外國文學基礎表現出某種程度的不自信〔註 44〕；但另一方面，他頭腦中的外國文學概念始終堅定不移。照正常的理解，如果沒有堅實的外國文學基礎，「外國文學」的概念怎麼能牢固地建立起來呢？但我以爲，換一個角度，從一個根本不受思想邏輯限制或自己的思想還沒有定型的人的角度講，問題就容易理解得多。因爲茅盾自己並不完全明白此時自己究竟要相信什麼思想，他不是根據外國文學的系統知識來建立「外國文學」的概念，而是依據自己早年對父親遺訓的信仰習慣，繼續保持他對「外國文學」的神聖情感。正如茅盾早年不懂「西學」卻必須遵從父親遺訓進入新式學堂一樣，青年茅盾在不具備系統的外國文學知識的情況下，迫使自己相信通過引進「外國文學」便可以醫治中國文學的「沉疴」。這說明茅盾不知不覺仍在用一種童年保留下來的思想邏輯替代自己的理性思考，甚至在他青年時期接觸了不少外國文學之後，這種狀況也沒有得到徹底改變。

我們不妨設想一種情況，對一位外國文學基礎並不十分豐厚但卻對「外國文學」懷有神聖情感的人來說，要他來介紹外國文學，他會做出怎樣的選擇？我以爲將會有兩種選擇。第一種選擇是在他剛接觸到外國文學時，限於自己見到的一些作家作品進行介紹；第二種選擇就是隨著接觸範圍的擴大，他就不斷介紹新的東西，通過不斷更換新話題，使自己介紹的內容爲人注意。茅盾的譯介活動恰好顯示出上述特點。在 1920 年之前，他受《新青年》雜誌的啓蒙，對外國文學開始關注，但缺乏留學的經歷，他只能自學，而自學中可供閱讀的介紹西洋文學的書又極其有限，所以，他除了閱讀《新青年》、《新潮》上介紹外國文學的文章外，再就是根據這些文章提到的作家作品去找一些補充材料閱讀。如當時《新青年》介紹法國文學、俄國文學較多，茅盾的第一批譯作也主要是這方面內容。隨著後來他自學能力的增長，接觸到的外

〔註 44〕參見註 27、34。

國文學多了，他可供談論的話題也變得多了，但他沒有在原有基礎上深入挖掘影響和支配各國文學發展變化的因素，相反，他是以一種不斷翻新，介紹新的文學思潮的辦法來體現自己對外國文學的理解。所以，多變和不穩定是 1927 年前茅盾譯介外國文學的最大特徵。茅盾譯介活動出現這種現象，一方面說明他對外國文學還沒有自己較成熟、較確定的見識，另一方面也與他借助譯介活動所要達到的思想目的有關。可以說，他大都是根據個人所面臨的實際問題的解決需要在談論外國文學。1922 年與鴛鴦蝴蝶派衝突時，茅盾就大談「自然主義」小說的客觀描寫。大革命浪潮到來之前，茅盾個人處境也處在壓抑階段，他就倡導理想主義的文學和革命文學，他對外國文學是有一種選擇，但這種選擇不是在個人對外國文學十分了解的基礎上作出的，而是他爲解決目前個人所碰到的問題而臨時採取的一種應急措施。因此，將茅盾所談的外國文學與這些外國文學原本狀態視作一回事，實際上恰恰掩飾了茅盾個人在譯介活動中的不足與疏漏。

五

像茅盾上述這種譯介活動，五四時期不在少數。它體現了一種情感式的接受和解決問題的思想方式〔註 45〕，對此，一些五四啓蒙思想家在當時有過反省。1920 年 10 月，錢玄同致周作人的信中說：「我近來很覺得兩年前在《新青年》雜誌上做的那些文章，太沒有意思。」〔註 46〕1925 年 3 月，劉半農在《語絲》上載文，「後悔當初之過於唐突」。〔註 47〕但許多被這種熱情召喚而來的文學青年，卻沒有這種反省。當浩浩蕩蕩的五四運動趨於低谷，這批激進的文學青年以參加五四運動的勁頭組織起各種文學社團，一時使新文學裝點得極爲熱烈。據茅盾統計，1922 年至 1925 年，國內的新文學社團和刊物，

〔註 45〕五四時期，相當多的外國文學介紹者沒有出國留學、系統接受西方文化教育的經歷，他們本人對外國文學並不一定具備系統的知識，而常常是根據介紹材料，找一些作品來翻譯。許德珩回憶說，他的一個同學李季，翻譯了馬克思傳，但李季對馬克思的學說根本不懂。參見《五四運動回憶錄》（續），1979 年 11 月，中國社會科學出版社出版。茅盾自己也說，他當初爲《共產黨》雜誌翻譯列寧的《國家與革命》，但只譯了一章，就譯不下去了，實在是不懂這裡具體講的內容。參見茅盾：《我走過的道路》（上），頁 176。

〔註 46〕錢玄同致周作人（1920 年 10 月 25 日），載《中國現代文藝研究資料》第五輯。

〔註 47〕參見劉復（半農）致周作人，見 1925 年 3 月 30 日《語絲》第二十期《巴黎通信》。

不下一百餘種〔註 48〕。但我以爲，這批文學青年並沒有把文學當文學，他們看中的是文學可以排遣積於他們胸中的澎湃熱情。無論是文學研究會，還是那些創造社同人，相當一部分人的興趣都在於藉文學形式來表達他們對社會、對人生的看法。如葉紹均的小說，廬隱的小說，郁達夫的小說，郭沫若的小說，都有相當濃烈的自傳色彩。他們的區別不在於「爲人生」還是「爲藝術」，而在於個人對人生問題的各種不同回答和認識上。我以爲他們各人之間對人生、社會的具體理解上的差別並沒什麼意義，但他們探討問題的那種浪漫方式倒値得注意，因爲他們是在用生活的邏輯要求藝術，同時又在用藝術的方式解決生活中碰到的矛盾。但就新文學自身的需要來說，這些東西都不是屬於它的需要範圍，因爲藝術根本無法作爲一種解決現實生活矛盾的手段，藝術的有效性說到底就在於藝術是一種藝術，它滿足人類的情感需求。事實也證明，這些文學社團儘管一轟而起，但消散得也極快，1923 年後南方廣州革命政府再度成爲他們的嚮往的去處，於是這批文學青年又捨棄文學而趨於現實政治。這些棲息於文學與政治雙重領域的「新青年」，並沒有給文學帶來眞正的促進，並且他們從來也沒有對眞正的文學問題加以仔細的考慮〔註 49〕。

茅盾在 1923 年寫下了《「大轉變時期」何時來呢？》一文，其動機照他自己說是爲了配合革命形勢的發展〔註 50〕。但有趣的是，當後來創造社、太陽社諸君以同樣的邏輯批評茅盾的文學觀念和文學創作落後於時代需要時，茅盾竟指責他們不講「藝術」，把藝術當作了宣傳。在《從牯嶺到東京》、《讀〈倪煥之〉》和《〈地泉〉讀後感》等文章中〔註 51〕，茅盾指出「革命文學」沒有文學可言。這在許多研究者看來茅盾似乎對以往的思想方式有所反省，似乎茅盾對藝術的自律性也承認，但我以爲，茅盾對創造社、太陽社的批評並不說明他返回到藝術立場上來爲藝術的獨立性辯護，相反，他的辯護毫無

〔註 48〕參見茅盾：《中國新文學大系・小說一集・導言》，1935 年，上海良友圖書印刷公司。

〔註 49〕1920 年代，一批文學青年大都是因個人生活受挫而借文學來排遣個人的內心痛苦。他們談論的話題，大都是社會現實生活問題，而對具體的藝術表現形式問題，幾乎很少涉及。他們的關心焦點，在現實生活，而不是藝術。

〔註 50〕參見茅盾：《我走過的道路》（上），頁 233。

〔註 51〕《從牯嶺到東京》，署名茅盾，載 1928 年 10 月 10 日《小說月報》第十九卷第十號。《讀〈倪煥之〉》，署名茅盾，載 1929 年 5 月 12 日《文學週報》第八卷第二十期。《〈地泉〉讀後感》，載《地泉》，田漢著，上海湖風書局，1932 年 7 月 25 日版。

理論色彩，他不是在談理論問題，他只不過在用生活的眞實狀況如何文學就有表現這種狀況的權力，這樣一套很難講是理論邏輯的東西，在爲自己辯護，至於茅盾對自己所做的那種《「大轉變時期」何時來呢？》這樣的文章，至死也沒有進行反省〔註52〕。

我這樣強調文學的自主性和獨立性，並不意味著「爲人生」等話題不能成爲文學思考的話題，但問題在於這種話題不能照1920年代文學青年那樣的方式來理解，在他們看來，凡與舊文學相對立的文學都應該是「爲人生」的文學，但事實上，什麼叫「爲人生」的文學，他們中沒有一個人正面闡述過。概念的模糊一方面當然使最廣大的文學青年聯結在一起，但同時彼此之間都以爲自己是新文學的代表了，而忽略了眞正的「新」文學究竟是什麼，甚至新文學發展究竟應該解決什麼問題，很多人都根本不清楚。當時的許多文學青年，包括茅盾在內，都有一種錯覺，認爲「爲人生」的藝術主張，都是外來的文學理論，與中國傳統文學主張相比，似乎保持了一種開放的思想特徵，但他們沒有反過來思考，即便「爲人生」在西方代表了一種文學主張，但五四青年在接受過程中是否將這種文學主張置於紮實的西洋文學知識和理論的基礎上呢？茅盾在這批文學青年中應屬姣姣者，但他尚且無法在理論上思考問題，其他人就更不用說了〔註53〕。那些靠閱讀《新青年》、《新潮》、《小說月報》和《創造季刊》上介紹外國文學文章，而獲取一點外國文學知識的文學青年，他們是否能從「爲人生」等藝術主張中領會到外國文學思維的精髓，讓人十分懷疑，至少從他們那種革命家兼文學家的雙重身份看，他們是把文學當工具，甚至是「稻糧謀」之類的實用工具，而一有機會，他們就投身實際的政治運動。從這一意義上講，反省的思想能力從來沒有在他們身上出現過，他們的思想邏輯更多的被一種情緒、情感支撑和主宰著，知識僅僅是在服務於這種情緒需要的前提下，才被人介紹、接受。

青年茅盾相對於狂熱的文學青年，言行上略顯得冷靜，但思想上他與這批文學青年屬於同代人。他們每逢社會、時代的轉折關頭，總是表現出無法

〔註52〕對《「大轉變時期」何時來呢？》一文的寫作背景，茅盾在晚年回憶錄中有過說明。但他的說明，不是說他意識到當年自己將文學與政治的關係理解得過於直接了，相反，他是以自己早年的這一事例來說明自己贊同文學配合政治的說法。

〔註53〕茅盾從一般的個人閱讀體驗角度談文學談得較多，而抓住一個具體的文學現象，上升到文學的理論問題的系統層次上談問題的思路，很少存在。

抑制的激動情緒，缺乏的倒是思想家應有的那份冷峻和深思。因此，在論述青年茅盾的思想性格時，我感到不是要把茅盾與一般文學青年的距離拉得太大，以顯示茅盾與眾之不同，而是要將茅盾放到他們中間，視作他們的同道。

六

對我上述結論，可能有的研究者會有懷疑，茅盾不是一個性格冷靜的人嗎？的確，茅盾在晚年回憶錄中有兩處談到自己的個性。一是在序言中，他說自己「因幼時稟承慈訓而養成之謹言慎行」〔註54〕的習慣；二是在談到1927年大革命失敗後自己的思考時說：「自從離開家庭進入社會以來，我逐漸養成了這樣一種習慣，遇事好尋根究底，好獨立思考，不願意隨聲附和。」〔註55〕但在我看來，茅盾這話若指自己待人處世之道還可成立，若指他青年時期的思想個性，則未免有許多不通之處。第一，從1927年前青年茅盾在幾次歷史轉折關頭的思想表現看，他並不是表現得太冷靜，而是太熱烈。1920年陳獨秀來上海不久，茅盾就與他結識，成爲上海馬克思主義研究會的一員〔註56〕。1923年惲代英、鄧中夏等剛剛提出文學要配合革命形勢的發展需要，茅盾就發表《「大轉變時期」何時來呢？》的文章加以響應〔註57〕。1925年北伐前夕，南方革命勢頭正盛的時刻，他又發表《論無產階級藝術》加以配合〔註58〕。1927年他放棄文學職業，擔任國民政府機關報《民國日報》的編輯。所有這些都可以看到，1927年之前，青年茅盾可以說一步不離地在緊緊追逐時代潮流。第二，茅盾對很多事也有「冷靜」處理的時候，如五四學生運動剛爆發時，他就很不以爲然，但這種「冷靜」正如他自己在晚年回憶錄中反省的，是代表了自己當時思想的不自覺，而從他

〔註54〕茅盾：《我走過的道路・序》（上），頁1。

〔註55〕茅盾：《我走過的道路》（中），頁1，1984年5月，人民文學出版社出版。

〔註56〕據茅盾晚年回憶，1920年初，陳獨秀抵滬，爲籌備上海出版《新青年》找陳望道、陳漢俊、李達和茅盾談話，茅盾於此時認識陳獨秀。10月，經李漢俊介紹，茅盾加入上海共產主義小組。參見茅盾：《我走過的道路》（上），頁169、頁175。我以爲茅盾上述說法需作一說明：（一）陳獨秀1920年2月19日抵滬。（二）商談編輯《新青年》之事，據陳望道回憶應是4月間，參見陳望道《回憶黨成立時期的一些情況》，載《「一大」前後》（二）1980年8月，人民出版社出版。（三）李達1920年夏才從日本回國，不可能參加上海《新青年》籌備會。參見《李達同志生平事略》，載《李達文集》第一卷，頁4，1980年7月，人民出版社出版。

〔註57〕參見茅盾：《我走過的道路》（上），頁233。

〔註58〕同上註，頁286。

1920 年走向新文壇的時候開始，他幾乎很少有這種冷靜。因此，在我看來，個人的思想性格並不是一種先天規定好的既定形式，而是一個人生活積累到一定程度所顯示出來的穩定的思想方式。青年茅盾在 1916 至 1927 年這段時間裏，是他剛進入社會和積累社會經驗的時期。家境的困難和童年生活的不幸，使茅盾早早體嘗到人間的各種滋味，但這種早熟畢竟不是說茅盾對什麼事都有一種解決的能力，而是說他能夠在較短的時間裏使自己適應環境或對外界作出反應。如他剛到商務編譯所不久，就感到這裏等級森嚴，但慢慢地他竟能適應環境，並爲商務老闆注意。所以，將冷靜作爲茅盾思想性格的既定模式，以此來理解茅盾的思想活動，這種作法本身是無法令人信服的。我認爲茅盾的思想性格是在嚴酷的生存環境中養成的。在商務印書館的 9 年時間裏，他經歷了人生最初的大喜大悲。剛到商務 5 個月，他譯了兩本半書，令高夢旦、孫毓修滿意，一些雜誌主編也找他幫忙寫文章。所以，茅盾對自己在商務印書館的前途極爲自信。1920 年底，當高夢旦要茅盾執掌《小說月報》時，茅盾竟向高夢旦提了不少附加條件。這說明茅盾並不是一開始就對自己的地位和處境意識得很清楚。1921 年他主編《小說月報》後，結交了許多文學界人士，但也使他忽略了文壇人際關係的複雜性，結果在與鴛鴦蝴蝶派的衝突中，被迫辭職。做不做雜誌主編的確不是一件重要的事，但重要的是在茅盾與鴛鴦蝴蝶派衝突時，商務老闆傾向於誰。從商務老闆犧牲茅盾以平息鴛鴦蝴蝶派的怨憤這件事看，青年茅盾不僅思想上受到極大的震動，而且也使他意識到自己生存處境仍處在艱難的狀態，所以《小說月報》主編被迫辭去一事，是他成年後第一次切身體會到什麼叫遇事要謹慎這句話的涵義。以後，儘管他參加各種社會活動，但遊行、示威或直接的政治行動，他都很少捲入，他始終以他的文字工作來保持與直接行動的距離。這可以說是他冷靜性格的雛型階段，因爲他在思想上還沒有徹底冷靜下來。他儘管可以自己不直接參加具體的政治行動，但他卻在思想上鼓動人們去行動，而且鼓吹節奏之快，使他從未落後於任何一次新起的潮流。他在現實生活中越是感到壓抑，他的言論越是激進，他可能從未想到這種激進的言論能夠構成別人對他生命的威脅，或許只有這種意識產生時，他在言論上才會謹慎起來〔註 59〕。因此，茅盾的思想言論與現實之間的緊張對抗，更多的是直觀的，是他個人對現實處境不滿的一種情緒反應。任何一個思想成熟的人，都

〔註 59〕只有經歷了 1927 年大革命失敗，茅盾才第一次眞正親身感受到「過激」言論能帶給自己生命的危險。

不會因環境的壓抑而貿然採取激烈的言行措施，相反，他倒有可能冷靜地思考目前的這種處境。對於青年茅盾來說，他注意到自己的處境，但他的思想態度表明他缺乏思想上的冷靜。當商務老闆逼他辭職後，他公然與編譯所所長王雲五對著幹，不受他的條令限制〔註 60〕。後又參加各種社交活動，直至 1926 年完全投身政治。這一步步身陷政治的過程，對茅盾個人來說，也是偶然的。如 1926 年假若不是商務印書館委婉地辭退茅盾，或許情況又會不同〔註 61〕。只有在 1927 年大革命失敗之後，茅盾生命受到威脅，每天在惶恐之中度日時，他才感到要好好想想以往自己做過的事，只有這種關切到個人生命和前途的思考，才眞正觸動其神經，而成爲茅盾一生中難得的一次思想反省活動。確實，經此磨難之後，1930 年代的茅盾在思想言行上比 1920 年代要審愼得多，如「兩個口號」之爭中，他再也不像 1920 年代那樣首先表明自己的態度，而是在文壇各方進行平衡，施加各種影響，而這種做法倒多多少少呈現出茅盾思想性格中穩定的東西。

上述分析，對於一位普通人物的思想成長來說，是再平常、再容易理解不過的事，但在文學史研究中，特別是茅盾研究中，總很少有人敢於將青年茅盾放到一般的文學青年的地位，來考察他思想個性形成必不可少的從不成熟到成熟的過程。在他們看來，指出茅盾思想性格的不成熟或強烈的情感特徵，會影響茅盾的文學史評價。事實上這正說明這種文學史研究不是以處在文學史具體關係中的茅盾爲眞正的研究對象，而是以茅盾後來在文壇的地位和影響爲依據，強迫文學史研究爲肯定這種地位和影響服務。在我看來，那種指出茅盾早年思想個性的不成熟，對茅盾本人倒並不一定構成損害，因爲每個歷史人物在複雜的歷史關係中或許會有失誤，並且對於今天的文學史研究來說，尤其需要在那些一直被人視爲偉大人物的身上反省歷史，因爲假若這些歷史人物在他們一生的各個歷史時期對新文學的發展趨向都有一種清

〔註 60〕茅盾晚年回憶說，自己辭去《小說月報》主編之後，在商務印書館的工作，一是標點林紓譯的《薩克遜劫後英雄略》、伍建光譯的《俠隱記》、《續俠隱記》。另外就是給《國學小叢書》編選《莊子》、《楚辭》、《淮南子》，但商務印書館對他多少時間完成一種，不加規定，「這樣，我算是打破了王雲五當時在編譯所推行的什麼『科學管理法』，即每人每月須編或譯多少字的定量。」參見茅盾：《我走過的道路》（上），頁 222。

〔註 61〕據茅盾回憶，1926 年 4 月初，他回滬第二天，鄭振鐸就來找他，委婉轉告商務編譯所辭退他的消息，這樣，茅盾就徹底脱離商務印書館，完全投身於政治宣傳活動。參見茅盾：《我走過的道路》（上），頁 313。

醒、準確的認識和把握的話，那麼，一部新文學史就不會是一部充滿曲折和艱辛的歷史。從這一意義上講，我始終感到，對文學史的眞正深入而有力的思想反省，才剛剛開始。

七

青年茅盾思想性格最初形成時的那種情緒、情感特徵，實際上與他在外國文學接受活動中所表現的思想狀態是互爲呼應，相互映襯的。他不十分熟悉外國文學，但對陌生的東西他卻在自己的文章中一再倡導，這種現象從邏輯上來理解並不十分困難〔註 62〕。接下來的問題是茅盾這種思想方式，爲什麼會擁有一定的社會影響。所謂影響，在我的論述中，是一個普泛的概念，它指一個時期新文學家對同一問題的共同興趣以及這種興趣在交流活動中構成人們普遍關注的問題。

我在本章第四部分中曾指出茅盾最初介紹外國文學，基本上是根據自己手頭接觸到的材料來介紹，這種介紹帶有很強的主觀性和隨意性，很難講有什麼系統可言。當然，不是說茅盾沒有強調過系統介紹外國文學問題，但考慮到他當時還不具備外國文學的系統知識，他強調系統介紹只能視爲他從個人學習、接受的具體要求來提出問題。茅盾自己在 1975 年 8 月 13 日致臧克家的信中就說自己五四時才涉獵歐洲文學作品和馬列著作，但不深入〔註 63〕。這種不深入主要是指個人知識積累不足。早年與茅盾同在商務印書館工作並與茅盾來往密切的章錫琛，在回憶當時的譯介情況說：「那時正當新思潮運動極盛的時期，我感覺到在《婦女雜誌》中非討論到婦女問題不可。但一向對問題沒有研究，只得臨時抱佛腳，到東方圖書館裏找幾本日文書籍來，生吞活剝地來介紹一點。」〔註 64〕茅盾與章錫琛的說法反映了他們自己接受外國文學的實際情況，但從同時代人的回憶文章看，並不是所有人都能理解這些〔註 65〕。人們總以爲茅盾接受外國文學一定抱有深思熟慮的思想，並且

〔註 62〕假若換一位思想較爲成熟者，他對自己不熟悉的外來思想，就不一定會採取急於介紹的辦法，而是通過學習、接受及思考之後，才有選擇地介紹。

〔註 63〕參見註 18。

〔註 64〕章錫琛：《從商人到商人》，載《出版史料》1988 年第三、四期合集。

〔註 65〕茅盾的同輩人中，很少有人談論茅盾外國文學知識素養問題，葉聖陶可能是個例外，他在《略談雁冰兄的文學工作》一文中，記錄了他初次見到茅盾時，對茅盾外國文學素養的敬佩。該文章載 1945 年 6 月 24 日《新華日報》。但葉

茅盾本人不可能沒有深厚的外國文學基礎。因此，茅盾譯介的作家作品，包括茅盾整個譯介方式，從未引起這些研究者的反省，他們總是從肯定方面盡可能多地闡發茅盾文藝思想及文學創作與外國文學的密切關係。譬如人們總是習慣地將《子夜》創作，與托爾斯泰《戰爭與和平》的場面描寫，及與左拉創作的自然主義客觀描寫，結合在一起談論。這種談論表明，人們對茅盾與外國文學關係的一種集體認同。在他們看來，茅盾早年譯過俄國文學作品和法國文學作品，並且茅盾自己也說過「我愛左拉，我也愛托爾斯泰」。這些材料似乎都在證明茅盾與外國文學的密切關係。但很少有人考慮過，茅盾對俄、法文學的熟悉程度到底有多少，他是否認眞研讀過這些國家重要作家的重要作品，他對一些作家的文學主張及作品的介紹和評價是否準確、精到。事實上，在中國現代文學史上最早將《子夜》與左拉《金錢》等作品對照起來談論的，是瞿秋白 1933 年 4 月 8 日在《申報》「自由談」欄目發表的《〈子夜〉和國貨年》。而第一次將《子夜》與托爾斯泰對照起來談論的文章，是林海 1948 年 9 月 24 日發表於《時與文》（周刊）第 3 卷第 23 期上的《〈子夜〉與〈戰爭與和平〉》。瞿秋白和林海爲什麼要談論這些話題，我以爲可以撇開不談，但從茅盾與左拉和托爾斯泰作品的相互關係來看，我認爲很難說茅盾的思想受這些作家作品的影響。因爲第一，茅盾根本不懂俄文、法文，無法閱讀原著；第二，茅盾儘管對郭沫若譯的《戰爭與和平》提出過批評，並在他自己的《西洋文學通論》中提到過《戰爭與和平》的場面描寫，這並不排除他根據英文介紹文章轉譯過來的可能。至於左拉的作品，茅盾一生從未譯過，很難說有什麼直接的體會。但問題是人們爲什麼會相信這些話題，並不知不覺跟著談論這些呢？我以爲這裏同樣反映了一個接受者的接受問題，即許多新文學青年，包括許多後來的研究者，對外國文學，特別是俄國文學和法國文學缺乏知識積累和知識素養，因而，對《小說月報》上所發表的譯介文章，他們只有閱讀、接受的資格，而無力進行批評、反省。而圍繞《小說月報》形成的譯介與閱讀系統的存在，至少在表面上形成了一種事實關係，即一方面茅盾和一批新文學家在翻譯、介紹外國文學作品，另一方面又有許多文學青年在閱讀這些雜誌。1921 年，《小說月報》發行量從每月二千冊發展

聖陶當時是甪直的一位小學教師，另查葉聖陶在文學研究會會員表所填的外語程度看，外語一欄他是空白。參見《中國現代文學研究叢刊》1992 年第二期，頁 41。

到五千冊〔註66〕，這說明確有許多人在閱讀，這些人閱讀《小說月報》，無形中就使茅盾這種接受方式得以形成影響。許多文學青年根據《小說月報》譯介的外國文學知識，再來談論外國文學，從而使得《小說月報》的譯介內容，包括茅盾的譯介，變成了人們接受外國文學和思考文學問題的參照對象。此種情況，就像瞿秋白將茅盾的《子夜》與左拉的《金錢》比較，林海將《子夜》與托爾斯泰的《戰爭與和平》比較一樣，他們最初提出這一話題時，恐怕不一定認爲茅盾與法國文學和俄國文學眞有聯繫〔註 67〕，但人們卻因爲這種比較而找到了一個可以將茅盾與外國文學比較起來談問題的話題，特別是隨著參與到這一話題中來的人日益增多，人人漸漸忘卻了要去考證茅盾是否眞的接受過這些作家作品的影響問題，而將話題本身當作了事實，這樣，一種被錯覺所掩飾的文學史影響關係就形成了。但事實是這種影響關係，與眞正的新文學發展需要之間幾乎沒有什麼聯繫。1920 年代青年茅盾譯介了不少東歐和弱小民族的作家作品，但這些譯介對中國新文學發展並沒有多少促進和影響，換句話說，新文學家根本無法靠閱讀這些作品，直接獲取創作思想上的啓發。五四時期新文學家介紹的法國文學、俄國文學及英美文學的大家，他們的作品從今天的文學史角度來看還有很多藝術上的啓發，但《小說月報》所介紹的弱小民族的文學，絕大多數在今天已無人問津了。時間的槓桿確實明顯地傾向於眞正的藝術和藝術家一邊。這一現象再明確不過地說明了一個問題，那種致力於譯介弱小民族文學的譯介活動，與新文學本身的發展需要之間很難說有什麼關係，相反，以這些譯介作品爲樣板而建立起來的文學創作，不可避免地會出現藝術趣味的粗俗和衰退現象。茅盾在 1920 年代發表的《讀〈倪煥之〉》一文中，曾批評 1920 年代中國現代小說「只描寫了一些表面的苦悶」，即那種「極狹小的，局部的」身邊瑣事〔註68〕。但茅盾卻忽略了

〔註66〕參見茅盾：《我走過的道路》（上），頁 168。

〔註67〕茅盾 1963 年 11 月 25 日致曾廣燦的信說：「瞿秋白當年稱《子夜》爲受了左拉《金錢》的影響云云，我亦茫然不解其所指。」參見孫中田、周明編：《茅盾書信集》，頁 216。1930 年代初，瞿秋白譯過拉法格的《左拉的〈金錢〉》，瞿將茅盾的《子夜》與左拉《金錢》比較，恐與此有關。參見《瞿秋白文集》文學編第四卷，頁 142，1986 年，人民文學出版社出版。

〔註68〕《讀〈倪煥之〉》，署名茅盾，載 1929 年 5 月 12 日《文學週報》第八卷第二十期。另外，茅盾爲回答讀者萬良湛提出的有關文學創作問題，而在 1933 年 2 月 1 日出版的第三十二期《中學生》雜誌上，發表《創作與題材》一文，其中就提到「自從『五四』以來，新文壇的作品大多數是屬於『身邊瑣事』描寫的。」

他自己在 1920 年代對那些揭露社會黑暗現實的創作的肯定以及他所譯介的東歐、弱小民族文學所起的作用。當然，這些東西不一定就是原本意義上的那些外國文學內容，但卻是在茅盾那種譯介外國文學的介紹、接受背景下產生的文學現象。這種現象深刻地說明，1920 年代中國新文學發展的眞正動力，是由一股不被人注意的力量所提供的，而茅盾他們這類介紹，僅僅是一種文學表象，他們自以爲關注著新文學發展面臨的實際問題，但實際上他們的談論僅僅是滿足了一批文學青年談論問題的心理需要，即他們滿足於談論與外國文學相關的問題，但不能保證他們本人對外國文學眞的有所了解，他們談的問題眞的是外國文學中的問題，說到底，他們談論這些是爲了表明自己是「新人」，談論外國文學，僅僅起到一種證明自己是「新人」的形式作用。但新文學卻並不因爲這些而有大的長進。第一，《小說月報》在茅盾執編期間，並沒有產生有影響的作家作品，一些在《小說月報》上發作品的新文學家，早在這之前已在一些報刊上發過作品，他們並不是受到《小說月報》影響才創作。相反，《小說月報》因爲刊登了他們的作品，才有新的起色〔註 69〕。第二，《小說月報》譯介的外國作家作品，特別是一些代表作家，《新青年》、《新潮》等雜誌大都已提過，所以，許多新文學家對這些外國文學內容在接受《小說月報》之前已有一個大致印象，《小說月報》刊發的作品僅僅是豐富了他們的認識，卻絕對談不上文學思想上的啓蒙。第三，新文學在 1920 年代面臨表現形式問題，並且這一問題的解決顯得極爲迫切。包括茅盾在內的批評家指出過新文學創作結構鬆散等現象。但茅盾在譯介活動中，不是針對這些問題譯介一些形式技巧都有獨特個性的作家作品，反倒仍在表現題材上強調表現社會生活，這不能不說與眞正的新文學需要之間發生了某種程度的錯位。

那麼，茅盾的譯介及這種譯介方式爲何能形成一種持久的影響呢？我以爲，這首先應歸結爲《小說月報》這一刊物給他們提供的便利條件。可以說，在新文學史上，還沒有一個刊物能夠像《小說月報》那樣，在出版、發行和經費來源上都能得到保證的刊物。《小說月報》是商務印書館發行的文藝雜

〔註 69〕茅盾常常借用舊時辦雜誌人的一句行話，即「開頭是人辦雜誌，後來是雜誌辦人」。所謂「人辦雜誌」，是指有一批人有話要說，而這雜誌因這些人的文章而引人注意。所謂「雜誌辦人」是雜誌出名後，人們以在這些名雜誌上發表文章爲榮。茅盾剛接手主編《小說月報》時，屬「人辦雜誌」階段，一批新文學家與眾不同的文章集中在《小說月報》，逐漸的使人們對它加以注意。而在這之前，未改革的《小說月報》是一家普通的娛樂性雜誌。

誌，而商務印書館是當時國內最大的出版、發行單位。因此，這一刊物的影響隨發行的增多而增加。其次，當時國內還沒有較為專門的新文學雜誌，而《小說月報》一出現，全國各地，特別是北京的一批新文學青年終於找到了可以發表自己作品的地方，於是稿件就容易集中到《小說月報》上來。在這一過程中，文學研究會成立，茅盾、鄭振鐸等又在倡導「為人生」的藝術，這使得社會上有一種誤解，以為《小說月報》的作品與茅盾譯介過來的西方文學有關，因而，更增加了人們對茅盾這些譯介的信任〔註 70〕。第三，許多文學青年自己的外國文學基礎也不紮實，不僅無力發現茅盾譯介的不足之處，相反，他們還希望從茅盾執編的《小說月報》中吸取外國文學的知識養料，這樣，在新文學內部生長出一股接受和承認茅盾譯介方式的文學力量，許多文學青年眞誠地相信，依據茅盾的譯介方式和介紹過來的文學知識，眞能解決自己和新文學發展中面臨的問題。所以，在上述三股力量的交互作用下，茅盾譯介的外國文學及這種譯介方式本身，反倒越來越被接受和肯定了。

八

茅盾早期對外國文學的接受，在整個 1920 年代是具有普遍意義的一種接受方式。它代表了一批缺乏留學經歷，卻憑著自己的才華在文壇上奮鬥出來的文學青年的思想方式和思想觀念。這種文學觀念，從知識系統方面考慮，是極不完備，甚至有許多自相矛盾之處。但是，在新舊思想對峙的時期，它卻因滿足了文學青年對外國文學的了解願望，而在社會上獲得一定的影響。但我在對茅盾早期思想狀態的分析中，特別是從青年茅盾的個人學習經歷和所思考的問題的分析中，深深感到他們的思想觀念和思想方式，在很大程度上與新文學發展要求不盡一致。他們大都從個人對生活的體驗出發，努力在文學的題材上下功夫，在外國文學介紹上也致力於各弱小民族文學的引進。在他們看來，新文學不成熟，重要的原因在於創作題材的不開闊。但實際上，對於 1920 年代的新文學家來說，缺乏的主要不是生活體驗，而是對新的文體及白話的駕馭能力。後來 1930 年代創作的巨大發展，並不見得 1930 年代的作家比 1920 年代的作家生活經歷更豐富，而是 1930 年代的作家對新文體接

〔註 70〕事實上，茅盾等人各自發表思想主張，不受牽制。《小說月報》改革後第一期上的文章，也是各人自己說自己的，故茅盾稱這一期的文章是「拼湊起來」的。參見茅盾：《我走過的道路》（上），頁 163。

觸的機會更多，白話文字操作運用得更熟練，阻礙新文學創作的形式障礙被克服得較爲徹底，因而新文學的提高速度就顯得明顯。從這一意義上再來看1920 年代茅盾這一批新文學家的努力，我以爲他們的譯介活動有很大的侷限，即新文學不能依靠這些譯介的東西，直接獲得新的思想及思想表現形式，因爲他們的譯介活動與新文學對譯介提出的具體要求之間，還有相當大的思想距離，特別是他們個人的外國文學知識的準備方面，也存在儲備不足等等問題。因而，作爲這一章的結論，我認爲茅盾早期介紹外國文學代表了他個人學習、接受外國文學的一個具體階段，對他個人來說，學習外國文學是豐富了自己的知識積累，但這種接受還不足以促成他的外國文學觀念的系統形成。他的「外國文學」概念是先於這種接受活動而存在的，相當程度上與他父親的遺囑有關。茅盾的這種「外國文學」觀念通過《小說月報》和其他雜誌的渠道，被許多文學青年接受、傳播。因而，隨著這種介紹——接受循環系統的擴大，影響也日漸趨大，人們進而對茅盾的譯介和譯介方式採取完全肯定的態度，而忽略了這種譯介和譯介方式在知識上的侷限及與新文學發展需要之間的思想距離，正是這種忽略，才使得我們後來的新文學發展不得不通過強制的形式，即通過糾偏方式，迫使新文學走向文學的領地。

第三章　茅盾早期與中國傳統文學的關係

如果說，青年茅盾對外國文學的學習、接受，構成了他早期思想活動的一個重要方面的話，那麼茅盾與中國傳統文學的關係，則是他早期文學思想活動的又一重要方面。提出這一問題，並不是依照一種既定的思想模式，認定茅盾要接受外來思想影響，就非得與中國傳統文學構成矛盾、衝突不可。相反，我是在查閱1927年以前茅盾發表的一系列文學論文中，注意到茅盾早期談論得最多的文學話題之一，便是如何對待中國傳統文學問題。1920年茅盾最初發表的文學論文《現在文學家的責任是什麼？》和《新舊文學平議之評議》，主要是針對中國傳統文學問題而發的〔註1〕。1922年茅盾發表《自然主義與中國現代小說》，也是針對中國舊文學中的鴛鴦蝴蝶派創作而發的〔註2〕。中國傳統文學之「傳統」的涵義，在青年茅盾看來，不單單是指過去存

〔註1〕《現在文學家的責任是什麼》，署名佩韋，《東方雜誌》第十七卷第一號，1920年1月10日。《新舊文學平議之評議》，署名冰，《小說月報》第十一卷第一號，1920年1月25日。在這兩篇文章中，青年茅盾主張文學要適應時代發展需要，表現時代變化的新氣象，他將新與舊對立，意在反對復古派和守舊觀點。

〔註2〕《自然主義與中國現代小說》，署名沈雁冰，《小說月報》第十三卷第七號，1922年7月10日。茅盾在晚年回憶錄中說：「一九二二年七月，我在《小說月報》第十三卷七號上發表了《自然主義與中國現代小說》一文，從正面批判了鴛鴦蝴蝶派。這是他們攻擊我及《小說月報》一年多以後，我在《小說月報》上作出的答覆。」參見茅盾：《我走過的道路》（上），頁185，1981年10月，人民文學出版社出版。

在的某種事物，而是更多地代表了一種價值觀念，這種觀念是舊有的東西，若不經改造，不被創新，便很難適應今天生活的需要。1921年在〈《小說月報》改革宣言〉中，茅盾用「傳統思想之創造」的說法來表達他個人對傳統文學的看法〔註3〕。同年，在《文學和人的關係及中國古來對於文學者身分的誤認》一文中，茅盾更明確地表示「我們的思想是不受傳統主義束縛的」。〔註4〕對「傳統」一詞的這種理解和表達，說明茅盾眼中的中國傳統文學，是一個批判、否定的對象。儘管他後來在致周作人的信中曾表示要研究中國文學〔註5〕，但他的用意顯然不是鼓吹接受傳統文學，而是強調用新思想、新觀點重新審視傳統。因此，茅盾早期與中國傳統文學的關係，從具體的事實關係來考慮，所體現的是一種批判、否定的關係。

作出上述結論並不難，因爲五四時期及整個1920年代，差不多所有贊同和支持新文學運動的文學青年，都將傳統作爲新文學運動的對立面來理解，對傳統進行猛烈抨擊〔註6〕。因此，把批判、否定中國傳統文學當作1920年代中國新文學運動中的一種事實來理解，並不困難，也無可指責，但這種事實作爲一種普遍的文學史關係，落實到每個具體的歷史人物身上，卻有差別。特別是歷史人物的知識素養、個人經歷、思考力度和思想範圍的不同，往往使他們的批判、否定方式不一樣，思想深度也不一樣。像魯迅、周作人、錢玄同等人，他們對傳統的態度，經歷了從「復古」到「反復古」的轉變過程〔註

〔註3〕〈《小說月報》改革宣言〉，載《小說月報》第十二卷第一號，1921年1月10日，發表時未署名，茅盾在晚年回憶錄中認定此文爲他所寫。參見茅盾：《我走過的道路》(上)，頁164，1981年10月，人民文學出版社出版。在改革宣言中，茅盾明確提出「傳統思想之創造」，傳統在他看來是一個有待創造、改造的概念。

〔註4〕《文學和人的關係及中國古來對於文學者身份的誤認》，署名雁冰，《小說月報》第十二卷第一號，1921年1月10日。

〔註5〕1921年9月21日，茅盾致函周作人，提到自己將辭去《小說月報》主編之職，並希望做四件事，其中第一件事便是「看點中國書，因爲我有個研究中國文學的痴心夢想」。參見《魯迅研究資料》第11輯，頁113，1983年1月，天津人民出版社出版。

〔註6〕如，陳獨秀的《文學革命論》、《新青年》，李大釗的《新的！舊的！》，胡適的《建設的文學革命論》等文章，都將文化上的新舊關係理解成對立關係，要求用新思潮取代舊傳統。

〔註7〕魯迅：〈《吶喊》自序〉，《我怎樣做起小說來》都曾說到自己在日本時倡導排滿復漢的思想，而五四時期轉向思想啓蒙。參見《魯迅全集》第一卷頁415、第四卷頁511，1981年，人民文學出版社出版。周作人在晚年回憶錄中也說，魯迅、許壽裳等在日本時是倡言光復大漢的「復古派」，周作人在北京時，魯

7〕。這種轉變與他們置身的社會文化環境及他們本人對外部世界的自覺觀察、思考有關。胡適在他的博士論文中也提出了「中國文化之再創造」的看法〔註8〕。他的這一看法與他在美國受到的實證主義思想的影響，及他對中國文化所持有的深厚情感有關。相比之下，一批受《新青年》啓蒙的文學青年，他們的思想轉變就缺乏這種社會經驗和思想準備的過程〔註9〕。他們大都是在校學生或剛出校門的青年，對他們來說，思想問題的思考還沒有成為他們個人生活中的迫切問題，儘管受《新青年》的啓蒙，他們對中國傳統文學猛烈抨擊，但這種抨擊夾雜著許多並非出自理性考慮的東西。他們將個人在社會生活中感受到的挫折和困頓，都歸之於舊傳統造成的。因而，他們對傳統的敵視，很大程度是與他們在現實生活中感到壓抑有關。但事實上，個人生活的困惑和壓抑，與這些青年缺乏社會生活經歷，對生活抱有某種不切實際的幻想有關，從這一意義上講，他們對中國文學傳統的批判，並非全都能從理論上得到充分的發展，而事實上，許多人也僅僅是在情緒層面上宣泄自己的不滿，而缺乏深入思考的能力〔註10〕。這樣，對這些人對中國傳統文學的批

迅曾以《新青年》數冊示周作人，並轉述許壽裳的話說：「這裏邊頗有些謬論，可以一駁。」張勛復辟事件之後，他們都放棄復古的道路，力言新文化。參見周作人：《知堂回想錄》，頁333～334，三育圖書文具公司出版。

〔註8〕參見胡適：《先秦名學史》，收錄《胡適學術文集·中國哲學史》下冊，頁772，1991年，中華書局。

〔註9〕一般的研究文章都將魯迅、郭沫若和茅盾當作新文學運動的代表人物，而對他們的思想差別很少注意，但事實上，無論是個人經歷還是對新文學的思考，他們之間在思想上有很大差異。魯迅屬於《新青年》集團成員，是新思潮的啓蒙者，加之親歷過辛亥革命、張勛復辟，對政治有深切體會，對思想問題也有深刻的考慮，故思想成熟而穩定，較少情緒性的東西。茅盾、郭沫若是受《新青年》啓蒙的新一代文學青年，對實際的政治鬥爭和思想論戰缺乏感性經驗，故他們在五四時期的思想特點，不在於提出有建設性的建議和意見，而在於積極響應新思潮，不斷追求新思潮。對茅盾、郭沫若這樣一批文學青年來說，投身具體的社會實踐的熱情，往往多於他們對文學、文化問題的深入思考，這一點我們從茅盾的晚年回憶錄及郭沫若的《洪波曲》中都可見到，他們花了大量的時間、精力於社會活動。茅盾晚年回憶，直到1927年大革命失敗後，他才有時間靜下心來，好好總結和思考問題。參見茅盾：《我走過的道路》(中)，頁2，1984年，人民文學出版社。

〔註10〕如，新文學運動初期，有許多寫同情人力車夫的白話文學作品，這類作品相當多的缺乏眞實的思想感受，而只是一種空洞無力的感嘆。另外，許多抨擊舊婚姻制度的青年學生，他們對什麼是婚姻不自由，什麼是自由婚姻，在思想上並沒有清醒的認識。最常見的情況是他們將個人碰到的包辦婚姻，視爲舊婚姻，由此產生對抗情緒。

判、否定活動，就不能直接從思想層面上來作出肯定和分析，而只能根據他們個人的思想狀況和思想特點，作具體分析。

對於青年茅盾與中國傳統文學的關係，我以爲也存在這種具體分析的必要。1913 年，茅盾剛進北京大學預科學習不久，就發生了他嘲諷陳漢章先生的事。陳先生在歷史課上講西方的聲光化電源於中國先秦諸子之書，茅盾就嘲諷陳先生是發思古之幽情〔註 11〕。茅盾的批評，在我看來未必有什麼深邃的思想目的。首先茅盾自幼進新學堂念書，對「西學」稍有一點常識〔註 12〕；其次，茅盾從小受到家庭的影響，對「西學」懷有信任和親近感，特別是他父親遺囑中要求他學習「西藝」，使他相信「西學」，〔註 13〕所以，一旦陳先生出現常識上的差錯，再加上陳先生本身的迂腐之氣，難免使青年茅盾的回答帶有幾分個人情感。但這說明，青年茅盾此時並不是從思想層面上來考慮問題。這可以從他剛到商務編譯所的表現中得到證實。青年茅盾剛剛到商務編譯所時，用心閱讀的仍是中國古書；與同事談論的，也是一些傳統文學方面的問題〔註 14〕。只是到了五四運動爆發之後，他才將注意力轉向對外國思想材料的學習、接受上〔註 15〕。但這種學習，因夾雜著個人生計問題的考慮，而使情況變得更爲複雜。但我以爲有一點是清楚的，即青年茅盾對傳統的批判、否定，與魯迅、周作人、錢玄同等經歷了巨大歷史事變後所作出的批判

〔註 11〕參見茅盾：《我走過的道路》（上），頁 93～94。

〔註 12〕據茅盾回憶，他小學進的是立志小學，這是一所新式學堂，所謂「新」，在於教學內容中，有算術這門課。1907 年，茅盾進入植材高等小學時，又增加了算學、物理、化學、圖畫、體操等課程，還有英語。參見茅盾：《我走過的道路》（上），頁 66～67。茅盾所受到的這些「新式」教育，使他很容易判斷陳漢章先生所說的聲光化電源於中國先秦諸子的觀點是錯誤的。這種判斷只是一般的常識，並不一定涉及到具體的思想問題。

〔註 13〕茅盾晚年回憶錄中，多次提到他父親遺囑中有讓茅盾學西學的事，而且從茅盾父親在世時，喜歡買些介紹西方歷史、地理的書籍閱讀，病重時還相信西醫，請日本大夫治病的事上，我們可以見到茅盾的家庭對西學不僅不抵觸，反倒樂意接受。這種家庭教育，不能不影響茅盾對西學的態度。所以，既使所接受的西學不多，茅盾在情感上也願意傾向西學。參見茅盾：《我走過的道路》（上），頁 27，頁 49，頁 51，頁 62。

〔註 14〕如茅盾晚年回憶，他初到商務印書館編譯所時，常看一本石印小字的翁元圻注《困學紀聞》。而與老編輯孫毓修談論學問時，茅盾也是標舉「書不讀秦漢以下，文章以駢體爲正宗」。參見茅盾：《我走過的道路》（上），頁 107，頁 114。

〔註 15〕茅盾晚年回憶，他是從 1919 年開始注意俄國文學，並搜求這方面的書，而這又是因爲受《新青年》的影響之故。參見茅盾：《我走過的道路》（上），頁 131。

傳統的做法不同，青年茅盾更多的是限於個人對外部環境的感受而做出的反應，他不是從思想上意識到中國傳統文學內部有明顯的問題之後才做出批判傳統文學的選擇，否則就很難說明青年中國傳統文學爲什麼直到與鴛鴦蝴蝶派發生衝突之後，批判傳統的活動才有了較爲具體的對象〔註 16〕。因此，我感到對茅盾與中國傳統文學關係的思考，不是要急於去闡發茅盾批判中國傳統文學活動的文學史意義，而是要結合青年茅盾的思想狀況，具體說明他是如何從接受傳統文學到反對傳統文學的思想過程；他對傳統文學的批判，從他個人角度來考慮，有什麼思想根據；並且最終說明他的這種批判對他個人思想的影響。

一

茅盾在晚年紀念魯迅的文章中，曾用「書香人家的子弟，幼誦孔孟之言，長習聲光化電之學，從革命民主主義到共產主義」〔註 17〕來概括一代知識分子的思想成長歷程。對於茅盾自己來說，也有這樣的思想發展過程。但就青年茅盾在 1927 年之前對中國傳統文學所作的批判、否定看，其思想成長過程更帶有自己的特色。

與魯迅等人的家庭教育和學習環境不同，茅盾自幼就接觸到一些西學知識，家庭教育也很開明。1904 年，當茅盾進入烏鎮第一所初級小學——立志小學學習時，學校的學制是西化的。1903 年，清政府頒布《奏定學堂章程》，又稱癸卯學制，這是照搬日本學制，採取「六三三」的教育安排時間，即把教育期分爲初級教育六年，中等教育三年和高等教育三年。而且在教學內容上，也增加了算術等課程。但這種新的學制和新增加的教學內容，並不能改變茅盾接受到的教育，基本上是傳統教育這樣一種狀況。據茅盾回憶，立志小學所用的國文課本是《速通虛字法》和《論說入門》；寫作練習大都是傳統的史論；修身課講的是《論語》。1907 年茅盾進入植材高等小學學習，學校課

〔註 16〕在與鴛鴦蝴蝶派論戰之前，茅盾的諸多文章，主要表現出一位文學青年，對新文學的積極支持和熱情響應，他對舊文學的批判和否定，以及他對新文學的肯定、支持，都沒有確定的對象。通過與鴛鴦蝴蝶派的論戰，青年茅盾的批判有了具體針對性，同樣在新文學方面也有了具體肯定的內容，即倡導自然主義的寫實手法。

〔註 17〕茅盾：《魯迅——從革命民主主義到共產主義》，收錄《茅盾評論文集》（上），頁 91，1978 年，人民文學出版社出版。

程增加了英文等新課程，但國文課仍占主要教學內容，並且國文課教的內容有《禮記》、《易經》、《左傳》和《孟子》〔註 18〕。1909 年至 1913 年，茅盾轉學杭嘉湖三府的三所中學，所學的課程中，保留了大量的傳統文學的教學內容。如在湖州中學，楊笏齋老師給茅盾講古詩十九首、左太沖的詠史詩、白居易的詩、先秦諸子中的《莊子》、《墨子》、《韓非子》，以及明代張溥編選的《漢魏六朝百三家集》。在嘉興中學，國文教師朱希祖給茅盾上《周官考工制記》和《阮元車制考》；馬裕藻上《春秋左氏傳》；朱蓬仙教《顏氏家訓》。在杭州安定中學，張獻之老師教茅盾練習中國傳統文學的作詩填詞；另一位姓楊的老師給他們講中國文學發展變遷的歷史。而在北京大學預科時期，陳漢章先生教茅盾中國歷史，沈兼士教文字課，講許愼的《說文解字》；沈尹默的國文課，讓茅盾讀魏文帝的《典論・論文》、陸機的《文賦》、劉勰的《文心雕龍》、章實齋的《文史通義》、劉知幾的《史通》，並且沈尹默還給茅盾他們講黃山谷的詩〔註 19〕。1916 年茅盾進商務印書館時，他的國學修養確實達到了較高程度。據他本人回憶，老編輯孫毓修問茅盾讀過什麼書，茅盾答曰：「涉獵所及有十三經注疏，先秦諸子，四史（即《史記》、《漢書》、《後漢書》、《三國志》），《漢魏六朝百三家集》，《昭明文選》，《資治通鑒》，《昭明文選》曾通讀兩遍。至於《九通》，二十四史中其他各史，歷代名家詩文集，只是偶然抽閱其中若干章段而已。」〔註 20〕茅盾的這種國學修養連孫毓修老先生都肅然起敬，認定茅盾是「名門望族子弟」。〔註 21〕茅盾儘管在新式學堂裏受教育，但接受到的教育卻是中國傳統的，他自己也承認，從中學到北大，耳所熟聞者，是「書不讀秦漢以下，文章以駢體爲正宗〔註 22〕。」

這裏，讓我感興趣的是青年茅盾自幼以來也接受過一些「西學」、「西藝」，特別是在北大預科三年，掌握了一門英語。但這些「西學」的學習爲什麼沒有在他頭腦中形成與現有傳統學問的矛盾、衝突呢？我這樣說，並不認爲青年茅盾在具體的常識性問題上，沒有與中國傳統學問發生過衝突，但這些衝突都是極個別、局部的。如他對陳漢章先生的譏諷，並不見得青年茅盾已經在思想上意識到陳先生的整個思想觀點有問題，而是覺得陳先生所講的內容

〔註 18〕參見茅盾：《我走過的道路》（上），頁 64，頁 67。
〔註 19〕同上註，頁 94～95。
〔註 20〕同上註，頁 114。
〔註 21〕同上註，頁 114～115。
〔註 22〕同上註，頁 114。

與茅盾所接受到的常識有出入。可以說，到達商務印書館爲止，青年茅盾還一直沉浸在中國古書的世界裏。他在商務編譯所工作的最初一段時間，手裏翻閱的還是一本石印小字的翁（元圻）注《困學紀聞》。上述現象我以爲可以說明一些問題：

第一，西學的接受在具體的個人身上，並不一定迅速形成思想上的衝突。西學，當它僅僅作爲一種常識而不是作爲指導人們進行價值判斷的價值觀存在時，它不會與個人的既存思想發生大規模的直接對抗。中國近代以來許多歷史人物，他們接受「西學」、「西藝」，但文化上他們卻仍然堅信中國傳統思想，所謂中西文化衝突，實際上僅僅限定在政治範圍〔註 23〕。對於青年茅盾來說，「西學」既是一個知識概念，但同時也浸潤著他個人特殊的情感。因爲父親遺訓中有一條，讓茅盾好好學習「西藝」，但這種「西藝」正如茅盾父輩們所理解的，僅僅是一種有實用價值、能夠讓他們養家糊口的技藝，而不是這種「西藝」所代表的文化價值思想〔註 24〕。從這一意義上講，青年茅盾最初對「西學」的理解，並不能改變他整個價值觀念仍是傳統的狀況。

第二，假若考慮到五四時期許多文學青年儘管「西學」知識甚少，但也在批判、否定中國傳統文學的情況，我們也可以反過來考慮，青年茅盾在接受西學與接受傳統教育之間，爲什麼在思想上沒有形成衝突。這裏所謂的思想，是指純粹以思想爲目的的思考。我以爲，青年茅盾最初之所以能夠容納兩種不同體系的知識存在，這實際上說明他本人還沒有意識到自己思想上有什麼追求。1916 年，青年茅盾剛到商務印書館，他考慮的還不是什麼思想問題，而是生計問題。但這種生計問題的考慮，最初也是不深入的。茅盾依然以一種接受知識的方式去接受社會，以爲只要努力用功，就能獲得社會的承認。但結果他發現，

〔註 23〕中國近代如曾國藩、李鴻章等洋務運動領導人，都意識到「西技」的實用價值而採取積極引進「西技」的辦法，創辦江南製造局，設立同文館。而張之洞等清流人物更進一籌，提出中學爲體，西學爲用。然而，他們在政治問題上，特別是當文化論爭觸及政治權力問題時，他們無一例外都站在維護中國傳統文化價值觀念的立場上。這說明他們所說的中西文化衝突，實際上主要還不是思想觀念上的，而是政治利害關係的衝突。

〔註 24〕茅盾在《我的小傳》中說：「十歲上，父親死了，留一個遺囑，希望我將來進學校學工藝」，「這個遺囑，我當時不很懂得，只知道父親希望我學實業。」這裏所謂的實業之「實」，是相對務「虛」的社會科學而言。在茅盾的父輩看來，實業排除了文化思想觀念的內容，是工藝，技術等純粹的工具性產物。《我的小傳》收錄孫中田、查國華編：《茅盾研究資料》（上），頁 43，1983 年，中國社會科學出版社出版。

許多並不努力工作的同事，所取得的待遇明顯比他這位用功努力的編輯要好得多。這種發現，令青年茅盾震動極大。直到晚年寫回憶錄時，他都不能忘懷〔註25〕。但我以爲，這種震動實際上正說明青年茅盾此時對許多問題認識還不成熟。我們不妨設想一下，假若一位有較長工作經驗和較豐富閱歷的人，他如果碰到青年茅盾在商務編譯所見到的不合理現象，我相信他至少不會像茅盾表現得那樣吃驚。只有那些不諳人事，對社會缺乏了解的人，才會顯得極其吃驚。而茅盾的吃驚恰恰顯示他是一個涉世不深的青年。茅盾在晚年回憶錄中記錄了自己最初的想法：他希望什麼都不顧，埋首讀書。在初進商務印書館的一年時間裏，茅盾確實連星期天都很少休息。他將大部分時間都花在讀書上〔註26〕。因爲他相信，只要學好本領，就能立足社會。但他從未反過來想過，假若社會不承認或不接受他的這種本領呢？前一種思路說明青年茅盾並不是以一種反抗社會的心態在刻苦學習，而是依照中國傳統的思路，希望靠自己的發憤苦讀，來尋求將來社會對自己的承認。我相信，茅盾在商務印書館的這一時期裏，除了學習刻苦之外，編輯工作也相當賣力。他在不到一年的時間裏，翻譯、編輯出版了《衣》、《食》、《住》和《中國寓言》這四本書。1917年下半年起，他又參加了《學生雜誌》的編輯工作，後來還協助孫毓修選定《四部叢刊》的具體版本〔註27〕。假若不是因爲五四新文化運動的出現，假若青年茅盾不是在商務印書館這麼一個讀書人相對集中的地方學習、工作，那麼茅盾極有可能成長爲一位業務熟悉又肯埋頭苦幹的編輯或出版者。但五四運動改變了青年茅盾的生活道路，這種改變，是他所意料不到的。

1912年至1920年，商務印書館掌握實權的人物是張元濟〔註28〕。張元濟是參加過戊戌變法的翰林人士，他有學問，並能接受新事物。商務印書館是

〔註25〕茅盾晚年回憶，「這些內幕情況，使我不勝感慨；我的母親寫了極誠懇的信，請盧表叔不要把我弄到官場去，眞料不到這個『知識之府』的編譯所也是個變相的官場。」參見茅盾：《我走過的道路》（上），頁107。

〔註26〕茅盾晚年回憶自己當初在商務印書館時的情形：「我看書多半是星期日，大家都出去玩了，我就利用這時間。我在上海快一年了，除了寶山路附近，從沒到別處去過。」參見茅盾：《我走過的道路》（上），頁119。

〔註27〕茅盾：《我走過的道路》（上），頁122。

〔註28〕1902年至1915年，張元濟任商務印書館編譯所所長，編譯所是商務印書館最重要的部門。1916年至1920年，張元濟任商務印書館經理，主持商務印書館工作。1920年辭去經理之職。因此，1902年至1920年是張元濟實際掌管商務印書館工作的時期。參見張樹年主編：《張元濟年譜》，1991年，商務印書館出版。

靠發行新式教科書起家的。但 1912 年因不聽青年編輯陸費逵的建議，結果商務方面蒙受巨大經濟損失〔註 29〕。這一件事使張元濟意識到培養和發掘年輕人才的重要性。查《張元濟年譜》，1917 年 2 月 10 日，張元濟致書高鳳池，「主張用少年人」。6 月 3 日又與高鳳池、鮑咸昌、陳叔通等人談論用人之事。10 月 12 日致書高夢旦，謂《小說月報》「不適宜，應變通。」〔註 30〕商務印書館決策人的這種改革姿態，使下屬各大刊物的主編也紛紛嘗試新的辦刊辦法。茅盾正是在這種情況下被一些雜誌主編起用的〔註 31〕。當然，茅盾本人的出色才能和埋頭苦幹的勁頭是他引人注意的一個方面，但我們也不能不看到，茅盾最初協助編輯的《學生雜誌》在商務印書館各大刊物中，並不是最有思想性的刊物，而只是一個面向中學生的普及性讀物。茅盾在這個雜誌上發表一些科學普及文章，後發展到寫寫社論。這些新的嘗試工作，雖看不出茅盾有什麼特別的思想見識，但編輯工作的需要，使他讀中國古書的興趣暫時得到了遏制，他不得不翻閱一些外國的報刊雜誌，注意外界的新事物，以保持筆下常有「新」東西出現〔註 32〕。正是在這個時候，《新青年》也進入了茅盾的閱讀世界。據茅盾回憶，《學生雜誌》主編朱元善訂有《青年雜誌》（後改為《新青年》）〔註 33〕。又據胡愈之回憶，他常在當時出售《新青年》的益群書局碰到茅盾〔註 34〕。從茅盾當時發表的那些批判中國傳統文學的文章口

〔註 29〕陸費逵曾建議商務印書館趕印一套適應共和民國需要的中小學教科書，張元濟未接受，結果陸費逵自己創建中華書局，印刷了這套教科書，用户紛紛訂購，使商務印書館的教科書大量滯銷，蒙受經濟損失。參見蔣維喬：《創辦初期之商務印書館與中華書局》，李侃：《中華書局的七十年》，載《出版史料》第一輯，頁 79，1982 年 2 月，學林出版社出版。另外，胡愈之在《回憶商務印書館》（收錄《商務印書館九十五年》，頁 116，1992 年 1 月，商務印書館出版）及茅盾：《我走過的道路》（上），頁 193，中均提到此事。

〔註 30〕參見張樹年主編：《張元濟年譜》，頁 135、頁 140、頁 144，1991 年，商務印書館出版。

〔註 31〕茅盾晚年回憶，朱元善之所以邀請茅盾協助編輯《教育雜誌》、《學生雜誌》，是因為朱對外界輿論變化非常敏感，朱元善是希望借助青年茅盾所寫的倡導新文學、新文化的文章，來表現《教育雜誌》、《學生雜誌》緊跟時潮的姿態。參見茅盾：《我走過的道路》（上），頁 124～125。

〔註 32〕從茅盾晚年回憶錄看，他有意查找外國的報刊雜誌，與朱元善讓他替《學生雜誌》編譯國外的科普讀物有關。參見茅盾：《我走過的道路》（上），頁 122～124。

〔註 33〕參見茅盾：《我走過的道路》（上），頁 125。

〔註 34〕胡愈之：《早年同茅盾在一起的日子裏》，見《憶茅公》，頁 6，1982 年，文化藝術出版社出版。

氣看，顯然有許多《新青年》的筆法在內，另外，他晚年回憶文章中竟清楚地記得胡適《文學改良芻議》和陳獨秀《文學革命論》〔註 35〕，可見《新青年》對他早年的思想確有震動。

不過思想震動與對思想問題進行思考，是兩種程度不同的思想活動。前者不一定形成理論思考，後者卻能促使當事人對問題形成專門的思考。

那麼，如何在青年茅盾身上作出這兩種區別呢？在我看來，這主要考察青年茅盾是否對傳統思想採取了眞正批判的態度，也就是說，他是否眞正意識到中國傳統文學本身存在的問題並針對問題進行思考。查閱 1920 年前青年茅盾發表的文章，像《學生與社會》、《一九一八年之學生》、《蕭伯納》、《托爾斯泰與今日之俄羅斯》、《近代戲劇家傳》、《對於黃藹女士討論小組織問題一文的意見》、《沈雁冰致虞裳》和《「小說新潮」欄預告》這一系列文章〔註 36〕，儘管青年茅盾在文章中也表示支持新文化運動，但這種支持並沒有提供有力的思想依據，也沒有形成廣泛的社會影響。因爲青年茅盾對中國傳統文學的批判，相當程度上是沿用《新青年》上文章的筆法，泛泛而論社會要變革、學生要以天下爲重，婦女問題應引起全社會重視等，他沒有在這種批判、否定中提供比《新青年》更切實的批判對象，更沒有以他個人的思考給新文學提供新的發展思路。茅盾的許多「新」思想，在舊派人物看來是一種非常時髦的東西，如《學生雜誌》主編朱元善就認爲茅盾給該雜誌所作的社論，是「新」東西〔註 37〕；但對於新文化陣營中的人來說，則根本不能滿意。1919

〔註 35〕茅盾在晚年回憶錄中，多次提到《新青年》對他的影響。如，他談到自己最初寫鼓吹新文學的文章，是受到《新青年》的影響。他關注俄國文學，也是受了《新青年》的影響。另外，晚年茅盾還清楚的記得，《學生雜誌》主編朱元善當年對《新青年》上胡適、陳獨秀文章的敏感反應。參見茅盾：《我走過的道路》（上），頁 127～128，頁 131，頁 125。

〔註 36〕《學生與社會》，署名雁冰，《學生雜誌》第四卷第十二號，1917 年 12 月 5 日出版。《一九一八之學生》，署名雁冰，《學生雜誌》第五卷第一號，1918 年 1 月日出版。《蕭伯納》，署名雁冰，《學生雜誌》第六卷第二、三號，1919 年 2 月、3 月出版。《托爾斯泰與今日之俄羅斯》，署名雁冰，《學生雜誌》第六卷第四至六號，1919 年 4 月至 6 月出版。《近代戲劇家傳》，署名雁冰，《學生雜誌》第六卷第七至十二號，1919 年 7 月至 12 月出版。《對於黃靄女士討論小組織問題一文的意見》，署名冰，《時事新報・學燈》，1919 年 6 月 25 日。《沈雁冰致虞裳》，《時事新報・學燈》1919 年 11 月 18 日至 20 日。《「小說新潮」欄預告》，未署名，《小說月報》第十卷第十二號，1919 年 12 月 25 日。

〔註 37〕茅盾晚年回憶，朱元善打算改革《學生雜誌》，先從社論開始，於是便請青年茅盾寫一篇短文，作爲社論，以標「新」。這篇文章，便是刊於 1917 年 12 月

年 4 月，羅家倫在《新潮》第一卷第四號發表《今日中國之雜誌界》一文，對商務印書館出版的《學生雜誌》、《教育雜誌》、《婦女雜誌》等提出了嚴厲的批評。1920 年 1 月 29 日，孫中山發表《致海外國民黨同志函》，批評商務印書館的出版物「陳腐不堪讀」。〔註 38〕這種批評意見使我們看到，青年茅盾最初發表的一批支持新文化運動、批判中國傳統文化（文學）的文章，在他自己看來是新的，但在新文化陣營的人看來，卻沒有什麼實在的思想內容，反倒當作了舊東西進行抨擊。當然，「新青年」們的批評帶有某種個人情感〔註 39〕，但青年茅盾當時發表的文章沒有提供具體實在的思想內容，特別是沒有指出明確的批判對象，倒是實在情形。因此，我認爲青年茅盾在 1920 年之前，整個思想意識基本上還沒有完全擺脫傳統的束縛。他從接受傳統教育，發展到批判傳統，並不表明他思想意識上產生了某種轉變，更明確地說，並不表明他已具備了一種思想能力，使他能自覺地發現傳統存在的問題並有針對性

號《學生雜誌》上的《學生與社會》。參見茅盾：《我走過的道路》（上），頁 125。

〔註 38〕1919 年 4 月，羅家倫在《新潮》第一卷第四號上發表《今日中國之雜誌界》，列數商務印書館出版的雜誌：《教育雜誌》、《學生雜誌》、《婦女雜誌》，稱之爲「守舊式」、「市儈式的雜誌」。1920 年 1 月 29 日，孫中山發表《致海外國民黨同志函》，其中嚴厲批評了商務印書館：「我國印刷機關，惟商務印書館號稱宏大，而其在營業上有壟斷性質，固無論矣，且爲保皇黨之餘孽所把持。故其所出一切書籍，均帶有保皇黨氣味，而又陳腐不堪讀。不特此也，又且壓抑新出版物，凡屬吾黨印刷之件，及外界與新思想有關之著作，彼皆拒不代印。」參見《孫中山全集》第五卷，頁 210，1985 年 4 月，中華書局出版。特別是羅家倫的文章，在社會上造成強大輿論，給商務印書館以很大壓力，迫使其進行改革。參見章錫琛：《漫談商務印書館》，收錄《商務印書館九十年》，頁 111，1987 年 1 月，商務印書館出版。

〔註 39〕旅美學人林毓生在其研究五四反傳統主義的論著《中國意識的危機》中，提出一種看法，認爲五四時期《新青年》對中國傳統文化的批判，帶有強烈的情緒性特徵。許多啓蒙思想家理智上認爲要學西方，但情感上無不留戀中國傳統的東西，故他們接受西方學說與批判中國傳統，只是維持在一種特定的政治形勢之中，而不是建立在付諸理性的思想基礎之上，形勢一變，批判激情爲之消退，各種舊傳統保守的東西喧囂塵上。另一位旅美學人李歐梵在其研究專著《浪漫的一代》中，也有相似的看法。我認爲所謂「情緒性」批判的思想特徵，在《新青年》集團成員身上並不明顯，像陳獨秀、錢玄同、魯迅、周作人、胡適等人，究其一生的思想演變，基本上還是恪守啓蒙主義的獨立思想原則，倒是被《新青年》啓蒙的新一代青年，情緒性批判的特徵極爲顯著，這除了他們沒有豐富的社會閱歷以外，更主要的是他們對思想問題沒有深刻的思考，缺乏思想的準備，故一旦形勢激變，個人生活受挫，便陷於極度的苦悶徬徨境地，而無力自拔。

地進行批判。事實上，茅盾最初對傳統的批判，僅僅是因爲《新青年》在社會上產生的巨大思想反響，對他思想有著某種震動。同時，商務印書館的改革嘗試，也將他推向了批判傳統的時潮之中。

二

從 1920 年起，青年茅盾開始較多地發表文章。他還廣泛參加社會活動，特別是擔任《小說月報》主編之後，社會影響範圍比以前明顯擴大了〔註 40〕。這些現象是否意味著青年茅盾已經有能力獨立思考問題，形成自己的思想了呢？

在回答這一問題時，我想明確一個概念，即一個人對具體事物看法的變化，並不一定直接來自思想考慮。它可能是無意識促成的。譬如日常生活中常有的現象之一，是社會上都在談論一件新事物，或用新名詞指稱一件事，這時，趨同心理往往會使人們跟著用新名詞來談論新事物，但這並不表明所有談論新事物、用新名詞的人，在思想觀念上都認眞思考和注意過這些新事物、新名詞。從這一意義上講，思想的變化並不一定都是夠得上思想水平，所謂思想水平意義上的變化，是指思想者對思想問題本身有興趣，並通過自己的自覺思考而產生新的見識。因此，眞正的思想變化，不只是一種文化現象，同時也是一種能力的表現。只有那些長期關注於思想問題，並有獨立思考能力的人，才具備思想水平的思考。

對照 1920 年以後青年茅盾的思想狀況，我覺得下面三個問題應引起注意：

第一，1920 年以後茅盾對傳統文學的批判，有沒有變得更爲具體，如何看待這種轉變？

第二，1920 年以後青年茅盾廣泛參加社會活動，這些活動對他的思想產生了何種影響？

第三，許多後來被研究者視爲是茅盾論文中重要的文章，在當時的影響情況。

在我看來，1920 年以後青年茅盾在批判中國傳統文學方面較以前確有變

〔註 40〕這我們可以參照兩方面的情況，一是 1921 年青年茅盾發表的文章是以往幾年的數倍。另一方面是茅盾在社會上的知名度增加，據茅盾晚年回憶，他被視爲文學研究會的代表，受到各種邀請。如上海知名演藝人汪優游組織戲劇社，竟然找到茅盾，希望能給予支持。參見茅盾：《我走過的道路》（上），頁 182。查國華編：《茅盾年譜》，頁 37～57，1985 年 3 月，長江文藝出版社出版。

化，這種變化就是茅盾發表的一系列批評文章中，批評對象比以前明確了。參照茅盾當時發表的《現在文學家的責任是什麼？》、《新舊文學平議之評議〉、《語體文歐化之我觀》、《創作的前途》等文章和茅盾晚年回憶錄提供的材料，我注意到這種批評的具體化主要表現在茅盾批判傳統文學的矛頭直指當時壟斷上海文壇的鴛鴦蝴蝶派〔註 41〕。可以說，在 1920 年之前茅盾從未這麼明確地攻擊過什麼人，但 1920 年以後，這種攻擊非常之明確。

爲什麼會發生這種轉變呢？假若我們注意到這一時期的上海文壇狀況就會發現，當時上海文壇最有勢力的人物都是一些與舊式文人有關的人物，而這些舊式文人以寫艷情題材的通俗作品爲主，靠稿費來源爲生。因此，這批文人發表作品，有很大一部分原因是出自經濟方面考慮。在王蒓農主編《小說月報》時，舊式文人的作品可以發表，茅盾鼓吹新文學的文章也能發表，雙方都沒有發生衝突。如茅盾的《「小說新潮」欄宣言》、《俄國近代文學雜談》（上）和《安得列夫死耗》，都是在這時期的《小說月報》上發表的，至今也沒有發現舊式文人當時有攻擊他的文字。1921 年茅盾擔任《小說月報》主編後，情況發生了變化。茅盾不准《小說月報》發表鴛鴦蝴蝶派的作品〔註 42〕。茅盾的這一舉動不僅使這批舊式文人的作品難以繼續在商務印書館出下去，而且也使這批靠賣文爲生的文人，斷了稿費來源。這就不能不引起他們對茅盾的怨恨。據茅盾回憶，這批舊式文人主要是以《禮拜六》爲陣地，操縱各種小報對改革後的《小說月報》攻擊。1921 年 8 月 11 日，茅盾致周作人的信就說：「上海謾罵之報紙太多，《晶報》常與《小說月報》開玩笑，我們要辦他事，更成功少而笑罵多；且上海同人太少，力量亦不及。」〔註 43〕同年 9

〔註 41〕許多茅盾研究者在研究茅盾這一時期的文學思想時，常籠統地指出青年茅盾反對舊文學倡導新文學，卻很少有人明確指出青年茅盾到底反對舊文學中的什麼，倡導新文學中的什麼，更沒有人結合青年茅盾這一時期的思想狀態，提出他的主要思想在哪些方面表現出來。倒是莊鍾慶的《茅盾的第一篇文學論文》一文值得注意，他認爲茅盾以佩韋筆名發表在《東方雜誌》第十七卷第一號上的《現在文學的責任是什麼》是茅盾第一篇闡述自己思想觀點的文章，其主要觀點是反對鴛鴦蝴蝶派，而不是籠統地批判舊文學。參見莊鍾慶：《茅盾史實發微》，頁 22～27，1985 年 2 月，湖南人民出版社出版。

〔註 42〕據茅盾晚年回憶，他當年接手《小說月報》時，發現存稿全是禮拜六派的稿子，於是他向商務印書館編譯所所長高夢旦提出包括存稿全都不用在內的三項要求。革新後的《小說月報》的確排除了鴛鴦蝴蝶派文人的稿子，而全部採用新文學家的創作。參見茅盾：《我走過的道路》（上），頁 160～162。

〔註 43〕參見《魯迅研究資料》第 11 輯，頁 111，1983 年 1 月，天津人民出版社出版。

月 21 日，茅盾在致周作人的信中，又提到上海小報攻擊之事〔註 44〕。我以爲，茅盾與鴛鴦蝴蝶派之間的衝突，基本上是對事不對人。因爲第一，茅盾以往在《覺悟》、《學燈》、《東方雜誌》、《小說月報》上發表批判中國傳統文學的文章，都沒有與舊式文人發生衝突；第二，舊式文人是在茅盾不用他們稿子的情況下，攻擊茅盾的；第三，1923 年茅盾被迫辭去《小說月報》主編後，舊式文人心中的怒氣得以平息，攻擊之事也少了。但正是舊式文人對茅盾及《小說月報》的攻擊，反倒使茅盾對中國傳統文學的批判由以往的泛泛而論，變得具體明確了。讀 1921 年 1 月 10 日茅盾發表的《文學和人的關係及中國古來對於文學者身份的誤認》一文〔註 45〕，他在文章中列舉了中國傳統文學中的兩種代表性觀點，即「文以載道」和把文學當作消遣的觀點，加以批判。前一種觀點，無疑是封建衛道者的正統觀點，這種觀點在與《新青年》的交鋒中，特別是在《新青年》與林紓的爭論中，已被新文化人士徹底痛斥，敗下陣來。後一種觀點，主要是以上海文壇的舊式文人創作爲代表，這類作品以迎合一般小市民的閱讀口味爲目的，著意於渲染男女之間的恩恩怨怨的纏綿情感。這一類作品，《新青年》曾發文章給以抨擊，但正面的思想交鋒不曾有過〔註 46〕。青年茅盾由於在上海主持《小說月報》的緣故，並且《小說月報》曾一度是舊式文人發表作品的主要刊物，故茅盾與舊式文人的衝突儘管帶有強烈的個人情感色彩，但從整個社會影響來看，確實表現了一種新舊文學之間的對抗和衝突；而且，新文學運動的支持者，如周作人、鄭振鐸、茅盾、葉聖陶、胡愈之等，正是通過與舊式文人的論戰，才更加緊密地聯繫到一起。1933 年 5 月，茅盾在《關於「文學研究會」》中曾說：「假使我們說文學研究會是應了『要校正那遊戲的消遣的文學觀』之客觀的必需而產生的，

〔註 44〕參見《魯迅研究資料》第 11 輯，頁 112～113，1983 年 1 月，天津人民出版社出版。

〔註 45〕《文學與人的關係及中國古來對於文學者身份的誤認》，署名沈雁冰，發表於《小說月報》第十二卷第一號，1921 年 1 月 10 日。

〔註 46〕《新青年》六卷一號上載有錢玄同的《「黑幕」書》，抨擊上海的舊式文人。《新青年》六卷二號發表仲密《再論「黑幕」》，批評上海舊式文人所著「黑幕」小說。另外，羅家倫在《新潮》第一卷第一號發表《今日中國之小說界》（署名志希），著重抨擊在《新聞報》和未改革前《小說月報》上發表的鴛鴦蝴蝶派小說。而滬上的鴛鴦蝴蝶派文人雖對新文學人士不滿，但沒有撰文直接回擊，也沒有像林紓那樣發表影射小說，因此在鴛鴦蝴蝶派與《新青年》集團之間沒有形成針鋒相對的鬥爭。詳細史料可參見魏紹昌編：《鴛鴦蝴蝶派研究資料》上下冊，1984 年 7 月，上海文藝出版社出版。

光景也沒有什麼錯誤罷」。〔註 47〕文壇爭論的現實需要，迫使青年茅盾對舊式文學必須進行批判，這種批判對他來說，就是抓住舊式文人創作不講體驗、不講究客觀描寫的「向壁虛造」的特徵加以開刀。照理，中國傳統文學的弱點可以列數許多，但在鴛鴦蝴蝶派身上，隨意而作，不講究文學描寫的具體性和獨特性是最最明顯的。〔註 48〕如，茅盾在《自然主義與中國現代小說》一文中所列舉的一篇舊式小說《留聲機片》所顯示的創作上的粗糙和隨意。這部作品描寫「情劫生」的一段失戀故事，但這種描寫根本見不到描寫所提供的具體內容。換句話說，那二百多字的失戀狀態的描寫，可以用在任何一個失戀者身上，但卻絕對見不出每個失戀者究竟是一副怎樣的失戀神態。這種描寫，與眞正的小說創作毫無關係可言，說到底，這批舊式文人根本不懂小說創作對人物、場景和事件描寫的具體規定，他們仍然以作詩塡詞的傳統法則來創作小說，認爲小說創作也要有一套承轉起合的結構，並且將戀愛故事與詩詞中的用典相比擬，以爲不用悉心體驗，只要搬用一段戀愛故事便能增強作品氣氛，因此，人物心理和場景的具體描寫反被他們視爲可有可無的材料，他們重視的倒是他們自己講故事的那套程式。像《小說月報》1920 年第十一期中周瘦鵑翻譯的法國作家 G·伏蘭（Gabruel Volland）的小說《畸人》，按周瘦鵑的譯介說明，伏蘭是以描寫人生痛苦而出名的作家，但這部譯作給人的整個印象卻彷彿是作者在用一系列人間悲歡離合的故事情節，構架一種「奇情加苦情」的小說敘述模式。人物和場景的具體描寫變成了可有可無的東西，那種離奇的故事情節倒成了主要的，而這種情節又完全是按照中國傳統的舊式文人的創作尺度編造出來的。從這一意義上講，舊式文人的創作，包括他們的譯介，都是把文學作品所珍視的那種獨特的體驗方式、體驗內容統統棄之不顧。藝術創作在他們眼中，只不過是一種照習慣將各種新奇的內

〔註 47〕《關於「文學研究會」》，署名茅盾，《現代》第三卷第一期，1933 年 5 月 1 日。引見《茅盾文藝雜論集》上集，頁 364，1981 年，上海文藝出版社出版。

〔註 48〕所謂鴛鴦蝴蝶派，大都是集居滬上的舊式文人，稿費是他們的主要經濟來源。他們寫小說，在報刊雜誌連載，謀取稿費，故大多數這類作家都沒有嚴密的結構上的考慮，而是根據報刊雜誌需要，邊寫邊登，有的甚至同時給幾家報紙撰寫連載小說，不僅作品散漫，編造雷同的痕跡也極其明顯。胡適在《新青年》第四卷五號（1918 年 5 月 15 日）上，發表《論短篇小》，明確提出要有「結構」的觀念。茅盾在 1924 年所作的演講《什麼是文學》中，提到「新文學的寫實主義，於材料上最注重精密嚴肅，描寫一定要忠實」，他反對舊式文人的隨意編造及散漫作風，認爲那是「懶的結晶」而已。（茅盾：《什麼是文學》收入《茅盾文藝雜論集》上集，頁 147。）

容重新編排一遍的講故事方法。因此，這類作品並沒有促使讀者對審美創造提出新的要求，更談不上對藝術作品思想內容的更高追求，因爲這類作品藝術上並不追求變革，反倒要求更多的讀者接受這種創作口味。所以，這些作品的讀者大都是市民，他們有一定的文化，但文化的要求並不高，除了小說能帶給他們娛樂和消遣外，作品本身的形式和思想內容，他們並不看重，他們只希望各種新奇的故事能夠喚起他們閱讀中那種固定的經驗，而不希望有更多思考的內容。

在茅盾與鴛鴦蝴蝶派發生衝突之前，《新青年》上早已發表過新文化人士對舊式小說的批判文章，如錢玄同的《「黑幕」書》，志希的《今日中國之小說界》，周作人的《再論「黑幕」》。胡適在《建設的文學革命論》中也批評過舊式文人的創作〔註 49〕。他們的批評文章給茅盾以啓發和鼓勵，否則，青年茅盾憑他的處境、地位和他小心謹慎的處世態度，是絕不會貿然對舊式文人採取斷然措施。《新青年》上的批判文章儘管給茅盾以啓發，但茅盾的批判文章與《新青年》上的文章相比，針對性更強，因爲青年茅盾是在用批判文章，爲自己拒絕接受鴛鴦蝴蝶派文人的作品之舉進行辯護。查閱 1921 年 8 月 11 日，9 月 21 日和 10 月 15 日茅盾致周作人的信，茅盾屢屢提到自己壓力很大，準備辭去《小說月報》主編之職〔註 50〕。從商務印書館方面來說，像高鳳池、鮑咸昌和陳叔通的態度，本來就較爲保守，對張元濟採用新人的措施，一直

〔註 49〕《「黑幕」書》，署名錢玄同，《新青年》第六卷一號，1919 年 1 月 15 日。羅家倫的《今日中國之小說界》，署名志希，《新潮》第一卷第一號，1919 年 1 月 1 日。周作人：《再論「黑幕」》，署名仲密，《新青年》第四卷第二號，1919 年 2 月 15 日。胡適：《建設的文學革命》，《新青年》第四卷第四號，1919 年 4 月 15 日。

〔註 50〕1921 年 8 月 11 日，茅盾致函周作人，其中有「上海漫罵之報紙太多，《晶報》常與《小說月報》開玩笑，我們要辦他的事，更成功少而笑罵多；且上海同人太少，力量亦不及。」9 月 1 日茅盾致函周作人，其中有「《小說月報》出了八期，一點好影響都沒有，卻引起了特別的意外的反動，發生許多對於個人的無謂的攻擊，最想來好笑的是因爲第一號出後有兩家報紙來稱贊而引起同是一般的工人的嫉妒；我是自私心極重的，本來今年接了這撈什子，沒有充分時間念書，難過得很，又加上這些烏子夾搭的事，對於現在手頭的事件覺得很無意味了。我這裏已提出辭職，到年底爲止，明年不管。」10 月 15 日茅盾致周作人，其中有「辭職事現取消，再試一年看；先生教我奮鬥，我不知怎的，求效心甚急，似乎非一下成功，就完全無望，現在且領教下一年水磨工程，再看一年如何。如再而無效驗，無論如何，無顏爲之矣。」參見《魯迅研究資料》，頁 110～111，頁 112～113，頁 115，1983 年 1 月，天津人民出版社出版。

有保留態度。青年茅盾對舊式文人作品的抵制態度，理所當然遭到這批當權者的反對。茅盾在晚年回憶錄中曾說，陳叔通將茅盾贈送的《小說月報》第一期改革號拆都未拆，就退回來，以示抗議〔註 51〕。對商務老闆來說，經濟因素也是他們不能不考慮的。當初任用茅盾，很重要的原因是希望通過改革，促進雜誌的銷路〔註 52〕。但茅盾執掌《小說月報》主編後，將王蒓農花錢買下的一批舊式文人的稿件，連同林紓的數十萬字的譯稿，全都壓下來，這不僅使舊式文人的自尊受到打擊，同時對商務印書館方面來說，錢財上也蒙受了損失〔註 53〕。所以，青年茅盾當時受到的壓力是兩方面的，既有商務印書館當權者的壓力，又有舊式文人的攻擊。面對壓力，青年茅盾只有對鴛鴦蝴蝶派的創作進行針鋒相對的鬥爭，揭示他們創作的低劣之處，才能爲茅盾自己的所作所爲找到合理的依據，只有獲得這種合理依據，才能將商務印書館當權者的壓力頂回去。從這一意義上講，青年茅盾對鴛鴦蝴蝶派的批判，有許多個人方面的打算。1921 年 10 月 15 日，茅盾致周作人的信中說：「我不知怎的，求效心甚急，似乎非一下成功，就完全無望，現在且領教下一年水磨工程，再看如何。如再一年而無效驗，無論如何，無顏爲之矣。」〔註 54〕在許多文學史研究者看來，茅盾對鴛鴦蝴蝶派的批判是一次思想事件，但我以爲他們除了忽略了青年茅盾的整個思想狀態之外，也忽略了生計問題對茅盾思想的影響。我們不妨想想，假若青年茅盾辦《小說月報》毫無起色，並且又得罪了舊式文人，他如這樣被迫辭職，那實際上就意味著他個人在商務印書館事業前途的終止。假若他辦《小說月報》有起色，而出於其他原因辭職，那麼至少人們還能諒解他。對於茅盾這樣一位「幼年稟承慈訓而養成之謹言

〔註 51〕參見茅盾：《我走過的道路》（上），頁 168。至於陳叔通本人是否退還過《小說月報》，此事存疑。根據陳叔通：《回憶商務印書館》一文記載，1920 年陳因爲張元濟與高翰卿之間的矛盾，而於 1920 年底辭職離開商務印書館，而改革版《小說月報》是 1921 年 1 月才寄去，故退雜誌事不能認定是陳叔通所爲。陳文見：《商務印書館九十年》，頁 131，1987 年 1 月，商務印書館出版。

〔註 52〕茅盾晚年回憶，1920 年「這半年來，《小說月報》的銷數步步下降，到第十號時，只印二千冊。這在資本家看來，是不夠『血本』的。王蒓農（當時爲《小說月報》主編——引者注）之所以有上述之『應文學之潮流，謀說部之改進』的意圖，還不是想增加銷路麼？」參見茅盾：《我走過的道路》（上），頁 160。

〔註 53〕茅盾在晚年回憶錄中說，王雲五後來辦《小說世界》，刊登舊式文人的稿子，一方面緩和了商務印書館與舊式文人之間的緊張關係，另一方面也是「化無用爲有用」，將茅盾廢棄不用的一批舊式文人的存稿全部刊發，爲商務印書館省下了一筆錢。參見茅盾：《我走過的道路》（上），頁 192。

〔註 54〕參見《魯迅研究資料》第 11 輯，頁 115，1983 年 1 月，天津人民出版社出版。

慎行」的人來說，我相信生計問題的考慮，不能不使他要盡力在這場思想衝突中贏得勝利。

當然，提出茅盾這種批判傳統文學的複雜動機，並不意味著消解茅盾對傳統批判的意義，只是這種批判不像以往人們所理解的那樣，是直接以思想批判爲目的，或者說，是茅盾意識到這場批判的意義後而採取的行動。我以爲，文學史意義有許多都是後來的研究者賦予的。就歷史事件本身來說，有許多純粹出於偶然。青年茅盾與鴛鴦蝴蝶派的衝突也屬於這種偶然事件。因爲在查閱茅盾當時發表的所有論戰文章時，我沒有發現茅盾自己明確說過，他與鴛鴦蝴蝶派的衝突，是由於茅盾意識到新文學的具體要求，或他感到鴛鴦蝴蝶派是當時舊文學的代表後，而做出的思想反應。事實上，對茅盾來說，與鴛鴦蝴蝶派的衝突完全是一種突如其來的事件，他是受《新青年》啓發，及商務印書館方面改革雜誌的要求驅使，所採取的一種措施，即他在採取拒絕發表舊式文人創作稿這一措施時，不僅沒有料想過舊式文人的激烈反應，也根本沒有考慮過這一舉動的所有後果和影響〔註 55〕。因此，茅盾與舊式文人的衝突，儘管使他批判中國傳統文學有了一個具體對象，但他本人思想上，對這種批判具體化的出現，在當時是缺乏自覺意識的。

三

茅盾對中國傳統文學批判並不完全建立在自覺的思想水平之上，對這一結論的理解，還可以通過具體考察 1920 年後茅盾參加的一系列社會活動獲得。

爲了對茅盾此時的社會活動情況有一個初步印象，我將他 1927 年前的重要社會活動排列如下：

1920 年，茅盾擔任《小說月報》「小說新潮」欄執行編輯。同年 11 月，高夢旦囑他接任《小說月報》主編。茅盾與鄭振鐸取得聯繫，成爲文學研究會的十二名發起人之一。

〔註 55〕爲什麼説這種衝突是一種突如其來的事件，是因爲茅盾自己也沒有料到會與舊式文人之間爆發激烈的衝突，特別是最後的結局竟是以青年茅盾被迫辭去《小説月報》主編之職告終。事實上，茅盾自己也沒有一個明確的思想，到底要將《小説月報》辦成什麼樣子，第一，是他當時給朋友的信中屢屢提到的計劃，有很多內容並沒有兑現。參見茅盾致周作人的信，收錄《魯迅研究資料》第 11 輯，天津人民出版社 1983 年 1 月。第二，茅盾改革《小説月報》時，事先也沒有什麼設想，而是臨時找一些新文學家，拉一些稿子，照他自己的説法是「拼湊出來」的。參見茅盾：《我走過的道路》（上），頁 161～165。

1921 年 1 月，改革版《小說月報》出版。5 月，與鄭振鐸創辦文學研究會會刊《文學旬刊》。是年夏，作爲「民眾戲劇社」的發起人。9 月，編輯出版《小說月報》第十二卷號外「俄國文學研究」。12 月，擔任上海平民女校義務教員。

1922 年 2 月，在《小說月報》開設「文學作品有主義與無主義討論」。4 月，在同一刊物開展「自然主義」問題討論。同年，與鴛鴦蝴蝶派、學衡派和創造社展開文學論戰。

1923 年初，辭去《小說月報》主編之職，標點校注林（紓）譯小說和伍建光譯的小說。是年春，在上海大學中國文學系教小說研究，在英國文學系教希臘神話。7、8 月，應侯紹裘之邀，赴松江演講。12 月，發表《「大轉變時期」何時來呢？》一文，以響應惲代英、鄧中夏等倡導的革命文學。

1924 年初，編《民國日報》副刊《社會寫眞》（後改名《杭育》）。根據中共中央旨意，寫作、發表《對於泰戈爾的希望》和《泰戈爾與東方文化》。

1925 年初，編選《淮南子》、選注《莊子》。「五卅」事件發生後，參與組織罷工、遊行，與鄭振鐸等創辦《公理日報》。後選注《楚辭》。在《文學週報》發表《論無產階級藝術》。

1926 年至 1927 年，離開商務印書館，投身政治活動〔註 56〕。

從上述茅盾參與的文學活動中，我注意到青年茅盾一踏上文壇起，社會活動的範圍就極其廣闊，而且活動之多遠遠超出了人們的想像。

照一些文學史研究者的觀點看來，茅盾的性格較爲冷靜，這樣便於他在社會活動中冷靜地思考、分析問題，得出較爲全面、完整的思想認識。但參照茅盾的文學活動及當時發表文章的情況，我覺得性格的冷靜並不是制約思想成長的絕對因素，而且對青年茅盾來說，他性格的冷靜也不是一開始便設計好的，而是他進入青年、中年以後，經歷了一次次人生磨難之後才獲得的。在 1927 年之前，茅盾的思想性格不是太「冷」，而是極其「熱」。所謂「熱」，是指他對各種社會活動都有興趣，對各種新出現的文藝思潮和文學主張，都採取積極支持的態度。這種熱烈投入社會活動的結果，無疑使青年茅盾增長了閱歷和見識，使他對許多問題的理解，由原來較爲抽象的說教變得具體實在。如他對中國傳統文學的批判，如果不是與鴛鴦蝴蝶派的論戰，絕不至於

〔註 56〕茅盾 1920 年至 1926 年底之間的編年材料，參考查國華編：《茅盾年譜》，頁 24～108。

這麼具體地將消閑的文學觀點，當作中國傳統文學的糟粕來進行批判、否定，也不可能有針對性地提出「自然主義」客觀描寫問題〔註 57〕。而且，對於茅盾來說，最重要的是實際工作的經驗，能夠本能地遏制他身上那種狂熱的思想情緒。茅盾和五四青年一樣，他們投身文學的目的，並非完全出自文學方面的興趣，而是與文學能夠表達他們個人的思想情緒有關。他們進入文壇的時候，正是五四運動落潮之際，許多青年思想苦悶，生活困頓，都希望用文學來排遣自己內心的壓抑之情。但這種壓抑之情，並不一定完全由社會現實造成的，在我看來，與這些未經社會生活磨練的文學青年，對生活的不切實際的奢望有關。他們對生活都有一種理想設計，但這種設計未必實際，特別是經過五四學生運動之後，在現實生活中都不同程度地受到阻礙，造成他們對現實生活的一種幻滅感，在他們看來，這種幻滅是由社會造成的，而很少從個人身上進行反省。青年茅盾儘管這時沒有完全從個人思想上反省問題，但實際工作所給予他的直觀印象，使他對那種濃郁的「感傷主義」提出批評。如他這一時期發表的《春季創作壇漫評》、《社會背景與創作》、《創作的前途》、

〔註 57〕茅盾較明確地倡導自然主義，起於 1921 年，其目標正是針對鴛鴦蝴蝶派。1921 年 8 月 3 日，茅盾致函周作人，提到：「近來我覺得自然主義在中國應有一年以上的提倡和研究，庶幾將來的創作不至於復回舊日『風花雪月』的老調裏去。」（參見《魯迅研究資料》第 11 輯，頁 108）當然，與胡適對茅盾等人的批評也有關，胡適 1921 年 7 月 22 日日記有「我昨日讀《小說月報》第七期的諸論創作諸文，頗有點意見，故與振鐸及雁冰談此事。我勸他們要慎重，不可濫收。創作不是空泛的濫作，須有經驗作底子。我又勸雁冰不可濫唱什麼『新浪漫主義』。現代西洋的新浪漫主義的文學所以能立腳，全靠經過一番寫實主義的洗禮。有寫實主義作手段，故不致墮落到空虛的壞處。如梅特林克，如辛兀（Meterlinck，Synge），都是極能運用寫實主義的方法的人。」見胡適：《胡適日記》（上），頁 156～157。《小說月報》第十二卷第八號「最後一頁」有「文學上自然主義經過的時間雖然很短，然而在文學技術上的影響卻非常重大。現在固然大家都覺得自然主義文學多少有點缺點。而且文壇上自然主義的旗幟也已豎不起來，但現代的大文學家——無論是新浪漫派，神秘派，象徵派——那個能不受自然主義的洗禮過。中國國內創作到近來比起前兩年來，愈加『理想些』了，若不能乘此把自然主義狠狠的提倡一番，怕『新文學』又要回原路呢！」其實對於新文學發展來說，無論自然主義還是「新理想」都是需要的，但對茅盾來說，批判鴛鴦蝴蝶派成爲當務之急，以自然主義的「寫實」來批判鴛鴦蝴蝶派的「向壁虛造」，那倒是順理成章的。茅盾研究中被視爲茅盾倡導自然主義文學主張的代表作《自然主義與中國現代小說》，實際上恰恰是茅盾爲回擊鴛鴦蝴蝶派的攻擊而作的答覆。參見茅盾：《我走過的道路》（上），頁 185。

《評四五六月的創作》、《一年來的感想——與明年的計劃》等文章〔註 58〕，都對這時文學作品中反覆出現的感傷情調提出批評。他的這種批評，我以爲並不是因爲他對文學創作有深刻的體驗而意識到「感傷主義」不適合文學，倒是他置身編輯之職，大量接觸到來稿而感受到創作雷同現象的結果〔註 59〕。同時，他自己擔任過實際的政治宣傳工作，從配合政治工作的實際需要來考慮問題，他也意識到那種感情色彩濃烈的呼喚革命的作品，有許多虛幻之處。但這只是茅盾受實際工作約束而不得不採取的思想行動。就當時他的整個思想趨向看，他與那些狂熱的文學青年的思想差距並不大，因爲我注意到，茅盾的經歷幾乎與他們相似，革命高潮一來，他便棄文從政，而政治運動處於低潮，他們又退到文學領域中來，他們對文學沒有那種始終如一的熱愛之情。1923 年，惲代英等人倡導「革命文學」，茅盾便發表《「大轉變時期」何時來呢？》加以呼應，而 1925 年文學青年大批湧向廣州，茅盾同樣也躋身這種時潮之中。相比之下，只有魯迅、周作人、胡適等人才眞正顯出自己獨立思考問題的成熟特徵。我發現，從 1923 年開始，正當一批文學青年重新走向革命之途時，魯迅等人反倒顯得冷靜、沉默。但這並不是說他們迴避社會問題，而是說明他們以自己的方式更紮實地做著文化建設必不可少的工作。

〔註 58〕《春季創作壇漫評》，署名郎損，《小說月報》第十二卷第四號，1921 年 4 月 10 日。《社會背景與創作》，署名郎損，《小說月報》第十二卷第七號，1921 年 7 月 10 日。《創作的前途》，署名沈雁冰，《小說月報》第十二卷第七號，1921 年 7 月 10 日。《評四五六月的創作》，署名郎損，《小說月報》第十二卷第八號，1921 年 8 月 10 日。《一年來的感想——與明年的計劃》，署名記者，《小說月報》第十二卷第十二號，1921 年 12 月 1 日。

〔註 59〕如茅盾寫《春季創作壇漫評》和《評四五六月的創作》，都與他任《小說月報》編輯之職有關，能夠接觸到大量來稿。在 1922 年茅盾所寫的《一般的傾向——創作壇雜評》中，茅盾就坦率地說過：「我被迫處在一個不自然的境地，每天不能不看過八九篇的創作；那都是些長逾五千字，短至一千餘字的短篇小說。……我把每日所讀的創作按照題材分起類來，按照描寫方法分起類來，覺得出品雖多，變化太少。」（參見《茅盾文藝雜論集》上集，頁 77）對文學創作中雷同現象，茅盾作過思考。1921 年 8 月 3 日他在致周作人的信中提到：「《說報》（即《小說月報》——引者注）每月收到外間投稿（大抵不相識者）總在五十份以上，長篇短製都有。但好的竟很難得；覺得他們都有幾個缺點是共同的：（一）是描寫的事境，本身初未嘗有過經驗，（二）是要創作然創作，並不是印象深了有不能不言之概，然後寫出來，（三）是不能用客觀的觀察法做底子，（四）是只注重了人物便忽略了境地，只注重了境地便忽略了人物，一篇中的境地和人物生關係的很少，不能使讀者看到後想到：這境地才會生出這種人。」《魯迅研究資料》第 11 輯，頁 108。

可以說，這一時期是魯迅等人思考最緊張、思想成果最多的時期。如魯迅 1923 年出版了小說集《吶喊》，校完了《嵇康集》，發表《宋民間之所謂小說及其後來》這一專門論述中國白話短篇小說起源和發展脈絡的文章。他的《中國小說史略（上）》也由新潮出版社出版。在社會問題的思考方面，魯迅發表《娜拉走後怎樣》，與那些狂熱參與社會政治活動而缺乏思想準備的文學青年相反，魯迅非常自覺地意識到覺悟與實現覺悟之間的複雜社會過程。這時的茅盾與魯迅相比，思想上顯然有很大的差距。我認爲，青年茅盾這種政治活動的熱情，並不是出自一種深刻而清醒的思想考慮，更多的倒是出自對時潮的追逐。因爲沒有更多的材料能夠說明茅盾對突然到來的革命高潮有過理智而清醒的分析，包括他 1926 年完全成爲一名職業政治活動家，都是由外部的偶然事件促成的〔註 60〕。因此，茅盾參與社會活動的思想狀況，實際上與他批判中國傳統文學的思想狀況有相似的思想基礎，即茅盾很少對自己投身參與的活動本身，有過細緻、深入的思想考慮。對茅盾所寫的一系列批判中國傳統文學的文章，我不想在具體的文章內容上一一辯證，我只想從文章寫作角度提醒人們注意到一種事實，即 1920 年至 1927 年之間，茅盾將大量時間、精力投入到社會活動之中，那麼，他究竟還有多少時間、精力靜下心來好好思考問題呢？假若注意到這一事實，並且再考慮到思想活動特有的那種規定性，即思想活動需要一定的時間、精力投入其中，並不斷對思想自身進行反省，那麼，我相信，人們將不難理解青年茅盾無論是投身政治，還是在文學領域對中國傳統文學進行批判，都不可能立足於嚴密的思想系統來進行。當然，缺乏理論、缺乏深邃的思考問題的能力，不只是茅盾一個人的問題，可以說，整整一批文學青年都無暇，也沒有能力進行系統的理論思考，因爲一股狂熱的革命熱情支配了他們的思想，他們自以爲具備了思想，缺乏的只是實踐，故對思想自身的問題缺乏認眞的反思。青年茅盾相對於同一類型的文

〔註 60〕據茅盾晚年回憶，他離開商務印書館是因爲香港報紙登了文章，稱茅盾爲「赤色分子」，結果駐滬軍閥派人到商務編譯所來打聽茅盾的情況，商務印書館害怕因茅盾而受牽累，故託鄭振鐸勸説茅盾離開商務印書館。（參見茅盾：《我走過的道路》（上），頁 131）。我以爲有理由杜測，假若不是因爲上述因素，茅盾是否會在 1926 年離開商務印書館而成爲一名職業政治活動家呢？另外，從茅盾在 1927 年大革命失敗後出現的思想波折看，他的確對大革命的形勢發展，缺乏分析和必要的思想準備。相比之後，魯迅的思想要成熟得多。既便是在大革命高潮時期，他也時時意識到危機的存在。如 1927 年 4 月 10 日就作有《慶祝滬寧克復的那一邊》，提出危機潛存於革命之中。

學青年來說，學識修養和社會經驗都要豐富。他較早意識到「革命文學」問題，在《「大轉變時期」何時來呢？》、《雜感——讀代英的〈八股〉》、《論無產階級藝術》和《文學者的新使命》這些文章中，他儘管講文學要配合革命形勢，但論證卻是從文學要反映生活這一最最基本的問題開始的。所以，與後期創造社和太陽社的激進姿態相比，人們總覺得青年茅盾的文學觀點在同樣激進的思想行列中，還稍稍偏重於「藝術」風格的追求。茅盾的這種論述，當然不是說他思想意識中具備了一套自覺的思想邏輯，而是說社會實踐，特別是長期編輯工作的經驗幫助了他，使他意識到不能像那些狂熱的文學青年那樣，對任何既存的思想採取否定的態度。茅盾在《從牯嶺到東京》和晚年回憶錄中都談到文學青年的狂熱給具體工作帶來的損害〔註 61〕，這種感受，我相信不是茅盾從理論思考中得來的，而是直接從社會實踐中獲得的，因此，經驗對他來說，比思想本身更有效、更有力地指導著他的行動。

經驗對青年茅盾思考問題的幫助幾乎是絕對的。我們不妨設想一下青年茅盾在當時文壇的眞實處境。五四之後，一批靠介紹、翻譯外國大學獲得文壇地位的文學青年贏得了人們的關注，並且譯介之風也成爲新的時潮。青年茅盾適逢時潮，除了學習、接受外國文學，使自己的外國文學知識不低於同時代人的水平外，很重要的一點便是要顯示自己的思想特色。譯介可以趨迎時潮，但不能獲得文學聲譽，因爲茅盾畢竟沒有留學生活體驗，與胡適這一類留學生相比，茅盾的外國文學知識積累有很大的欠缺。而另一方面，依據傳統文學知識來反省眼前的文壇現象和思想問題，從理論上講，可以成立，但在現實生活中卻早已被人們放棄〔註 62〕。因此，茅盾不可能在國學這一條

〔註 61〕在《從牯嶺到東京》一文中，茅盾寫到：「我就不懂爲什麼像蒼蠅那樣向窗玻片盲撞便算是不落伍？……我實在是自始就不贊成一年來許多人所呼號吶喊的『出路』。這出路之差不多成爲『絕路』，現在不是已經證明得很明白？（《從牯嶺到東京》，署名茅盾，《小說月報》第十七卷第十號，1928 年 10 月 10 日。）另外，茅盾在晚年回憶錄中，也寫到大革命有過火之處，如「把農民家中供的祖宗牌位砸了，強迫婦女剪髮，遊鬥處決北伐軍軍官的家屬等。」（參見茅盾：《我走過的道路》（上），頁 328）。

〔註 62〕五四時期接受外來思想，批判和反省傳統文化成爲一股強大的社會思潮，如，吳稚暉就主張將線裝書擲到茅廁裏去，魯迅也勸青年少讀或不讀中國書，而多讀外國書。錢玄同 1920 年 8 月 16 日致周作人的信中也說：「若說美國派，純粹美國派固亦不甚好，但總比中國派好些。專讀英文，固然太偏，然比起八股駢文的修辭學來，畢竟有用些。我以爲『國故』這樣東西，當他人類學地質學之類研究研究，也是好的，而且亦是應該研究的；不過像《讀書小記》

思路上發展自己的思想。對他來說，唯一可能並變成現實的思路，便是從社會實際生活經驗中尋取幫助。這首先在於茅盾與同時代的文學青年相比，所處位置極其特別。他執掌著《小說月報》，並且這之前也有一定的編輯經驗，這使他能夠在處理各種來稿中捕獲到最新的文壇動向。其次，商務印書館作爲全國最大的出版、發行單位，不僅使他在雜誌經費上有保障，而且巨大的發行網使茅盾的思想主張能夠順利傳播，擴大影響。第三，茅盾有社會團體作爲他的組織依靠，文學研究會和中共組織都需要有文藝方面代表，茅盾參加這些組織，並能根據個人對這些組織活動的體驗，提出文學主張。這些特殊經歷，使茅盾能夠從反映個人經驗的角度，比同時期的文學青年更具體地感受到問題。1921 年 7 月，茅盾發表《社會背景與創作》一文〔註 63〕，在這篇文章中，他開始也像當時的文章那樣，列舉中國古代和西方文學家對社會與創作關係的看法，但隨後他就轉到自己對問題的論述上。他的論述一個最大的特點，不是在理論邏輯上展示論證的嚴密性和推論的理性力量，而是較多地陳述自己對現實生活的感受。茅盾認爲現實社會極其黑暗，文學應反映這種現實。依據這種思路，他批判舊式文人的「消閑」的觀點，認爲這種文學沒有揭示現實生活的眞實面貌；他也批評新文學過於集中在個人戀愛問題上，而忽略社會生活的豐富內容。茅盾的這種分析，從理論上講，除了要求文學反映生活外，幾乎沒有更多的內容，但他從個人經驗感受方面，提供了不少有個人色彩的東西，如他感受到舊式文人創作的不眞實；感受到新文學題材的偏狹同樣帶來一種不眞實的造作感。這種用經驗和個人感受代替理論分析的文學思路，在 1920 年代茅盾的所有文章中，幾乎都留有痕跡。如他用「自然主義」來糾正舊式文人描寫不眞實的毛病，所依據的不是「自然主義」理論本身的主張，而是將他個人對眞實的體驗披上了「自然主義」的理論外衣，從而使自己的主張獲得更多的響應。他的一系列文章，如《自然主義與

一類的研究，簡直可以批他兩個字曰 Fang p'ee（放屁——引者注）。我近來對於什麼也不排斥，……惟對於『崇拜國故者』，則認爲毫無思想與知識之可言。」（參見《中國現代文藝資料叢刊》第五輯，頁 317，1980 年 12 月，上海文藝出版社出版。另外，像翰林出身的張元濟這一類人，五四之後，公開和私下裏也勸人多讀外國書。（參見江辛眉：《回憶張菊生先生》，載《學林漫錄》第五集，1982 年 4 月，中華書局出版。）上述現象說明，既便有人想從中國文化內部來反省傳統，但占據學術思潮主流的，是否定中國傳統文化的思想。

〔註 63〕《社會背景與創作》，署名郎損，《小說月報》第十二卷第七號，1921 年 7 月 10 日。

中國現代小說》、《「寫實小說之流弊」？》、《對於泰戈爾的希望》、《文學界的反動運動》、《告有志研究文學者》、《文學者的新使命》〔註 64〕，給今天文學史研究者的最深刻的印象，在我看來，恐怕不在於茅盾對問題的仔細分析和獨到見解上，而在於這些文章提供了一位文學青年對當時文壇現狀的個人感受。因爲從理論上講，這些文章使用的西方理論，有的甚至是根本對立的，如左拉的科學實證思想，與俄國托爾斯泰那種人文傳統的思想便有矛盾之處。

四

茅盾從 1920 年發表第一篇文學論文《現在文學家的責任是什麼？》以來，陸續發表了一系列批判、否定中國傳統文學的文章，如《「小說新潮」欄宣告》、《新舊文學平議之評議》、《〈小說月報〉改革宣言》、《文學和人的關係及中國古來對於文學者身份的誤認》、《新文學研究者的責任與努力》、《春季創作壇漫評》、《社會背景與創作》、《評四五六月的創作》、《中國舊戲改良我見》、《駁反對白話詩者》、《一般的傾向——創作壇雜評》、《自然主義與中國現代小說》、《「寫實小說之流弊？」》、《雜感——讀代英的〈八股〉》、《「大轉變時期」何時來呢？》、《對於泰戈爾的希望》、《文學界的反動運動》、《告有志研究文學者》、《文學者的新使命》、《中國文學不能健全發展之原因》等〔註 65〕。茅

〔註 64〕《自然主義與中國現代小説》，署名沈雁冰，《小説月報》第十三卷第七號，1922 年 7 月 10 日。《「寫實小説之流弊」？》，署名冰，《時事新報．文學旬刊》第五十四期，1922 年 11 月 1 日。《對於太戈爾的希望》，署名雁冰，《民國日報．覺悟》，1924 年 4 月 14 日。《文學界的反動運動》，署名雁冰，《時事新報．文學周報》，第一二一期，1924 年 5 月 12 日。《告有志研究文學者》，署名沈雁冰，《學生雜誌》第十二卷第七期，1925 年 7 月 5 日。《文學者的新使命》，署名沈雁冰，《文學週報》第一九〇期，1925 年 9 月 13 日。

〔註 65〕《「小説新潮」欄宣言》，未署名，《小説月報》第十一卷一號，1920 年 1 月 25 日。《近舊文學平議之評議》，署名冰，《小説月報》第十一卷一號，1920 年 1 月 25 日。《〈小説月報〉改革宣言》，未署名，《小説月報》第十二卷一號，1921 年 1 月 25 日。《文學與人的關係及中國古來對文學者身份的誤認》，署名雁冰，《小説月報》第十二卷一號，1921 年 1 月 10 日。《新文學者的責任與努力》，署名郎損，《小説月報》第十二卷第二號，1921 年 2 月 10 日。《春季創作壇漫評》，署名郎損，《小説月報》第十二卷第四號，1921 年 4 月 10 日。《社會背景與創作》，署名郎損，《小説月報》第十二卷第七號，1921 年 7 月 10 日。《評四五六月的創作》，署名郎損，《小説月報》第十二卷第八號，1921 年 8 月 10 日。《中國舊戲改良我見》，署名雁冰，《戲劇》第一卷第一四期，1921 年 8 月 31 日。《駁反對白話詩者》，署名郎損，《時事新報．文學旬刊》

盾的上述文章，或許在今天還有文學史意義，但這種意義與這些文章當時發表時的影響情形有所不同，區分這種差別實際上更有利於我們理解茅盾當時的思想狀況，因爲它使我們看到茅盾文藝思想在最初時期的狀態，及隨著歷史發展之後，人們附加給這種思想的各種解釋。

我們不妨從第一部《中國新文學大系》談起。1935 年、1936 年，良友圖書印刷公司出版十卷本新文學資料匯編。收集文章的期限，是 1917 至 1927 年之間發表的新文學作品及文學論文。作品集共七卷，因茅盾在 1927 年之前沒有創作，故七卷作品集均沒有收錄他的東西，這也可以證實茅盾在 1927 年前，確實沒有直接的創作體驗。二卷理論集中，第一卷是胡適編選的《建設理論集》，胡適在導言和收錄的論文中，均沒有提到茅盾和茅盾的文章，這表明茅盾在 1920 年代發表的文章，對胡適並沒有構成影響，他甚至可以在《建設理論集》中不提茅盾。第二卷理論集是鄭振鐸編選的《文學論爭集》，其中收錄了 1927 年前茅盾發表的八篇文章，這八篇文章在鄭振鐸編選的書中，具體是第三編「學衡派的反攻」標題下有《四面八方的反對白話聲》（署名玄珠）；第四編「文學研究會與創造社的活動」標題下有《新文學研究者的責任與努力》、《文學與人生》、《什麼是文學》、《大轉變時期何時來呢》、《雜感——讀代英〈八股〉》（以上文章均署名沈雁冰）。第七編「舊小說的喪鐘」標題下有《自然主義與中國現代小說》（署名沈雁冰）。這八篇文章在鄭振鐸編選的集子裏，第一，是作爲繼白話文論戰後第二階段的論文出現的。像第一編「初期的響應與爭辯」與第二編「從王敬軒到林琴南」中，主要收錄了「新青年」團體和「新潮」社成員的文章。從時間上看，上述文章大都是 1920 年前後發表的。而此時茅盾最初的一些批判中國傳統文學的文章已經發表，如《現在文學家的責任是什麼？》、《新舊文學平議之評議》等。這些文章均沒有被鄭振鐸採用，可見作爲茅盾同時代人的鄭振鐸，他個人對茅盾這一時

第三十一期，1922 年 3 月 11 日。《一般的傾向——創作壇雜評》，署名玄珠，《時事新報・文學旬刊》第三十三期，1922 年 4 月 1 日。《自然主義與中國現代小說》，署名沈雁冰，《小說月報》第十三卷第七號，1922 年 7 月 10 日。《「寫實小說之流弊」？》，署名冰，《時事新報・文學旬刊》第五十四期，1922 年 11 月 1 日。《椎感——讀代英的〈八股〉》，署名雁冰，《文學週報》第一〇一期，1923 年 12 月 17 日。《「大轉變時期」何時來呢？》，署名雁冰，《文學週報》第一〇三期，1923 年 12 月 24 日對於太戈爾的希望》、《文學界的反動運動》、《告有志研究文學者》、《文學者的新使命》見註 64。《中國文學不能健全發展之原因》，署名雁冰，《文學週報》第四卷第一期，1926 年 11 月 21 日。

期的文章的某種反應，或者說，茅盾最初批判中國傳統文學的文章並沒有很大反響。確實，人們至今也沒有在 1920 年代初找到有力的材料說明有人接受了茅盾的啓發，而去批判中國舊文學。茅盾的文學論文被鄭振鐸收錄最多的，是有關文學研究會時期的文章，這種選擇，當然與鄭振鐸本人是文學研究會的代表人物有關，不過從《導言》內容看，鄭振鐸肯定茅盾這一時期最多的，還是茅盾對《小說月報》的改革，和茅盾表達了文學研究會的文學主張。鄭振鐸的這一說法代表了他個人的看法，特別是他認爲茅盾的《自然主義與中國現代小說》一文代表了文學研究會的文學觀點，茅盾本人則不這麼認爲。茅盾說過，這篇文章是針對鴛鴦蝴蝶派的論調而寫的，目的在於批判舊小說〔註 66〕。這與鄭振鐸認爲是在闡釋「文學是時代的反映」這一說法，有很大的差距〔註 67〕，但他們也有一個共同的觀點，那就是從文學社團這一角度來看待茅盾這篇文章的價值，而不是從思想觀點和理論思考方面來注意這篇文章。另外，從茅盾回憶錄記載的王雲五對這篇文章的反應及汪馥泉對此文的反應，也屬於社團方面的〔註 68〕。其他如 1923 年孫俍工編選的《新文藝評論》，及阿英編選的《新中國新文學大系・史料・索引》卷，也是從文學研究會這一社團角度，來收集和評價茅盾的文章。這說明與茅盾同時代的人，並不認爲茅盾的這些文學論文，對整個新文學有影響價值，而只不過從文學社團和流派方面考慮，認爲還能反映當時的一種思想狀態而已。的確，二十年代北京的一批新文學家，包括冰心、王統照、楊振聲、許地山等，在當時的文章中，幾乎都沒有提到茅盾。周作人、魯迅提到茅盾，也是因茅盾主動去信請教、求助，他們才提到他〔註 69〕。一般的文學青年，在當時並不十分

〔註 66〕參見茅盾：《我走過的道路》（上），頁 185。

〔註 67〕鄭振鐸在《中國新文學大系・文學論爭集・導言》中認爲，茅盾的《自然主義與中國現代小說》一文代表了文學研究會的共同見解，是他們的宣言。在鄭振鐸看來，茅盾此文的主旨在於闡述某種理論主張，而不是批判和回擊鴛鴦蝴蝶派。鄭振鐸：《中國新文學大系・文學論爭集・導言》，頁 10，上海良友圖書印刷公司，1935 年 10 月。

〔註 68〕據茅盾晚年回憶，王雲五認爲茅盾的文章得罪了舊式文人，故要抽查茅盾所編《小說月報》樣稿，遭茅盾反對後迫使茅盾辭去《小說月報》主編，但王雲五也害怕得罪茅盾等文學研究會成員，所以另選了一位文學研究會成員鄭振鐸接任。另外，汪馥泉認爲茅盾此文是站在社團立場上針對創造社而發的，故汪在《文學旬刊》上發表《「中國文學史研究會」底提議》。參見茅盾：《我走過的道路》（上），頁 189，頁 194。

〔註 69〕查周作人日記，1920 年 12 月 22 日記有「夜得沈雁冰君 21 日快信」，這是迄今所知的茅盾與周作人的首次交往，從茅盾晚年回憶錄及《小說月報》第十

注意茅盾及茅盾的文章。吳宓寫過一篇《寫實小說之流弊》，此文發表在 1921 年 10 月 22 日的《中華新報》上。吳宓反對寫實小說，但他對當時《小說月報》上茅盾、鄭振鐸鼓吹的「自然主義」和「血與淚」的文學幾乎沒有仔細的閱讀，結果將新文學與舊式文人的創作混在一起指責，這除了說明吳宓的批評文不對題外，也確實說明當時一班大學教授，包括胡適等人，對茅盾的文學論文幾乎沒有給予特別的關注。而在文學史上談到茅盾較多的，主要是文學研究會上海會員和茅盾有過論爭的創造社成員，他們主要是葉聖陶、鄭振鐸、胡愈之、謝六逸、孫俍工、郭沫若、郁達夫、成仿吾、阿英、田漢等。他們提到茅盾或茅盾的文章，幾乎很少用到「影響」一詞。我以爲這是較客觀地反映出他們眼中的茅盾形象。當時這一批人同屬文學青年，無論是同一團體中人，還是論爭的一方，大家只是各自思考問題，相互交流各自對問題的看法，還無從談到「影響」問題。茅盾在 1930 年代的文章中也承認，上海的文學研究會的一些同人，只是自己發表論文，「但這些論文，只是個人的主張，並非集團的。」〔註 70〕我以爲恰恰是茅盾自己的上述說法，眞實地勾勒出他 1920 年代在文壇所處的位置，他還沒有想到要用思想去影響別人，既便是他想這麼做，也難以被別人接受。從這一意義上，我以爲可以說明青年茅盾的文學論文，包括他對中國傳統文學批判、否定的文章，並不完全是針對思想問題而發，當然，對當時人們的思想也很難說有什麼巨大的影響。

五

茅盾早期對中國傳統文學的批判，主要是圍繞他與舊式文人之間的衝突展開的。照許多文學史研究者看來，思想衝突總是衝突雙方對問題的看法不同，而造成的思想上的對抗，因此，思想對論爭雙方來說是最重要的。但我以爲，對於像青年茅盾這樣一位二十剛出頭的文學青年來說，思想究竟意味

二卷第二號周作人 1920 年 12 月 27 日的回信內容看，可以推測是茅盾首先去及向周催稿。參見茅盾：《我走過的道路》（上），頁 161～165，人民文學出版社，1981 年 10 月版。錢理群著：《周作人論》，頁 335，1991 年 8 月，上海人民出版社出版。

查魯迅日記，1921 年 4 月 11 日有「晚得伏園信，附沈雁冰、鄭振鐸箋」。這是茅盾與魯迅交往的最早記錄，很有可能是茅盾通過孫伏園向魯迅約稿。參見《魯迅全集》第 14 卷，頁 415，1981 年，人民文學出版社出版。

〔註 70〕茅盾：《關於「文學研究會」》，《現代》第三卷第一期，1933 年 5 月 1 日。引文見《茅盾文藝論集》上集，頁 365，1981 年，上海文藝出版社出版。

著什麼，他自己也不太清楚。所謂不太清楚，不是說他對種種有關新思想的理論主張沒有聽聞，而是說他從未以一個思想者的身份，感受過思想對他個人生活的重要價值。

當《新青年》揭開新文學序幕時，青年茅盾剛到商務編譯所。他喜歡《新青年》，也去購買雜誌閱讀，但沒有見到他有非常強烈的思想表現。大約是 1919 年前後，《學生雜誌》主編朱元善讓茅盾寫一些能夠適應時潮的文章，即增加批判、否定傳統的內容，介紹一些國外的思想學說。茅盾根據自己的理解，完成了《學生雜誌》上的社論，結果令朱元善非常滿意〔註 71〕。朱元善的這種滿意，對青年茅盾來說，重要的倒不在於思想本身，而在於讓青年茅盾從個人事業發展的角度，意識到朝批判傳統和接受西學的方向努力，一定會取得收穫。假若仔細考察一下青年茅盾在文壇獲得最初影響的過程，我以爲他的事業正是靠批判傳統、譯介外國學說取得的。他以「新人」的姿態，在《學燈》、《覺悟》、《東方雜誌》上發表文章，結識了一些文化界人士。也同樣是以這種新「新人」的姿態，他建立了與北京新文學界的交往。在執編《小說月報》之前，強烈的批判傳統的意識，不僅使茅盾個人的事業蒸蒸日上，而且這種增長的勢頭強化了茅盾對傳統的批判意識。當然，這種意識並不是建立在對思想問題的深刻思考的基礎上，而是指茅盾在個人信仰方面保持了對批判傳統這一作法的信念。

自擔任《小說月報》主編之職以來，茅盾繼續對中國傳統文學保持批判的姿態，只不過具體情況有了變化。擔任主編之前，茅盾只管自己寫文章發表，很少與文壇的各方面人士發生關係，但在擔任主編之後，茅盾不僅自己要寫文章發表，而且更重要的是處理文壇上的各種複雜事務。他拒絕在《小說月報》上發表鴛鴦蝴蝶派的作品，遂遭致鴛鴦蝴蝶派的攻擊，這原是他意料之中的事，但事態發展的結果卻是出乎他意料的。第一，1922 年開始《小說月報》訂數下降，而重新開張的《禮拜六》等雜誌卻銷路看漲〔註 72〕。第

〔註 71〕茅盾：《我走過的道路》（上），頁 127。

〔註 72〕茅盾 1922 年 9 月 20 日致周作人函中有：「《說報》（即《小說月報》——引者注）今年銷數比去年減些」。參見《魯迅研究資料》第 11 輯，頁 121。1921 年 9 月 3 日鄭振鐸致周作人說：「上海現在黑幕書愈出愈多，專做黑幕生意的書鋪又開了幾間……前一二年的黑幕書的沉寂，不過是暫時的現象，現在我們提倡文學的重要，他們更乘機復活起來了」。1922 年 10 月 3 日鄭致周的函中又說：「上海方面，極爲齷齪，禮拜六派的勢力，甚爲盛大，差不多沒有一個賣日報的人沒有不帶賣禮拜六等，其他火車輪船埠站，及各煙紙店，小書

二，商務印書館向茅盾施壓，迫使他辭去《小說月報》主編職務。這種結局與原先茅盾對新文學前途的樂觀估價完全相悖，而且對他個人來說，也實實在在第一次感到思想鬥爭究竟是怎麼回事。商務老闆違背當初讓茅盾出來主持《小說月報》時答應的條件，用犧牲茅盾來與鴛鴦蝴蝶派作了一次交易。對此，茅盾除了極其痛恨舊思想所形成的現實秩序外，他更意識到要靠自己的行動來打破外界對他的束縛。具體地說便是通過各種渠道發表自己的文章，同時加強各種社會活動，擴大自己的活動範圍。1923 年，可以說是茅盾社交活動和文章發表數量最多的一個年頭。在這一系列活動和文章中，青年茅盾表現出個人對新思潮、新思想的全面支持和無條件接受。1923 年惲化英、鄧中夏等剛提出「革命文學」的主張，茅盾就發表《雜感——讀代英〈八股〉》和《「大轉變時期」何時來呢？》給予熱烈響應。1925 年又發表《論無產階級藝術》給予具體闡釋。我相信，茅盾對這種新文學的熱情呼喚，是眞正溶入了自己的人生感受的。如果沒有這種轟轟烈烈的文學運動給他以精神支持，簡直難以想像茅盾還會對中國傳統文學保持這麼高昂的批判熱情。茅盾最擔心的是運動勢頭的減弱。1924 年當一些人埋首於「國故」時，茅盾就發表《四面八方的反對白話聲》〔註 73〕，提醒人們注意舊勢力的抬頭。1924 年泰戈爾訪華，東方文化復興論再次出現，茅盾根據中共旨意發表《對泰戈爾的希望》和《泰戈爾與東方文化》。茅盾文章儘管在政治上批評泰戈爾，因茅盾個人的編輯生涯和與文學作品有過較多交往經驗，所以，他對泰戈爾的批判還是注意到泰戈爾是文學家這一身份，在文學上肯定泰戈爾對世界文化的貢獻。相比之下，陳獨秀的《泰戈爾與東方文化》（署名實庵）和瞿秋白的《泰戈爾的國家觀念與東方》〔註 74〕，只從政治著眼，而忽略了泰戈爾在人們心目中是位詩人的這一特徵。因此，同是側重於政治、社會的批評，但茅盾因自己的特殊經歷，即茅盾與同類文學青年相比，與文學作品和文學界的交往更多，

攤，亦皆有他們的蹤迹。」參見《中國現代文藝資料叢刊》第 5 輯，頁 350，頁 354，1980 年 12 月，上海文藝出版社出版。

〔註 73〕《四面八方的反對白話聲》，署名玄珠，《文學週報》第一二七期，1924 年 6 月 23 日。

〔註 74〕《對於泰戈爾的希望》，署名雁冰，《民國日報・覺悟》1924 年 4 月 14 日。《泰戈爾與東方文化》，署名雁冰，《民國日報・覺悟》1924 年 5 月 16 日。陳獨秀《泰戈爾與東方文化》，署名實庵，《中國青年》第 27 期，1924 年 4 月 18 日。瞿秋白《泰戈爾的國家觀念與東方》，載《嚮導》第 61 期，1924 年 4 月 16 日。

積累的經驗也更豐富。這樣，青年茅盾既便是在批判中國傳統文學時，他對批判的武器，即西方思想學說不一定非常了解，但經驗和個人感受使他的批評文字同樣可以顯得具體而實在。

至此，我以爲可以給青年茅盾批判中國傳統文學活動作出某種結論和評價。在我看來，茅盾這種批評有特色，但這種特色主要表現爲茅盾的思維方式有代表性，這種思想不是靠思想自身的力量給人以信服的力量，而在於用大量感性材料，即印象和感受，提供給人們一幅直觀的現實生活（包括精神狀況）圖景，這種圖景中所融注的是茅盾個人的生活感受和體驗，因此，在同類文章中，茅盾的文章往往顯得更具體，也更容易被人接受。當後來人們回顧這一時期文學的具體進展時，人們總會因茅盾文章所具有的這種具體性而更樂意注意它，這正是茅盾這類批判中國傳統文學的文章不斷被人提及的原因之一，也使它的影響保留至今。

第四章　茅盾早期文藝思想與文學社團、文學論爭的關係

如果青年茅盾是一位對文學問題有著特殊的理論偏好，並完全沉浸於其中的文學青年的話，那麼，我們只要將研究的注意力集中到他的理論思考上就足夠了。因爲對於一位以構架理論體系爲自己人生使命的人來說，再沒有比揭示其理論思考本身更能見出其思想個性的了。然而，青年茅盾偏偏不是這種思想類型的人物，他對純粹的理論問題缺乏興趣，至於對作爲職業的文學，他也並非抱有始終如一的態度。

1928 年 7 月 16 日，茅盾在日本東京完成了具有思想自述性質的重要論文——《從牯嶺到東京》。在這篇文章中他對自己與文學的關係有過如下表述：

「在過去的六七年中，人家看我自然是一位研究文學的人，而且是自然主義的信徒；但我眞誠地坦白：我對於文學並不是那樣的忠心不貳。那時期，我的職業使我接受文學，而我的內心的趣味和別的許多朋友——祝福這些朋友的靈魂——則引我接近社會活動，我在兩方面都沒有專心；我那時並沒想起要做小說，更其不曾想到做文藝批評家。」〔註 1〕

查閱 1920 年代茅盾往來書信，我注意到青年茅盾的確常常用「很忙」、「沒有時間」等來描述自己的生活。1921 年 7 月 5 日，茅盾在致周作人的信中說，「爲工作所梗」，沒有時間學習德語。1922 年 11 月 11 日，在致汪馥泉的信中，

〔註 1〕《從牯嶺到東京》，署名茅盾，載《小說月報》1928 年 10 月 10 日第十九卷第十號。

茅盾又說「終日為雜務煩忙」。1924 年 5 月 19 日，致《文學週報》讀者的信中，茅盾還在感嘆「沒有充分的時間」。〔註 2〕

青年茅盾的這種生活及生活方式，使我感到在研究他這一時期的文藝思想時，不能單純地從理論上尋找他說了些什麼，或者純粹從一種既定的理論系統出發，來研究茅盾。因為青年茅盾絕對不是依照一種既定的理論體系來思考問題。他倡導「新浪漫主義」，並不是說他依照「新浪漫主義」的美學思想在考慮問題，同樣，他鼓吹「自然主義」，也並不見得他的文藝思想就是「自然主義」文藝思想了。事實上，青年茅盾是根據他個人對文學實踐中碰到的問題，從個人的具體感受出發，來思考問題的，因此，實踐本身在茅盾早期文藝思想形成和發展過程中，有著至關重要的作用。他倡導「新浪漫主義」和「自然主義」，可以說與當時舊文學作品籠罩文壇，整個文學創作缺乏理想精神和眞實描寫有直接的關係。從這一意義上講，從文學實踐的角度，探討茅盾文藝思想與文學活動的具體關係，倒更切合早期茅盾文藝思想活動本身。

當然，茅盾早期文學實踐活動的範圍極廣，涉及的問題也很多，但從茅盾早期文藝思想形成、發展的角度來考慮，文學社團和文學論爭應該是他最最主要的文學活動內容。茅盾在晚年回憶錄中，對自己早期文學活動，講得最多的是改革《小說月報》，參加文學研究會和參與三次文學論爭〔註 3〕。由於茅盾主編《小說月報》得到文學研究會同人的支持，並且《小說月報》刊發的文章大都是文學研究會成員的文章，因此，茅盾早期最主要的文學活動，可以說集中在文學研究會和文學論爭兩方面。這種看問題的角度，實際上早

〔註 2〕1921 年 7 月 5 日，茅盾致函周作人，其中有「我非常想學德文，但為工作所梗，年來屢試而不成功」。1922 年 11 月 11 日茅盾致函汪馥泉，說：「兄的提議（即汪提議建立文學史研究會——引者注），我極贊成。只是現在覺得總沒有整批的時間去做這件事。現在終日為雜務繁忙，有許多緊要的事都不能立刻做，實在很痛心。」1924 年 5 月 19 日致《文學週報》讀者信中，茅盾說：「我們的《文學》是每星期六夜發稿，次星期一出版，這中間既沒有充分的時間容許我們自去校對」。參見孫中田、周明編：《茅盾書信集》，頁 11，頁 83，1988 年 3 月，文化藝術出版社出版。（本章凡引文出於該書者，編者，出版單位及年月略）。

〔註 3〕茅盾晚年回憶錄中，與早年文學活動有關的回憶有四章，即「革新《小說月報》的前後」、「複雜而緊張的生活、學習與鬥爭」、「一九二二年的文學論戰」、「文學與政治的交錯」。這四章中與文學相關的敘述，大都圍繞文學研究會及文學論爭展開。參見茅盾：《我走過的道路》（上），「目次」，1981 年 10 月，人民文學出版社出版。（本章引文出於該書者，出版時間及單位略）。

已爲茅盾同時代人所接受。1935年鄭振鐸替上海良友圖書印刷公司編選1917年至1927年期間文學論爭的文章，鄭振鐸主要是在社團論爭一欄中收錄了茅盾早期的文學論文〔註4〕。同樣，阿英在編《史料・索引》卷時，也是在社團活動一欄中收錄茅盾的論文〔註5〕。在他們看來，茅盾的文學論文是與其文學活動一樣在當時是與文學研究會及三次論爭活動聯繫在一起的。茅盾自己的陳述以及同時代人對茅盾的這種評價和理解，使我們有理由從文學實踐角度，具體探討茅盾早期文藝思想與文學社會、文學論爭的密切關係。

一

茅盾與文學研究會的關係，是茅盾早期文學活動中最最重要的活動。以往文學史研究對茅盾在現代文學史中的地位的肯定，就是從茅盾參加文學研究會，改革《小說月報》開始的〔註6〕。青年茅盾與文學研究會的關係，當然可以從各種角度加以闡述，但對早期茅盾文藝思想的形成和發展來說，我認爲首先應該從他加入文學研究會的動機談起〔註7〕。

據茅盾自己回憶，他最初加入文學研究會，帶有很大的偶然性，所謂偶然性，是從思想上講，他並沒有更多的考慮，便成了文學研究會十二名發起人之一〔註8〕。

〔註4〕鄭振鐸在《中國新文學大系》第二集《文學論爭集》第四編「文學研究會與創造社的活動」中，收錄茅盾六篇文章，即《新文學研究者的責任與努力》、《文學與人生》、《什麼是文學》、《大轉變時期何時來呢》及兩篇《雜感》。參見《中國新文學大系・文學論爭集》，1935年，上海良友圖書印刷公司出版。

〔註5〕阿英在《中國文學大系》第十卷《史料・索引》卷第二部分「會社史料」中，收錄茅盾《關於「文學研究會」》一文，這是被阿英收錄的介紹文學研究會的唯一的一篇文章。參見《中國新文學大系》第十卷《史料・索引》，1935年，上海良友圖書印刷公司出版。

〔註6〕如王瑤：《中國新文學史稿》，1952年8月，新文藝出版社出版。唐弢主編：《中國現代文學史》，1979年6月，人民文學出版社出版。

〔註7〕對一個人思想活動的判斷，最簡便、最直接的辦法，便是將他後來的思想與他最初的思想活動進行對照。茅盾加入文學研究會僅僅是他思想活動的開始，要判定他後來思想的變化、發展，就必須首先了解他最初參加文學研究會時的思想狀況。

〔註8〕茅盾在晚年回憶錄中說，1920年11月，商務印書館編譯所所長高夢旦找他商談改革《小說月報》之事，讓茅盾從第二年（即1921年）開始擔任該雜誌主編。當時茅盾因缺乏改革用的創作稿，便給北京的王統照去信，索要創作稿（因爲王在1920年第十號《小說月報》上發過文章，茅盾認爲可以），而王

那麼，青年茅盾爲什麼急於要加入文學研究會呢？在我看來，青年茅盾沒有更多明確的想法便加入了文學研究會，並不意味茅盾在與文學研究會的關係上一點思想考慮都沒有。在與北京新文學人士建立聯繫之前，茅盾已經發表了一些文學批評和社會評論文章。如《一九一八年之學生》、《學生與社會》、《托爾斯泰與今日之俄羅斯》、《現在文學家的責任是什麼？》、《新舊文學平議之評議》〔註 9〕。這些文章所體現的一個基本思想立場，就是反對因循守舊，贊同文學革命和社會變革，這種思想意識的萌芽、產生，茅盾自己說是受到了《新青年》的啓蒙〔註 10〕。因此，青年茅盾在接任《小說月報》主編之職後，出於對北京新文化人士的仰慕，希望與他們建立聯繫，以便得到思想上的幫助和支持，是他首先想到的。否則，他就不會直接給北京的王統照寫信索稿，也不會因鄭振鐸的來函便答應參加新籌辦的文學社團，更不會在未曾謀面的情況下，主動給周作人寫信，向他請求幫助和支持了〔註 11〕。事實上，不僅是茅盾，當時國內知識界許多人都希望與北京新文化人士保持聯繫。1920 年 10 月，商務印書館經理張元濟及編譯所所長高夢旦親赴北京，希望結識新文化人士〔註 12〕。這種舉動本身就反映了當時國內知識界的一種心態。因此，青年茅盾與北京新文化人士聯繫並加入文學研究會，這說明茅盾完全是以一種積極主動的姿態，追隨新的時代潮流，支持和贊同新文化（文學）運動。

但也應該指出，青年茅盾與文學研究會的關係中，也有茅盾個人職業方

統照此時是鄭振鐸籌辦的新文學社團中的成員，通過王的關係，茅盾與鄭振鐸建立關係，並答應參加文學研究會，成爲文學研究會的發起人之一。參見茅盾：《我走過的道路》（上），頁 160～162。

〔註 9〕《一九一八年之學生》，署名雁冰，載《學生雜誌》1918 年 1 月 5 號第五卷第一號。《學生與社會》，署名雁冰，載《學生雜誌》1917 年 12 月 5 日第四卷第十二號。《托爾斯泰與今日之俄羅斯》，署名雁冰，載《學生雜誌》1919 年第六卷第四號至六號。《現在文學家的責任是什麼？》署名佩韋，載《東方雜誌》1920 年 1 月 10 日第十七卷第一號。《新舊文學平議之評議》，署名冰，載《小說月報》1920 年 1 月 25 日第十一卷第一號。

〔註 10〕茅盾說：「不過那時（即五四時期——引者注）對我思想影響最大，促使我寫出這兩篇文章的（即《學生與社會》和《一九一八年之學生》——引者注），還是《新青年》」。參見茅盾：《我走過的道路》（上），頁 128。

〔註 11〕茅盾致周作人的信，最早見於 1920 年底，從 1920 年 12 月 31 日茅盾覆周作人信中所提內容看，茅盾早已有信函向周作人請教翻譯、介紹外國文學問題。參見《茅盾書信集》，頁 3～5。

〔註 12〕1920 年 10 月 5 日，張元濟離滬赴京；10 月 9 日訪蔣百里，希望結識北京新文化運動風雲人物。參見張樹年主編：《張元濟年譜》，頁 197，1991 年 12 月，商務印書館出版。

面的考慮，這主要是從他編輯工作角度考慮如何解決《小說月報》的創作稿源問題。茅盾在晚年回憶錄中說，他改革《小說月報》碰到的第一個困難便是缺乏創作稿源。他自己當時沒有從事文學創作的經驗，而上海的熟人中也沒有人從事文學創作，在這種情況下，他只能向北京的新文學人士索稿〔註13〕。茅盾的這一說法，在我看來可以相信，《小說月報》作爲一家大型文學刊物，不能沒有創作，但當時上海文壇從事文學創作的，大都是鴛鴦蝴蝶派文人，茅盾改革《小說月報》，就是要從這批舊式文人手中給新文學奪回一塊陣地。然而，拒絕發表鴛鴦蝴蝶派的作品，就得拿新文學作品來填補創作欄這一空缺，茅盾本人沒有創作，上海的朋友中也沒有人從事創作，在這種情況下，茅盾不得不向北京的新文學人士索稿。當然，對茅盾向北京新文學人士索稿之事的理解可以更寬泛些，即青年茅盾不只是爲了索取幾篇創作稿，而且也希望藉此機會與北京新文學人士取得聯繫，得到他們的幫助和支持。從1920 年底茅盾給周作人覆信內容看，在與鄭振鐸通信不久，茅盾便致函周作人，向周徵求改革《小說月報》的意見，而周作人提出的多介紹西方近代文學的意見，茅盾也確實是接受並採納的〔註14〕。

從上述青年茅盾加入文學研究會的思想動機分析中，我感到茅盾在加入文學研究會之初，思想上已產生了對新文學的同情和支持，而編輯工作的需要，使他更快更直接地投身於新文學運動。但這並不是說，青年茅盾從一加入文學研究會起，就有明確、具體的思想目標，而應該意識到青年茅盾在思想態度上同情新文化運動之外，對新文化（文學）運動本身還缺乏深入、系統的思想考慮。以他在《小說月報》1921 年第十二卷第一號上發表的《文學和人的關係及中國古來對於文學者身份的誤認》所批判的對象看，主要是傳統的「文以載道」觀點和將文學當作「消遣品」的觀點。這兩個觀點，實際上《新青年》在茅盾之前，就已經作了較爲充分的批判〔註15〕，而茅盾除了

〔註13〕參見茅盾：《我走過的道路》（上），頁 161～162。

〔註14〕1920 年 12 月 31 日，茅盾覆函周作人，信中有「先生說我們應該有個分別：分哪些是不可不讀的及供研究的兩項，不可不讀的，大抵以近代爲主。我以爲這個辦法，雖然又欲被某派人罵爲包辦，然而確是很要緊的事。」參見《茅盾書信集》，頁 4。

〔註15〕《新青年》對中國傳統文學的批判，主要是從思想觀念上批判「文以載道」的道統觀念及將文學當作「消遣品」的不嚴肅態度。文章可見陳獨秀：《文學革命論》、胡適：《歷史的文學觀念論》、劉半農：《詩與小說精神上之革新》、錢玄同《「黑幕」書》、周作人：《論「黑幕」》。

批評、否定這兩個傳統觀點外，並沒有像他後來那樣，將批判矛頭集中在鴛鴦蝴蝶派身上。這說明他還沒有在具體的文學實踐中，眞正意識到自己的批判對象是什麼，而只能追隨《新青年》對傳統文藝觀作一般的思想批判。不僅如此，當時新成立的文學研究會，對每位成員思想也沒有形成一種制約力，大家各說各的，當周作人發表《聖書與中國文學》和《西山小品》時，茅盾也不妨鼓吹他的「新浪漫主義」、「寫實主義」〔註16〕。

青年茅盾加入文學研究會，與文學研究會之間保持這種鬆散的個人關係，並不是說茅盾早期文藝思想的形成和發展，與文學研究會毫無關係，而是反映出茅盾加入文學研究會之初，思想意識並不像後來一些研究者理解得那麼自覺。我認爲，青年茅盾的文藝思想是在加入文學研究會後，通過參加一系列的文學實踐，逐漸發展起來的。加入文學研究會僅僅是文藝思想的開端，而不是文藝思想發展的結果，因此，沒有必要將青年茅盾的一舉一動都視作是深藏思想動機在內的自覺活動。

在明確上述關係之後，我認爲文學研究會對早期茅盾文藝思想的形成、發展確實有許多方面的幫助。這種幫助首先是支持茅盾改革《小說月報》。茅盾改革《小說月報》之際，面臨許多意想不到的困難。除了創作稿源問題之外，雜誌欄目設置，各期內容的總體安排，都需要茅盾自己精心策劃。如果說，以前茅盾只要埋頭寫作就可以了，那麼現在，他需要從文壇的實際情況出發，安排發表各類文章，這方面的經驗顯然是他以前很少有過的。此時，文學研究會給了茅盾巨大的幫助和支持。據茅盾回憶，鄭振鐸出色的社會活動，給《小說月報》解決了不少稿源方面的問題〔註17〕。周作人從雜誌的體例、具體介紹外國文學內容等諸多方面給予茅盾幫助，並且還親自爲《小說月報》寫稿〔註18〕。社團同人的幫助，使《小說月報》迅速改變了原來陳舊

〔註16〕《聖書與中國文學》，署名周作人，載《小說月報》1921年1月10日第十二卷第一號。《西山小品》，署名周作人，載《小說月報》1922年2月10日第十三卷第二號。茅盾在1921年7月10日《小說月報》第十二卷第七號上發表《社會背景與創作》（署名郎損）和《創作的前途》（署名雁冰），強調文學作品要寫實，表現理想。

〔註17〕茅盾回憶說：「鄭振鐸之進商務編譯所減輕了我的負擔。他那時雖然不是《小說月報》的編輯，卻在拉稿方面出了最大的力。」參見茅盾：《我走過的道路》（上），頁161。

〔註18〕1920年12月31日，茅盾致函周作人，對周作人提到的以介紹歐洲近代文學爲主的辦法，表示贊同。1921年10月12日，茅盾致函周作人，請他在《小

的面貌，成爲當時國內第一個集中發表新文學作品、宣傳新文學主張的大型文學刊物。因此，《小說月報》一出現，便引起社會的關注。據茅盾回憶，「改組的《小說月報》第一期印了五千冊，馬上銷完，各處分館紛紛來電要求下期多發，於是第二期印了七千，到第一卷末期，已印一萬。」〔註19〕

其次，當茅盾個人遇到外界壓力時，文學研究會同人給予集體的幫助、支持。1921年，當茅盾受到鴛鴦蝴蝶派的壓力而第一次向商務印書館提交《小說月報》主編的辭呈時，周作人勸其繼續擔任主編〔註20〕。1922年鴛鴦蝴蝶派在上海文壇再度活躍，與茅盾、鄭振鐸等發生直接衝突時，周作人就在《晨報副鐫》上連續發表文章，抨擊鴛鴦蝴蝶派〔註21〕。這種集體協同作戰的方式，不僅支持了茅盾，也使北京、上海的新文學人士之間團結得更緊，使社會上的保守勢力不敢輕易攻擊和迫害新文學人士。1922年底，商務印書館迫於壓力而讓茅盾辭去《小說月報》主編，但商務印書館方面同樣也不願得罪新文學團體，因而他們同意讓鄭振鐸出任《小說月報》主編，《小說月報》的辦刊宗旨不變，並繼續出版「文學研究會叢書」。商務印書館的這種讓步，如果離開了文學研究會這一團體的集體努力，確實是難以想像的。

第三，茅盾個人的文學思想，在與文學研究會同人的交往、影響下，得到迅速發展。在1920年之前，青年茅盾幾乎還是像當時許多文學青年那樣，發表文章，翻譯作品，以表示對新文學的支持，而具體的文學思考較少。但通過編輯《小說月報》，特別是通過與文學研究會同人之間不斷交流思想，茅盾的思想能力得到培養和鍛煉。他在1921年寫的《春季創作壇漫評》、《社會背景與創作》、《創作的前途》和《評四五六月的創作》〔註22〕，的確體現了

說月報》的體例安排上，幫助出些點子。1922年6月6日，茅盾致函作人，說明《小說月報》缺創作稿，希望周作人能給予幫助。見《茅盾書信集》，頁4，頁24，頁53。

〔註19〕參見茅盾：《我走過的道路》（上），頁168。

〔註20〕1921年9月21日茅盾給周作人的信中有「我這裏已提出辭職，到年底止，明年不管。」1921年10月15日，茅盾覆周作人的信中說：「辭職事現在取消，再試一年看；先生教我奮鬥，我不知怎的，求效心甚急，似乎非一下成功，就完全無望」。參見《茅盾書信集》，頁23，頁25。

〔註21〕1922年10月2日，周作人在《晨報副鐫》發表《惡趣味的毒害》（署名子嚴），10月8日發表《讀〈紅雜誌〉》、（署名子嚴），10月13日發表《讀〈笑〉第三期》（署名子嚴）。周作人在上述文章中，猛烈抨擊了鴛鴦蝴蝶派。

〔註22〕《春季創作漫評》，署名郎損，載《小說月報》1921年4月10日第十二卷第四號。《社會背景與創作》，署名郎損，載《小說月報》1921年7月10日第十

他思想上與以往思考的不同，這種不同的最明顯特徵是，青年茅盾此時的評論文章中，有了更多的個人感受。他是有自己的話要說，有自己的感受要表述，而不是一般地在文章中表明自己對新文學的支持。茅盾的這種體驗和感受，是他個人在編輯工作、與同人思想交流中敏銳感覺到，並確實與當時文壇的實際狀況有關。如，他提到的舊小說，包括新文學創作中存在描寫不眞實、缺乏個性問題，新文學創作中題材過於集中問題，即便是我們今天去研究 1920 年代這一時期的文學時，也還不能不注意到這些問題。

在文學研究會提供給青年茅盾的上述影響和幫助中，我以爲，從茅盾的文藝思想形成、發展來考慮，最最重要的還是思想能力的培養、鍛煉及各種文學實踐機會的提供。我注意到茅盾主編《小說月報》期間，《小說月報》上文學翻譯和文學批評的稿件明顯比文學創作的稿件發得多，而且也辦得更有特色。如文學翻譯方面，有過《俄國文學研究》專號、《被損害民族的文學》號。研究欄中，出過德國文學研究，陀斯妥也夫斯基研究，泰戈爾研究，屠格涅夫研究，包以爾研究，法郎士研究，霍普德曼研究等，另外還每期都有「海外文壇消息」，介紹國外文學的最新動態。在文學批評方面，有過「創作討論」，並開闢出「語體文歐化討論」，「文學作品有主義與無主義的討論」，「自然主義」問題的討論等。茅盾對《小說月報》體例的這種編排，與五四時期大量介紹外國文學思潮，開展各種思想討論的社會風氣有關。但我們也不能不注意到，翻譯、文學批評固然能體現這種社會時代思潮，同樣，文學創作也能體現這種時代思潮。對於從事具體的文學工作的人來說，並沒有規定非得重視翻譯、批評不可，像冰心、葉聖陶、王統照和廬隱等人，就是以自己的創作來表達自己對社會時代的感受。因此，茅盾在《小說月報》大量刊發文學翻譯和文學批評文章，雖體現出新文學對翻譯和文學批評方面的要求，但對文學創作的要求似乎重視程度要差一些。是不是青年茅盾對文學創作問題沒有給予重視過呢？從《小說月報》「通信」欄中刊發的讀者來信，及茅盾個人的書信所反映的情況看，茅盾對文學創作刊發太少的問題是有所意識的，但他爲自己的行爲所作的解釋是，目前沒有好的文學創作出現〔註 23〕。茅盾的這種說法反映了一些客觀情況，但也不是絕對的，

二卷第七號。《創作的前途》，署名雁冰，載《小說月報》1921 年 7 月 10 日第十二卷第七號。《評四五六月的創作》，署名郎損，載《小說月報》1921 年 8 月 10 日第十二卷第八號。

〔註 23〕1922 年第十三卷第二號《小說月報》「通信」欄中，有讀者譚國棠的信，其中說到：「近來各雜誌各報上發表的創作大都是短篇的，長篇很是寥寥，便是那

因爲有一大批後來成爲創造社及其他新文學社團成員的文學青年，此時他們就在從事文學創作，但他們缺乏的是被人發現。因此，我認爲茅盾在《小說月報》上更多地刊發翻譯作品和文學批評文章，實際上與他個人此時的注意力集中在翻譯和文學批評方面有關。1927年之前，茅盾的確沒有考慮過要在文學創作上發展自己，他與周作人、鄭振鐸等人的往來書信中，談得最多的，也是文學批評和文學翻譯方面的問題〔註24〕。茅盾的這種努力，從他個人的志趣和才能特長考慮，當然可以，但作爲一家大型文學雜誌的主編，將一本文學雜誌辦成以發表翻譯作品和批評文章爲主的雜誌，無疑會使許多讀者感到不適應。1921年茅盾在致周作人的信中，就談到了讀者的這種反應〔註25〕。從商務印書館方面考慮，如果茅盾僅僅是在根據個人的才能和趣味辦刊物，而忽略了讀者對文學作品的閱讀需要的話，商務老闆也會對茅盾的做法提出異議。然而，文學研究會同人的集體努力，使茅盾避免了在這一問題上可能受到的壓力。在《小說月報》改革宣言中，同人們對文學翻譯及批評有所強調〔註26〕。同時，周作人、鄭振鐸、耿濟之、瞿世英、謝六逸等人〔註27〕，在當時發表文章，鼓吹文學批評、文學翻譯的重要性，這樣在整個社會上形成了一種重視翻譯和文學批評的輿論聲勢。在這種情況下，人們不僅沒有因爲茅盾在《小說月報》上過多地刊

些短篇中，也是描寫人生斷片的作品少，而記事式的雜感式的作品多。此等作品，其味甚淡」。同期茅盾覆譚國棠的信中，茅盾說：「尊論我頗贊同。」1922年6月6日，茅盾致周作人信中有「《月報》（即《小說月報》——引者注）中最缺創作，他人最不滿意於《月報》之處亦在不多登創作，其實我們不是不願意多登，只是少好的，沒有法子。」參見《茅盾書信集》，頁53。

〔註24〕從目前見到的茅盾致周作人的十四封信內容看，基本上以討論文學翻譯問題爲主，文學批評也有提及。另外，1921年1月10日茅盾致鄭振鐸的信，內容也主要是談文學批評。上述書信均見《茅盾書信集》。

〔註25〕1921年10月22日茅盾致周作人的信說：「曾有數友謂如今《月報》（即《小說月報》——引者注）雖不能說高深，然已不是對西洋文學一無所究（或可以是嗜好耳）者所能看懂」。參見《茅盾書信集》，頁26。

〔註26〕《〈小說月報〉改革宣言》中有「同人認西洋文學變遷之過程有急須介紹與國人之必要」，「同人不敏，將先介紹西洋之批評主義以爲之導」。該文載《小說月報》1921年1月10日第十二卷第一號。

〔註27〕周作人1921年2月10日在《小說月報》第十二卷第二號發表《翻譯文學書的討論——致沈雁冰》；耿濟之在《小說月報》1921年9月的《俄國文學研究》專號上發表譯作《十九世紀俄國文學的背景》；謝六逸在1922年1月10日第十三卷第一號《小說月報》上發表《西洋小說發達史》；鄭振鐸在1922年2月10日第十三卷第二號《小說月報》發表《泰戈爾的藝術觀》；瞿世英在1922年7月10日第十三卷第七號《小說月報》發表《小說的研究》。

發翻譯作品和批評文章，而對茅盾個人進行批評、指責，相反，人們倒是從自己角度進行反省，認爲自己對外國文學了解太少，對文學批評知識懂得不夠，希望《小說月報》多做一些普及性工作，如多介紹一些外國作家作品的詳盡背景材料，介紹一些文學思潮的材料等等。對茅盾個人來說，除了能夠針對讀者的這部分要求，盡可能充分發揮其翻譯和批評特長外，另一方面就是文學創作方面的壓力可以暫時緩和一下。他更自覺地投身於文學翻譯和文學批評。從1922年開始，他在《小說月報》上開闢了外國作家的專題性介紹欄目，對一些重要的作家，從其生平事蹟、思想主張到代表作品，均給予介紹。在文學批評方面，他從文學思潮發展、演變角度，推出了謝六逸等介紹自然主義、寫實主義的文章，茅盾個人也發表了一些致讀者的有關批評問題的信函〔註28〕。通過這些活動，茅盾的文學翻譯能力和文學批評能力，得以充分的發揮、發展。假若將 1920 年前後茅盾發表的評論、翻譯文章作一對比的話，我相信人們會發現，茅盾 1920 年之後的文章，無論是表現能力還是知識素養，都有了較大的提高。1922 年他發表《自然主義與中國現代小說》〔註29〕，在這篇文章中，他對自然主義文藝思潮、文學觀點給予了較爲詳盡的介紹，並針對當時文壇存在的描寫不眞實等問題，有針對性地提出「客觀寫實」的方法。這與他 1919 年所寫的《托爾斯泰與今日之俄羅斯》〔註30〕相比，無論是對問題的陳述，還是對外來思想的介紹，都要細緻、具體得多。茅盾思想能力的這種變化、發展，若沒有文學研究會同人集體努力，造成一種注重翻譯和批評的社會風氣，不僅茅盾的這方面才能得不到充分發揮，而且極有可能人們會指責茅盾對文學創作重視不夠。但現在的情況恰好倒過來，讀者不僅沒有責怪茅盾，而是順著茅盾及文學研究會同人對翻譯和文學批評的倡導，希望更多地了解外國作家作品及文學批評方面的知識，這無形中爲茅盾個人才能的發揮，提供了極其難得的機遇。

相對於同時代的文學青年來說，青年茅盾是幸運的。他在晚年回憶錄中說

〔註28〕如，謝六逸在《西洋小說發達史》中介紹了「自然主義」的演變情況，該文載《小說月報》1922 年 2 月 10 日第十三卷第二號。茅盾在 1922 年第二號《小說月報》中有覆周贊襄的信，信中談到自然派的描寫主張；1922 年第四號《小說月報》上，茅盾覆徐秋沖的信，對歐洲小說演變與自然主義文學的關係作了介紹。

〔註29〕《自然主義與中國現代小說》，署名沈雁冰，載《小說月報》1922 年 7 月 10 日第十三卷第七號。

〔註30〕《托爾斯泰與今日之俄羅斯》，署名雁冰，載《學生雜誌》1919 年第六卷第四至六號。

自己「青年時甫出學校，即進商務印書館編譯所，四年後主編並改革《小說月報》，可謂一帆風順。」〔註31〕在青年茅盾的這一成長過程中，機遇無疑起著重要的作用，因爲當時有許多像茅盾那樣的文學青年，熱衷於介紹外國文學，致力於文學批評，但只有茅盾能夠充分享受到文學研究會所提供的各種便利條件，豐富、發展自己的文學思想。如他早期致力於東歐及弱小民族的文學，就與周作人、魯迅的影響有關〔註32〕。茅盾出版《小說月報》的《俄國文學研究》專號，與鄭振鐸等人的幫助有關〔註33〕。在文學研究會同仁的支持下，茅盾將《小說月報》辦成了當時國內最大的新文學刊物，這使得他能夠及時、準確地了解文壇發展動向，有針對地思考文學問題。如他指出介紹外國文學中存在缺乏系統性問題，文學創作描寫缺乏眞實感問題，這些都與他的編輯工作有直接關係〔註34〕。這種對別人來說是極其難得的工作條件和工作環境，對茅盾早期文藝思想的形成和發展，幾乎有著直接的影響。我注意到茅盾的文學批評和文學翻譯有兩個特點，第一，系統地談理論少；第二，變化快。他在文章中儘管也提到一些西方文學理論和文學主張，但他從未將自己的思想束縛在一種理論或文學主張上。而且他對外國文學具體內容的選擇也時常變換，一會兒是托爾斯泰、契可夫的作品，一會兒是東歐及弱小民族文學。上述特徵，當然與青年茅盾當時整個思想還處在學習、摸索階段有關，但更重要的是茅盾不是在爲學習而學習，學習不是他的直接目的，他所注重的是將個人的學習、思考與新文學的發展要求結合在一起考慮。他對自然主義文學的倡導，就與他批評鴛鴦蝴蝶派密切相關；他對「無產階級

〔註31〕參見茅盾：《我走過的道路》（上），序頁1。

〔註32〕周作人、魯迅合譯的《域外小說集》收有俄國及東歐小說；1920年代，茅盾與周作人往來書信，談東歐及弱小民族文學的內容較多。《小說月報》出「被壓迫民族文學號」，茅盾擬請周作人、魯迅撰寫有關介紹文章。詳見1921年7月20日茅盾致周作人的信。收錄《茅盾書信集》，頁12～14。

〔註33〕唐弢回憶：「西諦對文學的興趣極爲廣泛，但早期卻傾心於俄羅斯文學，他介紹了不少俄國作品，慫恿《小說月報》出《俄國文學研究》」。唐弢《憶西諦》，收入陳福康編：《回憶鄭振鐸》，頁51，學林出版社，1988年9月。

〔註34〕《小說月報》的讀者大量來信，希望系統介紹外國文學。1921年8月11日，茅盾致周作人的信中有「《小說月報》投稿者亦常便問種種文學上的常識話頭，又有特寫信來問有什麼中文本書可看」。參見《茅盾書信集》，頁21。另外，茅盾在1922年4月1日《時事新報．文學旬刊》第三十三期上發表《一般的傾向——創作壇雜評》（署名玄珠），其中有「我被迫處在一個不自然的境地，每天不能不看過八九篇的創作」。

藝術」的倡導，也與1925年中國社會形勢的變化有關〔註35〕。可以說，離開了文學實踐的具體要求，就很難理解茅盾爲什麼在一個時期鼓吹某種文學主張，翻譯這一類作品，而過一段時間又倡導另一種文學主張，翻譯另一類作品。文學實踐，對青年茅盾來說，主要是編輯雜誌、參加社交活動、發表各種文章。這種實踐機會，每位文學家總或多或少有過經歷，但很少有人能像茅盾那樣，將這種實踐機會視爲發展個人思想的最主要形式。假若我們今天再去翻閱茅盾早期發表的文學論文和翻譯作品，如《自然主義與中國現代小說》、《「大轉變時期」何時來呢？》、《雜感——讀代英的〈八股〉》、《論無產階級藝術》〔註36〕等文章，以及他早期的翻譯作品集《桃園》、《雪人》〔註37〕等，人們感受最強烈的倒不在於茅盾在評論文章中具體說了些什麼，或翻譯了些什麼人的作品，而在於他眞是根據自己在文學實踐中碰到的問題，進行有針對的思考、回答。

這種實踐機遇使茅盾的文藝思想得以形成、發展，而這種機遇並不是每個人都能獲得的。在我看來，編輯職業和文學研究會團體給他以這方面的幫助。大凡從事文學思考的人，最常見的有兩種，一種是所謂的書齋型人才，他們以潛心構造某種理論體系爲自己的文學思考任務；另一種就是所謂的實踐型人才，他們通過參加各種文學實踐，根據自己在實踐中積累的經驗和感受，形成自己的文學思想。對於前一種人來說，他們的思考主要憑藉他們對思想材料的閱讀、體會和思考；對於後一種人來說，主要是參加各種文學社團活動，編輯刊物、對文壇現象進行批評、反省。茅盾的生活環境和生活特點，使他更多地獲得後一種思想發展條件。首先，他是當時國內最大的新文

〔註35〕茅盾晚年回憶，1924年鄧中夏、惲代英等提出「革命文學」口號，要求文學配合當時的革命形勢，茅盾就考慮寫一篇論述無產階級藝術的文章。這就是1925年發表在《文學旬刊》上的《論無產階級藝術》。參見茅盾：《我走過的道路》（上），頁286。

〔註36〕《自然主義與中國現代小說》，署名沈雁冰，載《小說月報》1922年7月10日第十三卷第七號。《「大轉變時期」何時來呢？》，署名雁冰，載《文學週報》1923年12月31日第一〇三期。《雜感——讀代英的〈八股〉》，署名雁冰，載《文學週報》1923年12月17日第一〇一期。《論無產階級藝術》，署名沈雁冰，載《文學週報》1924年5月2日，17日，31日，10月24日第一七二，一七三，一七五，一九六期。

〔註37〕《雪人》，匈牙利莫爾納等著，沈雁冰譯，1928年5月開明書店出版。《園桃》，土耳其哈理德等著，茅盾譯，1935年11月文化生活出版社出版。《回憶．書簡．雜記》別爾生等著，茅盾譯，1936年7月，文化生活出版社出版。

學雜誌《小說月報》的主編，利用編輯的便利條件，他每天接觸到大量來稿，與各方面人士交流意見，這使他能夠及時掌握文壇信息。第二，茅盾參加文學研究會，又參加中共政治活動，他的這種經歷使他對社會政治及文學變化，有一種特殊的敏感。第三，茅盾手中有雜誌，能夠及時發表自己的文章，對社會形成影響。正因爲青年茅盾的這種特殊生活條件，使他能夠直接從文學實踐中感受問題，形成文學思考。如 1924 年他對泰戈爾訪華而作的評論，與他參與政治和文學活動的經歷有明顯的關係。對於一位完全沉浸於藝術世界中的人來說，他可能對泰戈爾訪華的政治影響不一定非常關注，而對那些專注於政治的職業人士來說，對泰戈爾的詩人身份不一定顧及，而將注意力集中在他訪華事件的政治影響上。但茅盾作爲一名新文學家，他對泰戈爾的藝術成就有過具體感受，同時，茅盾作爲中共組織的一分子，他對泰戈爾的訪華又有一種政治敏感。因此，他與陳獨秀、瞿秋白圍繞泰戈爾訪華所寫的文章，在思想方式上有所不同〔註 38〕，陳、瞿兩人都是從政治角度著眼，批評泰戈爾在文化觀念和國家觀念上的保守立場。而茅盾在《對於泰戈爾的希望》及《泰戈爾與東方文化》〔註 39〕這兩篇文章中，首先注意到泰戈爾是一位享有世界聲譽的偉大詩人這一最最基本的特徵，從這一方面入手，茅盾肯定泰戈爾訪華，對同情被壓迫民族和鼓勵愛國精神方面的貢獻。然後，茅盾再從政治上指出一些東方文化復興論者，想借用泰戈爾的言論達到自己的政治目的的企圖。在這種思考問題的態度上，茅盾保持了與職業政治家之間的區別，但同時與那些完全沉浸於藝術，對政治缺乏敏感的文學青年相比，茅盾顯然對處在複雜社會關係中的文學，有著更清楚的意識。他認爲那些沉浸在美啊、詩的國度中的人們，太不切合實際，太蹈空，他主張文學應對社會的發展起到推進作用。這種觀點，說明茅盾與那些完全沉浸於藝術之中的新文學家的思考又有所不同。茅盾的這種批評既敏感，又獨特。在評價泰戈爾訪華這件事上，的確顯示了茅盾的批評眼光。在這裏我想說明的是，他的這種批評假若離開了他對泰戈爾訪華事件的具體評價，這篇文章的意義就不一定這麼

〔註 38〕陳獨秀在 1924 年 4 月第二十七期《中國青年》上發表《泰戈爾與東方文化》（署名實庵）；瞿秋白在 1924 年 4 月 16 日第六十一期《向導》上發表《泰戈爾的國家觀念與東方》。陳獨秀從文化的政治影響方面批評泰戈爾的東方文化復興論；瞿秋白從國家觀念上批評泰戈爾的保守性。

〔註 39〕《對於泰戈爾的希望》，署名雁冰，發表於 1924 年 4 月 14 日《民國日報・覺悟》；《泰戈爾與東方文化》，發表於 1924 年 5 月 16 日《民國日報・覺悟》。

大，另一方面，假若他不是因爲有以往的文學活動和社會政治活動積累的經驗作依託，他也不會有那些準確、細緻的判斷能力，從這一意義上講，文學研究會時期茅盾獲得的各種文學實踐機會，培養並發展了他的文學實踐能力，但同時，他的文學思想本身，也朝著這種以實踐爲主的思想方向發展。他不斷參加文學實踐，以實踐中出現的問題爲自己思考的對象，形成一系列的文學思考。

二

茅盾是文學研究會成員中最具代表性的人物之一，依靠文學社團的支持，他的文學主張在社會上產生了一定影響。但同時作爲一位文學批評家，茅盾在新的文學社團中又保持著自己的思考和實踐。茅盾說過，文學研究會對每位成員的思想並沒有什麼限制，大家可以各自說各自的東西〔註 40〕。這話從茅盾個人角度來考慮，意味著文學研究會儘管保存著某種集體的形式，但每個人的思考卻都可以充分發揮。我們從茅盾與三次文學論爭的關係，來看他是怎樣在文學實踐中，具體發展自己的思想。

茅盾在晚年回憶錄中說：「一九二二年，我和其他文學研究會在上海的成員（其中主要是鄭振鐸），不得不同時應付三方面論戰。此所三方面：一是鴛鴦蝴蝶派，這原是意料中的事；二是創造社，這卻是十二分的意外，是我以及當時在上海的文學研究會同人所極不願意，是被迫而應戰的；三是南京的學衡派，這也是意外，但我以及文學研究會在上海的同人都認爲，這些留學歐美回來的東南大學的教授們向新文學的進攻，必須予以堅決的攻擊。」〔註 41〕

茅盾與鴛鴦蝴蝶派的衝突，是茅盾最初參加的文學論爭。鴛鴦蝴蝶派是五四時期以上海《禮拜六》雜誌爲代表的一批舊式文人。他將文學當作消遣的工作，在創作中專門選擇一些艷情題材加以描寫。五四初期，《新青年》集團就對這批舊式文人的思想觀念及創作進行抨擊。胡適在《新青年》上發表《建設和文學革命論》，其中對舊式文人的文學觀給予批評。羅家倫在《新潮》

〔註 40〕茅盾在 1930 年代回憶說：「文學研究會這團體並未主張過什麼，但文學研究會會員個人卻主張過很多」。參見茅盾《關於「文學研究會」》，載《現代》1933 年 5 月 1 日第三卷第一號；茅盾在晚年回憶錄中，仍持上述說法，參見茅盾：《我走過的道路》（上），頁 166。

〔註 41〕參見茅盾：《我走過的道路》（上），頁 180。

上發表《今日中國之小說界》，對當時上海的舊文人舊文學猛烈抨擊。其他像錢玄同發表《「黑幕」書》，周作人發表《論「黑幕」》和《再論「黑幕」》〔註42〕。這些文章的一個共同特點，便是都從思想觀念上批判舊式文人將文學當作「消遣品」的不嚴肅態度，在文學創作上指出其粗製濫造、趣味低下的特徵。《新青年》對舊式文人的批判，直接影響並啓發了青年茅盾的思想。1920年，茅盾在《東方雜誌》上發表他的第一篇文學論文《現在文學家的責任是什麼？》〔註43〕中，就表示贊同《新青年》對舊式文人的批判。1921年第一期改革後的《小說月報》發表茅盾的《文學和人的關係及中國古來對於文學者身份的誤認》〔註44〕，在這篇文章中，茅盾同樣批判了將文學當作「消遣品」的文學觀。茅盾這種批判，儘管是追隨《新青年》而進行的，但從茅盾個人思想成長方面來考慮，不是沒有一點他自己的感受。我認爲，青年茅盾通過這次論爭，第一次親身感受了思想觀念衝突的具體過程。如果說，以往茅盾對舊式文人觀念的批判，還僅僅是在思想觀念上表明自己對《新青年》的支持的話，那麼，茅盾自己與鴛鴦蝴蝶派的衝突，就是一種針鋒相對的直接的衝突。它不僅要求茅盾在思想觀念上更加明確反對舊式文人的思想立場。而且還要求茅盾在具體的文學實踐中，採取斷然措施，拒絕刊發鴛鴦蝴蝶派的作品和文章。尤其後者，遭到了舊式文人的嫉恨，他們在小報上攻擊茅盾，並對商務印書館老闆施加影響〔註45〕。我相信，青年茅盾在當時遭受的思想壓力，是他至此爲止從未體驗過的，特別是後來商務印書館老闆背信

〔註42〕胡適：《建設的文學革命論》，載《新青年》1918年4月15日第四卷第四號，羅家倫：《今日中國之小說界》（署名志希），載《新潮》1919年1月1日第一卷第一號。錢玄同：《「黑幕」書》，載《新青年》1919年1月15日第六卷第一號。周作人：《論「黑幕」》（署名仲密），載《每周評論》1919年1月第四號，《再論「黑幕」》（署名仲密），載《新青年》1919年2月15日第六卷第二號。

〔註43〕《現在文學家的責任是什麼？》署名佩韋，載《東方雜誌》1920年1月10日第十七卷第一號。

〔註44〕《文學和人的關係及中國古來對於文學者身份的誤認》，署名雁冰，載《小說月報》1921年1月10日第十二號第一號。

〔註45〕茅盾在晚年回憶錄中說：「我偶然地被選爲打開缺口的人，又偶然地被選爲進行全部革新的人，然而因此同頑固派結成不解的深仇。這頑固派就是當時以小型刊物《禮拜六》爲代表的所謂鴛鴦蝴蝶派文人」。當茅盾發表《自然主義與中國小說》批判鴛鴦蝴蝶派後，舊式文人便以《小說月報》破壞《禮拜六》的名譽，要提出訴訟，而對商務印書館施加壓力。參見茅盾：《我走過的道路》（上），頁155，頁189。

棄義，迫使茅盾辭去《小說月報》主編時，這種生活遭遇對他個人的思想震動，無疑是巨大的。但也正因爲有了這種遭遇和個人的深切體會，青年茅盾的思考才是發自內心的。這使得他對問題的思考，已脫離一般文學青年對問題的思考方式，即青年茅盾不只是要表明自己支持新文學的立場，而且還要對傳統文學觀有針對地進行批判。

我感到，茅盾在與舊式文人的衝突中，第一個思想收穫便是在文學實踐中發現了自己的批判對象。在這之前，茅盾對中國傳統文學的批判，常常是將「文以載道」的觀點和將文學當作「消遣品」的觀點相提並舉，給予批判。這種批判留有明顯的接受《新青年》影響的痕跡〔註46〕。但1921年後，茅盾很少批判「文以載道」的傳統觀點，而將批判矛頭集中到對那種將文學當作「消遣品」的文學觀念的批判上。這種轉變，說明青年茅盾確實是根據自己的實踐體會和感受，發現問題，思考問題，而且，青年茅盾也注意到在批判過程中確立自己的文學思想觀念。假若我們將茅盾與五四時期《新青年》對舊式文人的批判作一對照的話，那麼，我們就會發現，茅盾不只是要在思想觀念上繼續指出舊式文人思想觀念和創作的有害性。同時，他更注重在文學觀念和文學創作方面提出自己的看法。我注意到青年茅盾對「自然主義」的倡導，主要是在他與鴛鴦蝴蝶派論戰期間。這種通過介紹和推崇外國文學來批判和否定舊式文人的方法，無疑是一種較爲獨特的思想方法。因爲第一，像左拉、福樓拜等自然主義文學大師，在世界文學中享有聲譽，具有權威的特徵。第二，五四以後，許多新文學家對自然主義的客觀描寫方法都有深刻的印象，周作人在致茅盾的信中，就向茅盾談到過客觀寫實問題〔註47〕。第三，鴛鴦蝴蝶派小說在創作中暴露的最明顯特徵，就是「向壁虛造」，不切實際，沒有一點眞實性可言。因而，通過正面介紹「自然主義」的方法，茅盾能夠更有力地打擊這批舊式文人。

〔註46〕《新青年》最早旗幟鮮明地批判「文以載道」觀點將文學當作「消遣品」的觀點。具體文章有陳獨秀的《文學革命論》、胡適的《歷史的文學觀念論》、周作人的《人的文學》、錢玄同的《「黑幕」書》等。《新青年》對茅盾當時的思想影響很大，這種影響當然也包括《新青年》對中國傳統文學觀的批判。茅盾在1921年第十二卷第一號《小說月報》上發表《文學和人的關係及中國古來對於文學者身份的誤認》中，就同時批判了「載道」觀與「消閑」觀這兩種傳統文學觀。

〔註47〕1922年6月10日茅盾覆周志伊的信中就引用了1921年秋，周作人致茅盾信裏談到的對「自然主義」的看法。茅盾說「周先生亦贊成以自然主義的技術藥（醫）中國現代創作界的毛病，」參見《茅盾書信集》，頁54。

當然，茅盾用鼓吹「自然主義」文學主張來否定鴛鴦蝴蝶派，但在這過程中，他的個人思想追求遠不止這些。1922 年 11 月，他在致陳望道的一篇文章中說：「我們和『禮拜六派』卻永不曾有過『爭辯』，對於他們，無所謂『爭辯』，因爲他們底作品和議論，實在無處配以學理繩之。」〔註 48〕的確，茅盾並沒有在一些枝節問題上與鴛鴦蝴蝶派論辯，而是在論爭中增強自己的知識修養和對文學問題的獨立思考能力。在我看來，茅盾個人的思想，至少有兩方面的進展。

第一，促使茅盾對自然主義文學的學習、接受。從茅盾 1920 年代的往來書信及發表的文章中，可以發現茅盾對「自然主義」文學確實有過一段時間的學習、思考。他向周作人請教自然主義文學問題，在《小說月報》上撰文紀念自然主義文學大師福樓拜〔註 49〕。從他所寫的《自然主義與中國現代小說》一文引用的自然主義文學理論及作家作品看，茅盾對「自然主義」文學有一定的了解〔註 50〕。但與一般的介紹、接受相比，茅盾對「自然主義」的學習有他自己更多的思想選擇。他是嚴格限定在文學表現技巧和文學題材範圍內，接受和鼓吹「自然主義」。在《自然主義與中國現代小說》中，他著重談「自然主義」的客觀描寫和題材上對社會底層生活的關注，茅盾認爲整個「自然主義」文學主張及創作，過於專注人類的「獸性」方面而具有不良的消極影響。青年茅盾希望的是文學作品在揭露社會黑暗現狀的同時，在作品中顯示出作家對人類前途的理想、希望。正是在這點上，茅盾的文藝思想與自然主義文學有明顯的不同：自然主義文學側重於客觀描寫，而作家的人道主義態度是通過對社會黑暗的揭露及人性中醜惡的鞭撻，隱晦曲折地表現出來的。茅盾雖然也強調客觀寫實，但他要求在這種寫實中直接顯示出人類對

〔註 48〕1922 年 11 月 19 日，《民國日報・覺悟》上茅盾致陳望道的文章——《介紹西洋文藝思潮的重要》，署名雁冰。

〔註 49〕1921 年 8 月 3 日，茅盾致周作人的信中有「弟覺得這些普遍的毛病（即文學創作缺乏寫實，缺乏體驗的毛病——引者注）惟有自然主義可以療之，近來我覺得自然主義在中國應有一年以上的提倡和研究」。1921 年 10 月 15 日，茅盾致周作人信中有「十二號（即《小說月報》第十二卷第十二號——引者注）擬借紀念法國 Flaubert（福樓拜——引者注）百年生日紀念，出一自然主義號」。參見《茅盾書信集》，頁 17、頁 25。茅盾：《紀念羅貝爾的百年生日》署名沈雁冰，載《小說月報》1921 年 12 月 10 日第十二卷第十二號。

〔註 50〕茅盾的《自然主義與中國現代小說》第二部分「自然主義何以能擔當這個重任？」，對「自然主義」文學主張有較詳盡的分析。該文載 1922 年 7 月 10 日《小說月報》第十三卷第七號，作者署名沈雁冰。

黑暗現實的力量和信心。正是基於這種認識和理解，青年茅盾受周作人、魯迅的影響，更願意接受和介紹東歐及弱小民族的文學。這些作品的一個共同特徵，便是以寫實爲主的藝術表現手法和反抗爲特徵的精神氣質。通過這些外國文學作品的學習、接受，形成了青年茅盾對外國文學翻譯、介紹上某種較爲穩定的價值標準，即選擇一些以寫實爲主，著眼於反映當前社會現實生活並表現出強烈的理想追求的作品爲介紹對象。

第二，對鴛鴦蝴蝶派的批判，使得青年茅盾的批評眼光也時時注意到新文學創作中出現的問題。茅盾倡導「自然主義」的客觀描寫，主要是針對鴛鴦蝴蝶派的創作，但同時也注意到新文學創作中暴露出來的問題。1921 年他發表的《春季創作壇漫評》和《評四五六月的創作》，集中反映了茅盾當時對文學創作中存在問題的看法。他認爲新文學創作在題材上過份集中，描寫上也缺乏個性特徵。產生這些現象的原因，照他看來與缺乏客觀描寫方法有關。客觀描寫，首先要求作家以獨特的眼光觀察、發現生活，如果每位作家對生活眞正有這些體驗和發現，文學創作就不會侷限在某幾個狹窄的題材上。其次，客觀描寫不是一般的描寫或實錄，而是體現了作家個人的獨特發現，是一種浸帶著作家個人情感體驗內容在內的描寫。因此，遵循客觀寫實的方法，必定在表現上呈示出作家個性的東西。茅盾的這種文學思考，在思考範圍上超出了《新青年》對舊式文人文學、創作的批判、否定，更可貴的是，青年茅盾注意到新文學中暴露出來的問題，以這些問題爲思想線索，借助於「自然主義」的客觀描寫方法，試圖在文學思想上給問題以解答。

茅盾在上述兩方面的思想發展，是茅盾在文學實踐過程中根據個人的體會及對問題的思考做出的。這種思考顯示了青年茅盾的文學思考能力在文學實踐的影響、推動下，有了迅速的提高。當然，在發展自己的文學思考的同時，茅盾對新文學自身的態度、立場也必須得到加強，因爲在新舊文學衝突激烈的思想鬥爭中，每一位思想者幾乎都不可能有思想上的遲疑和猶豫。他必須在新、舊之間作出選擇。這種強化新文學思想立場的工作，對青年茅盾來說，主要是通過與學衡派的論爭完成的。

學衡派是 1920 年代初，集中在東南大學的一批留學歐美回國的教授。他們以胡先驌、梅光迪、吳宓爲代表，以《學衡》爲思想陣地，發表文章批評和否定新文化（文學）運動。1922 年梅光迪在《學衡》第一、第二期「通論」欄目內，連續發表《評提倡新文化者》和《評今人提倡學術之方法》，否定新文化運動。值得指出的是，學衡派的批評矛頭，主要是針對北京的新文化人士，而不是茅盾等人。茅盾與學衡派的衝突，是茅盾爲援助北京新文化人士而採取的主動行動。1922 年 2 月 9 日，茅盾致函周作人，信中有「《學衡》上梅光迪謾罵而以『包辦』爲言，正罵中的下品、劣手。我很想等他有什麼不罵人而發揮主張的文章出來時或者有可以辯駁之處，再正式的對梅君討論。」〔註 51〕但事實上茅盾未等梅光迪後來文章的出現，就主動向學衡派出擊。1922 年 2 月 21 日，茅盾以郎損的筆名在《文學旬刊》第二十九期發表《評梅光迪之所評》，對梅光迪在《學衡》第一、第二期上發表的兩篇文章給以批駁。茅盾對學衡派的批駁，與他批判鴛鴦蝴蝶派有區別。在否定鴛鴦蝴蝶派的文學觀及文學創作時，茅盾致力於確立自己對文學問題的思考，而在對學衡派的論戰中，茅盾是爲了更加明確自己的新文學立場。因此，茅盾對學衡派的批駁主要是指出他們文化立場上的戀舊復古，而不是在文學創作技巧和文學主張問題上展開論爭。茅盾的這種批判，顯示了他對批判對象具體思想特徵的準確把握。學衡派與鴛鴦蝴蝶派文人確有很大的不同，學衡派都是留學歐美的大學教授，他們不僅有深厚的中國傳統文化素養，也接受西方系統的文化教育，所以，在思想觀念上學衡派不是頑固不化的舊文化衛道者。像梅光迪，當年在美國留學時曾與胡適一起探討過白話文問題〔註 52〕。學衡派並不籠統地反對文化（文學）變革，但他們反對五四文化（文學）運動那樣的激進的文化革命，認爲那將使中國幾千年形成的文化傳統喪失殆盡。而新文化建設因缺乏傳統文化的滋養，同樣無法確立起來。特別是當他們看到新文化（文學）運動暴露出一些問題時，如知識準備不足，對問題理解欠準確及個別人士學風略顯浮躁時，學衡派轉而退回到恪守傳統的文化立場上去，以傳統的合理性全盤否定新文化（文學）運動的價值。學衡派對新文化（文學）運動批評，不是朝著推進新文化（文學）運動的發展方向在努力，而是以一種更加保守的文化立場，即恢復舊有傳統的方式來排斥新文化（文學）運動。因此，對學衡派的批判，不在於他們的指責是不是有道理，而在於從文化立場

〔註 51〕參見《茅盾書信集》，頁 33。

〔註 52〕胡適在《逼上梁山》一文中說，1916 年 7 月 8 日，他同任叔永、陳衡哲、梅光迪、梅杏佛、唐擘黃在美國綺色佳的凱約嘉湖泛舟，後任叔永做成一首《泛湖即事》的四言長詩，引來胡適與梅光迪就文言白話問題進行討論。參見胡適《逼上梁山》，收入胡適編：《中國新文學大系・建設理論集》，頁 14，1935 年，上海良友圖書印刷公司出版。

上揭示其「復古」的特徵。對這一點，青年茅盾意識非常清楚。1922 年 11 月 19 日在一篇致陳望道的文章中，茅盾說「我們和『復古派』有爭辯，這爭辯是彼此各站住一個立腳點的。」〔註 53〕茅盾在批判學衡派中所表現出來的準確判斷能力，表明青年茅盾不只是在對待文學具體問題上，而且在對待整個思想問題的思考能力上，都有了巨大的進步。特別是通過與北京的新文化人士一起南北夾擊學衡派，使得青年茅盾在思想意識上確立起「新人」的立場，即把與自己站在一邊反對學衡派的文化人士，視作同人，而將對立的一方，斥責爲保守復古的「舊人」。

通過與鴛鴦蝴蝶派和學衡派的論戰，青年茅盾深切感到個人的發展前途是與新文學的發展密切聯繫在一起的。因此，他對傳統文學的批判，態度更加堅決，對這種新舊文學論爭的現實意義也體會愈深。這促使他以冷靜的態度關注社會政治的發展，也關注文壇的各種變化，在這種參與具體的社會實踐和文學實踐的過程中，茅盾的思想視野更爲開闊，對問題的思考也更有現實感。當然，就茅盾與鴛鴦蝴蝶派和學衡派論爭事件本身來考慮，儘管涉及的文學問題很廣。但茅盾的主要精力，還在於批判、否定這些論敵，而對於新文學面臨的具體問題。特別是文學創作和文學翻譯問題的思考，不可能有全身心的投入。但隨著新文學的發展，文學創作和文學翻譯問題愈來愈突出，也愈來愈需要解決，而這些問題的提出和解決，對茅盾個人來說，是通過與創造社的論爭來完成的。

三

茅盾與創造社論戰，據茅盾回憶是 1922 年初夏。因 1922 年 5 月 1 日出版的《創造季刊》刊發了郁達夫的《藝文私見》和郭沫若的《海外歸鴻》，茅盾認爲是攻擊文學研究會，故「受不得委屈，也就站起來答辯」〔註 54〕，以「損」的筆名在《文學旬刊》第三十七、三十八、三十九期上連續發表《「創造」給我的印象》，揭開了茅盾與創造社諸君之間的論戰。

〔註 53〕見註 48。

〔註 54〕參見茅盾：《我走過的道路》（上），頁 205，另外，1922 年 9 月 20 日，茅盾致周作人的信中有「對於《創造》及郁、郭二君（即郁達夫、郭沫若——引者注），我本人無敵意，唯其語言太逼人，一時不耐，故亦反罵。」參見《茅盾書信集》，頁 72。

對這一論戰的起因及具體細節，當然目前存有許多說法〔註55〕，但從茅盾文學思想的發展角度來考慮，我以爲這次論戰最主要的是給茅盾提供了對文學創作問題和文學翻譯問題的思考機會。

查閱茅盾參與論爭的文章，有關文學翻譯和文學創作問題的文章最多〔註56〕。文學翻譯和文學創作問題，在茅盾以前的文章中不是沒有提到過，1921年7月20日茅盾致周作人的信中，就談了許多他自己對翻譯問題的看法〔註57〕；對文學創作問題，茅盾一直也很關注，他曾寫過一些評論文章，表明自己對文學創作的重視〔註58〕，但上述現象僅僅是茅盾文學思想的一個方面，對我們的文學史研究來說，還存在另一方面的思考，即文學創作和文學翻譯問題。對茅盾個人來說，在他與創造社論戰之前，從未形成那樣巨大的思想壓力，迫使他對這兩個問題必須進行考慮，而且對中國新文學來說，在茅盾與創造社論戰之前，確實，從未就新文學創作和文學翻譯展開過如此大規模的討論。

茅盾接任《小說月報》後，主要精力集中在文學批評和文學翻譯上。我們從《小說月報》的編排體例上也能發現，文學批評、文學翻譯的篇幅總是超過文學創作的篇幅。這種文章編排方式，並不是說文學創作在《小說月報》中不重要，也不是說茅盾沒有意識到創作這一欄目力量較爲薄弱，照茅盾的說法是整個新文學創作水準都比較低，缺乏好的作品可供發表〔註

〔註55〕如，鄭振鐸1921年11月3日致周作人的信中有「郭沫若田漢登的《創造》的廣告，實未免太爲可笑了。郭君人極誠實，究不知此廣告爲何人所做。」參見《中國現代文藝資料叢刊》第五輯。

〔註56〕有關文學翻譯問題的文章，有《介紹外國文學作品的目的——兼答郭沫若君》，《「直譯」與「死譯」》，《譯詩的一些意見》等。關於文學創作問題的文章有《文學上各種新派興起的原因》，《「半斤」VS「八兩」》，《文學與政治社會》，《自由創作與尊重個性》等等。

〔註57〕1921年7月20日，茅盾致周作人的信中，除了談論許多東歐及弱小民族文學作品的原版書收集情況外，還談了擬議中的《小說月報》出「被壓迫民族文學號」之事；自己在移譯外國文學作品時，在人名、地名翻譯上碰到的困難。參見《茅盾書信集》，頁12～14。

〔註58〕如，《春季創作壇漫評》、《評四五六月的創作》、《創作的前途》、《獨創與因襲》等。

〔註59〕1921年8月3日，茅盾致周作人的信中有「《說報》（即《小說月報》——引者注）每月收到外間投稿（大抵不相識者）總在五十份以上，長篇短製都有。但好的竟很難得。」1921年10月12日，茅盾致周作人的信中又說：「望道（即陳望道——引者注）勸我仿《文章俱樂部》辦法，多數創作而別以『讀者文藝』一欄收容之。」參見《茅盾書信集》，頁17，頁24。

59〕。茅盾的這一說法，從他個人接觸到的大量來稿看，或許是實情，但若從編輯角度，特別是從培養、發現文學新人這一角度來看待茅盾的這一觀點，我認爲茅盾的上述說法不盡完善。因爲第一，茅盾此時還沒有想到要在文學創作方面發展自己，他的主要精力都投放在文學批評和文學翻譯上。第二，他所說的新文學缺乏好作品，也不是一種絕對的事實。像後來的創造社成員及其他許多新文學社團的成員，此時都有作品完成，但他們的作品沒有地方發表。從文學研究會成員、《學燈》編輯李石岑對郭沫若、郁達夫作品的冷落態度看，沒有用心挖掘、發現新作家，的確是個問題〔註60〕。第三，茅盾對新文學創作有過評論，但宏觀的總體把握多，結合具體作家創作的分析少，特別是文學創作問題沒有在茅盾的思想上產生非解決不可的迫切需要。這種狀況的形成，從根本上講，與茅盾沒有創作體驗，注意力集中在文學批評和文學翻譯上有關；另外，與文學創作問題、文學翻譯問題還沒有形成一種外界壓力也有關，它們還沒有讓青年茅盾從思想上眞正關注這些問題。

創造社標舉「創造」，首先體現了他們對文學創作的重視，可以說，文學創作是創造社的最大特色。《創造季刊》上刊發的文章中，文學創作占了絕大多數篇幅；並且創造社成員大都以文學創作見長。像郭沫若、郁達夫、張資平最初都以自己的創作引人注意，即便是批評家成仿吾，也有創作體驗。創造社指責茅盾等人是「空頭批評家」〔註 61〕，這種指責當然帶有強烈的個人情緒色彩在其中，但他們這樣尖刻地指出問題，倒不能不讓青年茅盾認眞關注文學創作問題了。如果我們細心注意茅盾當時發表的評論文章，一定會發現，茅盾以具體的作家作品爲專門的分析對象的文章，始於他與創造社論戰期間。茅盾的《「創造」給我的印象》是他最早以新文學作家作品爲分析對象的評論文章，以往像他《春季創作壇漫評》及《評四五六月的創作》中提到的作品，相當一部分還帶有舊小說的色彩，這一點茅盾在上述評論文章中也

〔註60〕李石岑冷落郭沫若、郁達夫之事，見郭沫若：《我的作詩經過》，原載 1936 年 11 月 10 日東京《質文》第二卷第二期，後收錄《創造社資料》下册，頁 747，福建人民出版社，1985 年 1 月。另外，茅盾主編《小說月報》時期，確沒有發現過有影響的新作家，像葉聖陶、王統照、冰心、廬隱等人，有的早已發過作品，有的在新文學圈内以創作見長。

〔註61〕成仿吾在《創造季刊》第一卷第四期上發表《創造社與文學研究會》，其中提到「現在有許多人笑沈雁冰只會批評別人，自己不能創作」。

有所指出〔註 62〕。因此，通過與創造社的文學論爭，茅盾文學思想上的第一個收穫便是認眞注意新文學創作問題，他開始結合具體作家作品的分析來思考文學問題。1922 年底發表的《文學家的環境》〔註 63〕，就是從社會環境對作家創作的影響方面，具體指出新文學家個人生活的面過於狹窄，體現在文學創作上便是雷同現象嚴重。1923 年 10 月，發表《讀〈吶喊〉》〔註 64〕，這是茅盾第一篇專門以一位新文學家的小說集爲評論對象的文章。同樣，1923 年年底，茅盾發表《「大轉變時期」何時來呢？》，儘管文章是爲響應惲代英、鄧中夏的「革命文學」的口號而作，但茅盾的分析卻是立足於新文壇的具體情況，指出作家個人精神苦悶、創作缺乏活力等現象，認爲這種現狀需要突破。茅盾的文學思考與創造社論爭過程中的這種變化，說明青年茅盾對文學創作的具體問題給予了認眞、細緻的考慮。1923 年後，他再也不籠統地說新文學缺乏好作品了。相反，每每評論新文學，他總要以具體的作家作品爲依託，從文學描寫、人物心理刻劃，背景的描寫、取材、作家的個性氣質及作品表現形式等諸多細節方面，分析、思考創作問題。這標誌著茅盾的文學思考，從對批評理論的一般運用轉向具體的創作過程，特別是根據文學創作思維的具體特點，來形成自己文學思考的新思路。這種思路，使他對文學創作的思維特徵和具體的表現技巧等問題，有了較爲系統的考慮，爲他大革命失敗後迅速轉向文學創作，打下紮實的基礎。

茅盾與創造社論爭的另一個重要問題是文學翻譯問題，這一問題的討論主要是圍繞文學翻譯錯誤問題展開的。茅盾在晚年回憶錄中說：「關於翻譯錯誤問題，這類問題的量最大了，占了論戰的大部分時間。」〔註 65〕，在相當一部分人看來，茅盾與創造社之間相互指責對方翻譯中的錯誤，是一種意氣之爭〔註 66〕，在我看來，意氣之爭的情況是有，如成仿吾抓住茅盾翻譯中個

〔註 62〕茅盾在《春季創作壇漫評》中，曾指出不少人喜歡做小說，卻不知道小說是什麼，不過從他們的作品看，他們將小說當作了私人的禮物了，如《訂婚日記》等，與舊小說相差無幾。在《評四五六月的創作》中，茅盾提出不少戀愛小說，與「某生某女」體小說差不得多少。

〔註 63〕《文學家的環境》，署名雁冰，載《小說月報》1922 年 11 月 10 日第十三卷第十一號。

〔註 64〕《讀〈吶喊〉》，署名雁冰，載《文學週報》1923 年 10 月 8 日第九十一期。

〔註 65〕參見茅盾：《我走過的道路》（上），頁 215。

〔註 66〕茅盾自己也認爲這些論爭文章，是論戰中最無積極意義的一部分。參見茅盾：《我走過的道路》（上），頁 217。

別詞句上的錯誤，作長篇大論來批評便是〔註 67〕。但這種論爭對茅盾本人的思想發展來說，並非完全是意氣之爭，而是有重要的思想影響作用。

我想指出一個較爲明顯的文學史現象，即論戰之前，茅盾個人的翻譯作品，數量極多；論戰之後，翻譯作品的數量明顯減少了。這種變化，當然與茅盾 1923 年後參加政治活動的時間過多有關係，但另一方面也說明，通過論爭，青年茅盾對文學翻譯比以前更愼重了。自 1919 年以來，茅盾追隨《新青年》的啓蒙思想，廣泛接觸、閱讀外國文學作品，並且他個人也翻譯、介紹了許多外國作家作品。這種翻譯、介紹工作發展到一定階段，有一個繼續深化的問題，也就是說，人們不僅希望能了解、掌握一個國家一個民族的文學的一般發展情況，而且希望能結合具體的文學思潮及作家作品，準確地把握這些作家作品在藝術及思想方面的獨特價値。對前一個要求，茅盾在剛介紹外國文學之初，就提出「系統」「經濟」地介紹外國文學的看法〔註 68〕。但這一看法主要還是他從個人閱讀、學習的角度提出的。因爲每位初學者在理解問題時，都會碰到這種問題，人們總是喜歡「系統」「經濟」地了解所要接受的對象情況。到了 1921 年和 1922 年，經過與周作人等人的思想交流，經過編輯工作的實際鍛煉，茅盾對系統介紹外國文學有了一種基本的態度，即選擇近代歐洲的文學作品，特別是東歐及弱小民族的寫實文學，給予系統的翻譯、介紹〔註 69〕。然而，對於「準確」地翻譯、介紹問題，尤其是從反省自己以往翻譯、介紹中存在失誤的角度來提出「準確」介紹外國文學問題，青年茅盾還沒有形成這麼明確的意識。從這一意義上講，茅盾與創造社就翻譯問題展開的爭論，恰恰是新文學接受外國文學，包括茅盾本人學習、接受外國文學趨於深化的標誌。這種深化，在我看來，有以下幾個方面。

第一，意識到以往翻譯、介紹外國文學中的不足。創造社抓住茅盾及文學研究會同人在翻譯中出現的錯誤，進行措辭激烈的批評，這種批評雖夾雜

〔註 67〕1923 年 5 月，成仿吾在《創造季刊》第二卷第一期發表《「雅典主義」》一文，對茅盾（署名佩韋）的《今年紀念的幾個文學家》（載《小說月報》1922 年 12 月 10 日第十三卷第十二號）一文中，將無神論（Atheism）誤譯爲「雅典主義」加以批評。

〔註 68〕如，1920 年 1 月 1 日他在《時事新報·學燈》上發表《我對於介紹西洋文學的意見》（署名冰），提出「系統」介紹外國文學問題。

〔註 69〕這從茅盾 1920 年代致周作人的信中談論這些作品的介紹辦法和設想方面可以見到。另外，茅盾早期譯文集：《雪人》、《桃園》、《回憶·書簡·雜記》也大都收錄這類作品。

了許多個人的意氣成份在其中，但他們列舉出來的翻譯錯誤，包括茅盾本人在內的文學研究會成員，也都是承認的。只不過以前沒有人敢於這麼尖銳地提出問題並加以批評指責，而現在面對創造社批評所形成的輿論壓力，茅盾不能不認眞檢查自己翻譯中存在的問題。所以，茅盾在晚年回憶錄中說，通過此次論爭，倒是刺激了自己去學好外文，努力提高譯品的質量〔註70〕。

第二，在總結以往翻譯經驗的基礎上，對具有普遍意義的翻譯理論問題進行深入的思考。我以爲，茅盾這一時期有關翻譯的理論文章，是他同時期發表的文章中最具理論色彩，並最有個人感受在其中的理論文章。如在《介紹外國文學作品的目的——兼答郭沫若君》、《「直譯」與「死譯」》、《譯詩的一些意見》、《標準譯名問題》〔註71〕等等文章中，茅盾談到了如何來選擇自己的翻譯對象；如何在翻譯過程中保持作品的原來風格；如何在翻譯用語上統一規範等許多具體的翻譯理論問題。他認爲介紹外國文學的根本目的，在於促進本國文學發展。而在翻譯過程中，他認爲絕對地提出保持原文風格的一絲不變，這是不可能的，但他要求翻譯者用心體會原文的含義及表述風格，盡可能保持文學作品原文風格。在譯文的規範用語問題上，茅盾認爲普通的用語可以各人根據自己的理解靈活掌握，而文學專用名詞及文學典故等，必須保持統一的譯名。對這些文學翻譯問題。由於茅盾自己有較深切的翻譯體會，再加之創造社批評形成的壓力，驅使他在理論上更深入、系統地回答這些問題。

第三，對歐洲經典作家作品介紹的加強。茅盾個人的翻譯興趣，當時較偏重東歐及弱小民族的寫實文學的介紹。這種翻譯從擴大中國新文學的接受範圍考慮，當然需要，但另一方面，從提高新文學創作質量，給新文學提供外國文學的藝術樣式的角度來看，茅盾的這種譯介有自己的侷限，換句話說，這些譯介過來的作品，在藝術方面還是較爲粗糙，特別是與歐洲經典作家作品的比較之後，這一弱點更爲明顯。對於中國新文學創作來說，當時最需要介紹一些具有典範性質的歐洲敘事作品。因爲新文學家此時缺乏的不是個人的體驗和感受，而是對小說這種文體的駕馭能力。如 1920 年代的新文學家對

〔註70〕參見茅盾：《我走過的道路》（上），頁 217～218。

〔註71〕《介紹外國文學作品的目的——兼答郭沫若君》，署名雁冰，載《時事新報·文學旬刊》1922 年 8 月 1 日第四十五期。《「直譯」與「死譯」》署名雁冰，載《小說月報》1922 年 8 月 10 日第十三卷第八號。《譯詩的一些意見》，署名玄珠，載《時事新報·文學旬刊》1922 年 10 月 10 日第五十二期。《標準譯名問題》，署名沈雁冰，載《小說月報》1923 年 2 月 10 日第十四卷第二號。

小說結構普遍關注很少，結果在創作中出現結構鬆散、拖沓等毛病。解決這一問題的具體辦法之一，是加強和擴大歐洲經典作家作品的介紹。創造社指責茅盾對歐洲經典作家作品的介紹，提出要翻譯但丁的《神曲》、歌德的《浮士德》、托爾斯泰的《戰爭與和平》等作品。創造社的批評和建議，當然不一定迅速被茅盾等人接受，但茅盾在與他們的論爭中，對這些歐洲經典作家作品不能不特別注意，如他對托爾斯泰《戰爭與和平》譯本的比較，就與郭沫若的論爭有關〔註 72〕。這種爲參與論爭被迫閱讀作品的方式，無形中增強了茅盾對外國優秀作家作品的留意與學習，對他的文學素養的提高及對小說文體的熟悉，都有極大的幫助〔註 73〕。

茅盾與創造社就翻譯問題展開的論爭，給茅盾早期文藝思想的發展，至少提供了上述三方面的幫助、啓發。這種幫助和啓發，對茅盾個人來說，是極其珍貴的，同樣，對整個新文學發展來說，也是極其難得的。可以說，在中國現代文學史上，幾乎很難再見到有這樣大規模的文學翻譯問題的討論了。正是有了這場大討論，促使茅盾個人，也促使許多新文學家對自己以往學習、接受外國文學活動進行反省，爲新文學的發展奠定更加穩固的思想基礎。

四

茅盾早期文藝思想在文學研究會同人的幫助、促進下，特別是通過編輯雜誌、參加文學論爭的文學實踐鍛煉，由最初對文學問題的個人感受、體會，逐漸向較爲系統的文學思考過渡、發展。這使得青年茅盾的思想見解，既保持了同時代文學青年對文學的具體體驗和要求，同時，又具備了他自己特有的思想敏銳與深度。因此，在同時代人中，茅盾的思想具有代表性，他被推舉爲文學研究會的理論代表〔註 74〕。

從分析茅盾參加文學社團、投身三次文學論爭的具體活動中，我感到茅盾早期文藝思想的形成與發展，是他參與眾多的文學實踐活動密切聯繫在一

〔註 72〕茅盾後來針對郭沫若譯的托爾斯泰名著《戰爭與和平》，提出批評，文章中，茅盾還比較了幾個英譯本。參見茅盾：《郭譯〈戰爭與和平〉》（署名味茗），載《文學》1934 年 3 月第二卷第三號。

〔註 73〕茅盾 1930 年代創作《子夜》時，對小說結構極爲重視，在構思上，用過一番心思。參見《〈子夜〉後記》，見開明書店，1933 年 1 月版《子夜》。

〔註 74〕鄭振鐸在《中國新文學大系·文學論爭集·導言》中，就推舉茅盾爲理論代表。阿英在《史料·索引》卷中，介紹「沈雁冰」時，稱他爲文學研究會的幹部，文藝理論者。

起的。這種思想與實踐的關係，當然不是一般所說的人的思想要受到實踐制約、影響，而是說，在青年茅盾的文藝思想形成和發展過程中，實踐的形式，是他文藝思想形成並發展的最最基本的形式。離開了文學實踐的具體提問，離開了青年茅盾對文學實踐中提出的問題的特殊敏感和深刻感悟，就不可能形成我們今天所見到的早期茅盾文藝思想。對於青年茅盾來說，他不是依照一種既定的文藝理論思想來發展自己的思想，他很少沉浸於純粹的理論思辨之中。青年茅盾總是促使自己盡可能多地參與各種文學活動。他參加社團，編輯刊物，與新文學人士交流思想，在各種不同思想觀點之間比較、選擇，他參與文學論爭，同樣，他也投身政治活動。在這些實踐中，茅盾注意發現問題，借助自己所接受到的西方文學理論，提出自己的意見和建議。因而，各種西方文藝理論體系，不是他思考問題的出發點，而是他用來表明自己思想觀點的工具和手段。他倡導「新浪漫主義」，是爲了表明他對文學創作中理想問題的關注和思考；他鼓吹「自然主義」，是爲了批判、否定鴛鴦蝴蝶派，克服文學創作中存在的缺乏具體描寫的弊病，對茅盾的這些文學主張，只有注意到茅盾早期文學思想的實踐特色，才能有較爲充分的理解和認識，否則，就會出現以往研究中存在的那種理解錯誤，即許多研究者認爲茅盾一會兒鼓吹「新浪漫主義」、一會兒又主張「寫實主義」、「自然主義」，體現了茅盾文藝思想內部的矛盾。事實上，茅盾在這一問題上並沒有什麼思想矛盾，他也從未在回憶文章中談到自己在提出上述文學主張時有過什麼思想矛盾，青年茅盾關注的是文學實踐碰到了什麼問題，然後他借助西方文藝理論來回答問題。所以，他的思想是緊隨文學實踐而發展、變化，在理論系統上反倒沒有什麼嚴格的限制。研究者認爲茅盾在文學主張上的變化，體現了茅盾文藝思想內部的矛盾，但在我看來，實際上倒反映出研究者自己過於拘泥於一種理論體系，而忽略茅盾早期文藝思想的實踐特徵。特別是當一些研究者將茅盾思想的「進步」、「成熟」歸結爲茅盾對上述思想「矛盾」克服時，我認爲，那些研究者不僅沒有注意到茅盾早期文藝思想的實踐特徵，而且也忽略了茅盾早期文藝思想對他後來思想、創作的影響關係。茅盾在回憶自己創作《蝕》三部曲、《虹》、《子夜》等作品的經驗時，都談到 1920 年代社會實踐（包括文學實踐）所積累的生活經驗對他創作的幫助〔註 75〕。而且，研究者在研究

〔註 75〕參見茅盾：《我走過的道路》（中），頁 6，頁 36，頁 108，人民文學出版社，1984 年 5 月。

這些作品時，也都指出了這些作品體現了作者對當時社會生活的密切注意。然而，茅盾早期文藝思想同樣也是這種實踐中產生並發展起來的，它與現實保持著密切關係。爲什麼在揭示 1920 年代茅盾文藝思想與實踐的這種密切關係時，研究者認爲茅盾的思想內部有矛盾，而到了 1930 年代強調茅盾文學創作與這種實踐的關係時，卻沒有人認爲創作思想上茅盾有可能存在思想矛盾呢？在我看來，茅盾文藝思想這種實踐的特徵始終沒有改變，並且是聯繫他 1920 年代與 1930 年代思想的一條內在脈絡，只不過這種實踐關係的具體形式在 1920 年代、1930 年代有所不同。1920 年代，茅盾主要是通過文學批評和文學翻譯的形式來表明自己對文學實踐的關注，1930 年代，則主要是通過創作形式表達。1920 年代和 1930 年代茅盾思想的變化、發展並不是以否定這種實踐爲主的思想方式取得的，相反，正是由茅盾參加的社會實踐的具體內容規定的。在研究茅盾文學創作時，研究者總是說茅盾作品反映了一個社會時代的宏偉場景，但研究者就是沒有從思維形式上指出茅盾創作的這種特殊偏好，是與他文藝思想的實踐方式結合在一起的，茅盾文學思想，包括其創作，最大的特色便是與當代社會（文學）實踐的密切關係。離開了對當代社會實踐和文學實踐需求的具體考察，而要嚴格以一種理論體系或價值標準來評價茅盾，那麼，茅盾的文藝思想，包括其創作，很難被人接受，甚至根本不能理解。從這一意義上講，我認爲對茅盾早期文藝思想與文學社團、文學論爭關係的具體考察，實際上也就是從文學史研究上表明研究對象對研究的規定。離開了茅盾早期文藝思想的特殊規定，而以一種事先預定好的理論系統來勾勒茅盾的早期思想，當然會出現茅盾思想內部存有矛盾這樣的圖景。但這種矛盾，實際上不是對象身上的矛盾，倒恰恰體現了研究者對研究對象在研究過程中獨特作用與地位的忽略，因而，茅盾與文學社團、文學論爭的關係，既開闢了一種理解茅盾早期思想的思想視角，同時，也揭示出對象本身在文學史研究中的作用和地位。

結　語

在論述了茅盾早期文藝思想的四方面內容之後，我首先感到的是茅盾早期文藝思想，作爲一個具體的研究對象對整個研究的約束。從一個文學青年所面臨的實際問題來考慮，我注意到文學在青年茅盾心目中並不是一種神聖不可動搖的東西，甚至可以說，幾乎是出於生計考慮，茅盾在職業上與文學建立了關係，因此，這種關係對茅盾個人來說是既動搖又牢固，所謂動搖，是當外界提供更有發展前途的職業供茅盾選擇時，他會毫不猶豫地放棄文學。所謂牢固，是指文學作爲一種職業，是茅盾安身立命的基礎，不管外界出現多大的變故，茅盾最終總能在文學領域獲得棲身之地。在具體的文學問題的論述上，青年茅盾追隨五四運動的步伐，對外國文學表示出接受的姿態，而對中國傳統文學進行批判。但在對這些問題的具體論述中，茅盾限於知識和個人的各方面條件限制，他總是根據自己對問題的理解，特別是根據自己對外界變化狀況的感受，作出思想論述。這種論述的立足點，在於茅盾個人的生活體驗，因此，對思想論述的邏輯嚴密性和知識上提供的保證，茅盾並不怎麼關注，他關注的是個人的體會、感受。文學社團和文學論爭爲茅盾這種思想提供了發展的基礎和條件。一方面，他可以在社團的集體形式下，充分發揮個人的文學才能，使個人的志趣在集體的支持下發展；另一方面，通過文學論爭，茅盾從別人的提問中捕捉文學問題，進行思考，努力使自己的文學思考保持在同時代人的思考水平上。

上述研究同時在兩方面給我以思想啓示，一是放棄對茅盾研究中以往研究話題的依賴。我只是從研究對象，即青年茅盾當時面臨的問題和思想狀況出發來考慮問題，因此，我根據自己對茅盾外國文學知識狀況的分析，著重於思考「外國文學」概念在茅盾頭腦中的主要涵義及形成過程，揭示一種特殊的思想接受模式，即不是以知識爲背景的外來思想的「影響」模式，這種思想模式是在外來思想啓發下，而不是直接以外來思想作知識背景的情況下，以接受者個人的經驗和感受編織而成的一種思想系統。因此，第二方面的啓示就是從反省的角度來審視新文學的發展歷史，我從茅盾身上感到，缺乏對文學問題的系統思考，包括缺乏外國文學的知識基礎，使得像茅盾這樣的傑出的文學人才，在對文學問題的思考上，常常出現偏差，這種偏差由於茅盾個人的文學成就，特別是由於新文學發展的表面繁榮所掩飾，人們常常忽略了對它們的認眞反省，久而久之，那些缺乏知識援助的思想主張，竟被當作正面的文學史經驗肯定下來。人們常常注意到青年茅盾從文學實踐中獲取思想的思維形式，但人們沒有注意到這種實踐形式同樣也限制了茅盾對文藝問題的深入、系統的思考，因此，當人們一味推崇文學關注社會現實，希望文學從實踐過程中獲得新思維時，實際上並沒有顧及文學史經驗的全部原貌，而這正是我在研究早期茅盾文藝思想時，最強烈感受到的，也是我不能不認眞反省的。茅盾的思想歷程和思想經驗，常常作爲我們新文學史上最珍貴的文學經驗被人接受，假若這種經驗眞的對新文學只有正面的促進作用——的確許多新文學家都眞誠地相信這些經驗，那麼，我們的新文學爲什麼在後來的發展過程中還一再走彎路，並且，以後的新文學的成就很難與 1920 年代、1930 年代的文學成就相媲美呢？事實上，作爲文學史經驗的茅盾文藝思想本身在我看來，有許多地方值得思考，至少在對待文學的基本態度，及他對外國文學接受、對中國傳統文學的批判上，有知識和環境的限制，這些因素一再被我們的文學史研究忽略，而這實際上恰恰說明整個文學史價值體系，仍在維護包括那種文學史上的缺陷在內的經驗。因此，揭示茅盾早期文藝思想的整個複雜過程，包括它自身的侷限，是文學史研究擺脫以往非文學因素的干擾，顯示研究自主性的最基本的步驟。

我對自己的研究並不抱太大的奢望，但我相信，自己正意識到文學史研究必須具備的那種獨立品格，並致力於朝這一方向努力。

附錄一：論五四新文學的價值特徵

1980 年代的文化問題討論，給五四新文學研究提供了文化研究的新視野，但這種研究本身也有弱點，那就是偏重於西方文化理論模式的搬用，以一種靜態的「刺激——反應」理論將五四新文學直接解說成東西文化碰撞的產物，完全忽略了中國近代文化運動所劃出的「西學東漸」的歷史軌跡。面對這樣的研究，五四新文學研究面臨著新的考驗，並且也正是關注於這種研究偏向，我覺得有必要重新進入五四新文學的價值研究領域。

一、文化視野中的五四新文學

將五四新文學理解爲中國近代文化在文學領域中的延續，這對於 1980 年代中國文學研究來說並不新鮮，但人們仍有理由重新提出文學與文化兩大範疇之間的關係問題。是否文化研究意味著文學價值在新的掩幕下再度悄悄失落呢？無法打消來自理論方面的真誠關切和執著追問，但問題的提問和回答無需依約定俗成的理論套套亦步亦趨。中國歷史的實際進程在我們面前展示了另一種圖畫。「文以載道」觀念在被後代文人學士指責痛罵的同時，無意中也強化了「文學」這個概念在士人心目中的價值位置。「蓋文章經國之大業，不朽之盛事」的強烈功利主義態度，確乎顯示了文學觀念經歷了「雕蟲」到「雕龍」的價值巨變。五四新文學在價值觀念上也積染了此種遺風。也就是說，新文學作爲一個價值概念，從根本上突破了「吟風弄月」獨抒性靈式的文學概念，新文學意味著新文化。胡適在《談新詩》中認爲：文學革命「初看起來，這都是『文的形式』一方面的問題，算不得重要。卻不知形式和內容有密切的關係。形式上的束縛，使精神不能自由發展，使良好的內容不能充分表現。若想有一種新內容和新精神，不能不先打破那束縛精神的枷鎖鐐銬。」〔註 1〕高舉文學革命大旗的陳獨秀在總結近代中國三次革命失敗教訓時，將文學革命的失敗也歸爲一條。以爲中國之所以革命不成功，「其大部分，皆爲盤踞吾人精神界根深蒂固之倫理道德文學藝術諸端，莫不黑幕層張，垢污深積。」〔註 2〕茅盾則認爲「自來一種新思想發生，一定先靠文學家做先鋒隊，借文學的描寫手段和批評手段去『發聾振聵』」。〔註 3〕周作人的《人的文學》、《平民的文學》以及魯迅對文學職業的選擇，更是從歷史哲學的高度展現了文學概念在現代作家心目中的價值地位。事實上，這種意識也構成了新文學反對派的價值認同。林紓就是這樣認爲的。在《致蔡鶴卿書》中，他認爲白話文運動將導致「覆孔孟，鏟倫常」的可怕結果。〔註 4〕五四同時代人這種文學與文化概念之間關係的普遍默認，或許會引起一些理論家的不安。確實，概念模糊，邊界不清。但事實上哪裏有過概念清晰、邊界分明的文化爭論？理論的概括總來自於主體對對象世界眞實狀態的一種把握和認同。假若文學和文化概念在中國新文學運動中確實如此，——而且事實上就是如此。我們又有什麼權力要求文學與文化概念之間抽象地劃出一道分界呢？在我看來，五四新文學恰恰是以其文學史演進的獨特邏輯，提供了一種新的文化理論概括的可能。

當然，五四新文學與文化之間的密切聯繫，並非是歷史慣性的一廂情願，更多的倒是取決於審美文化自身的深刻性。作爲審美文化的文學藝術，它與其它自然科學等技術文化、或一般社會科學相比，具有明顯的感性特徵。這種鮮活豐滿富有生機的感性特徵，不僅是藝術的生命所在，也正是藝術把握世界方式的深度所在。理性的深刻，當然也能觸及生活本身，但這種深刻性並不能包溶感性生命的所有內涵。恰恰是理性形式中那部分含有對象世界感性生命的東西，使理性變得深刻。相比之下，任何理性的概括總是從特定角度對對象世界的有限概括。當理性從表象世界蒸騰出概念、範疇，主體因受把握方式、個人文化素養、歷史、時代條件等諸多因素的限制，得到的往往

〔註 1〕胡適：《中國新文學大系·建設理論集·導言》，頁 27，1935 年，上海良友圖書公司出版。

〔註 2〕《新青年》第二卷，第六號。

〔註 3〕《茅盾文藝雜論集·現在文學家的責任是什麼？》上冊，頁 3，1981 年，上海文藝出版社出版。

〔註 4〕《新文學史料選》第一冊，頁 139，1979 年，上海教育出版社出版。

是有限的感性生命，對象世界的豐富性、複雜性和深刻性或多或少在這種提取中削弱了。也許正是理性形式這種先天不足的徵狀，感性生命的自然呈現往往成爲治癒理性侷限的良藥。在蓬勃向上生機煥發的感性生命之鏡中，理性永遠留下一副灰暗的面容。有鑒於此，以情緒、情感爲核心，以形象爲特徵的文學藝術，往往深刻地反映出時代價值更替的最初跡象。不是嗎，雨果的《朱安黨人》之於法國浪漫主義價值體系的影響，托爾斯泰的小說創作之於俄國社會價值觀念的深切反映，萊辛、赫爾德之於德國復興，惠特曼之於美國革命，裴多斐之於匈牙利獨立，魯迅之於中國社會啓蒙，都顯示了文學的超前作用。當然，人們完全可以依據諸多的文化理論所假設的前提，推崇、強化文學世界的文化因素。但在上述文學史材料面前，我寧願肯定，文學的至深之處並不在於與文化的斷裂，而在於吻合了文化價值的內涵。

把文學視爲與文化概念具有同等內涵的價值存在，把文化變革的歷史使命具體落實在文學觀念的改造上，這種意識本身就代表了一種新的價值取向，它來自近代中國知識分子對西方工業文明的經驗總結。梁啓超在 1897 年爲《蒙學報》、《演義報》作序時指出「西國教科之書最盛，而出以遊戲小說者尤多；故日本之變法，賴俚歌與小說之力，蓋此悅童子以導愚氓，未有善於是也。」〔註 5〕早期魯迅在《摩羅詩力說》中也認爲「蓋世界大文，無不能啓人生之閟機，而直語其事實法則，爲科學所不能言者。」〔註 6〕李大釗在分析德意志民族復興原因時，以爲「抗戰不屈之德意志魂，非俾斯麥、特賴克、白侖哈的之成績，乃謳歌德意志文化先聲之青年思想家、藝術家所造之基礎也。」因而「新文明之誕生，必有新文藝爲之先聲」。〔註 7〕陳獨秀在《文學革命論》中更是大聲疾呼：「故自文藝復興以來，政治界有革命，宗教界亦有革命，倫理道德亦有革命，文學藝術，亦莫不亦有革命，莫不因革命而新興而進化。」〔註 8〕雖然，這批身兼學者和革命家的思想啓蒙家有時過於誇大了文學在文化變革中的作用和地位，但文學之於文化革命的先鋒作用這一點確實道出了西方資產階級啓蒙運動的眞情。如，伏爾泰、狄德羅、盧梭對法國

〔註 5〕轉引自王運熙、顧易生主編：《中國文學批評史》下冊，頁 607，1985 年，上海古籍出版社出版。

〔註 6〕《魯迅全集・摩羅詩力說》第一卷，頁 71～72，1981 年，人民文學出版社出版。

〔註 7〕1916 年 8 月 15 日《晨鐘報》創刊號。

〔註 8〕《中國新文學大系・建設理論集・文學革命論》，頁 44。

啓蒙思想的影響，別林斯基、車爾尼雪夫斯基、杜勃羅留波夫在俄國革命中對文學作用的強調，萊辛、赫爾德在狂飆運動中對藝術精神的推崇。在五四新文學運動中，人們普遍將文學與文化概念聯繫起來考慮，這本身體現了文藝復興以來西方價值觀念在中國文化世界中的迴響與震蕩。

二、人性、人道主義的價值尺度

文化概念在西方歷史上的出現，是與人的發現聯繫在一起。法國學者維克多・埃爾（Victor Hell）在《文化概念》一書中認爲「文化概念的提出離不開歐洲的背景，它決定了文化概念的產生和它的基本原則，以及它的實際意義。」〔註9〕這種「歐洲的背景」的精神實質就是「不願意把自己禁錮在對過去的崇拜之中，而是希望不斷地激發人類的創造力，或簡而言之，激發他們的革新才能和創新精神，這種意願符合向無限空間開放的精神。……它就是自由的價值。」〔註10〕五四新文學與文化概念的契合，除了展示一種新的文化模式理論概括的可能外，確乎在精神上體現了一種人的意識的覺醒，也就是自由的價值。這種自由的價值，我們可以稱之爲人性、人道主義的價值尺度。

人們對「人性」、「人道主義」最直接的記憶，或許是從哲學史的檔案中索回的。這種發自本能的知識定位，並沒有抹去五四新文學的奇光異彩，倒是說明新文學所擁有的文化意味全然不同於傳統的文學觀念。文學研究會的宣言可以代表當時的認識。他們提出「將文藝當作高興時的遊戲，或失意時消遣的時候，現在已經過去了。我們相信文學也是一種工作，而且又是於人很切要的工作。」〔註11〕新文學一掃以往感懷傷情、吟風弄月的香艷脂氣，昂然走進了喧囂紛繁的人生課堂。「五四」新文學作家正是把文學理解成人學，以文學伸張人道的權力，以文學抨擊非人的社會，身體力行孜孜以求地在文學創作中自覺貫徹這種文學觀念。這種觀念，乃至這種創作，無疑都在中國現代文學史上奏出了極其精彩的華彩樂章。

還是讓我們重新巡視新文學的藝術長廊來作爲這種文化研究的開端吧。

〔註9〕維克多・埃爾著，唐新文、曉文譯：《文化概念》，頁125，1988年，上海人民出版社出版。

〔註10〕同上註，頁123。

〔註11〕王哲甫著：《中國新文學運動史》，頁377，1986年，上海書店影印。

當《晨鐘》敲響，當《青春》放歌，人們最先感受到的是生命在騷動。據茅盾 1921 年間在《小說月報》上對四五六月的創作統計，描寫男女婚姻戀愛的作品竟占了百分之九十八〔註 12〕。大量愛情、婚姻主題作品的湧現，使得我們確乎有理由將目光投注到這類作品上。

郁達夫的《沉淪》是這樣喊出了一代人的心聲的：

> 知識我也不要，名譽我也不要，我只要一個能安慰我體諒我的「心」。一副白熱的心腸！從這一副心腸裏生出來的同情！
>
> 從同情而來的愛情！
>
> 我所要求的就是愛情！〔註 13〕

這種發自心底大膽直率的情熱，我們還可以從倪貽德、楊振聲、淦女士、郭沫若乃至魯迅作品中體悟到。這種愛情、婚姻問題的提出和渲染，本身就構成了一種價值。它不僅是對個體生命價值的發現，對個人做人權力的伸張和索回，同時也是對扼殺個性的非人社會進行道義上的起訴。尤其後者，組成了新文學藝術的長長畫廊。郁達夫在《關於小說的話》中將它概括爲「性的苦悶」，周作人更爲準確地指出是「青年的現代的苦悶」。〔註 14〕在我看來，這種苦悶確實是由現代知識青年覺醒後所深深感觸到的社會現實引發的，但它絕不是現實生活在文學世界中簡單的鏡子式反映。我只想指出一種奇特的精神現象：五四新文學，幾乎所有顯示愛情、婚姻乃至家庭生活苦悶的作品，都沒有具體的指向，換句話說，這類作品中所生的苦悶、徬徨、傷感並不拘泥於具體的一人一事，而是彌漫於整個人生宇宙。這一獨特的文學史現象，事實上在許多有價值的文學史論著中都已指出〔註 15〕。但由於研究方法和研究者的時代條件限制，或把它當作一種消極的思想情緒加以否定〔註 16〕，或把它當作一種時代侷限，從根本上取消了這個問題〔註 17〕。但我以爲，這一精神現象恰恰意味著五四新文學獨特的文學價值。也就是說，問題的具體性與問題內涵的無限豐富複雜性，正是文化範疇所擁有的。一方面，許多愛情、

〔註 12〕《茅盾文藝雜集・評四五六月的創作》上冊，頁 57。
〔註 13〕《郁達夫文集・沉淪》第一卷，1984 年，花城出版社出版。
〔註 14〕周作人：《自己的園地・沉淪》，頁 61，1987 年，嶽麓書社出版。
〔註 15〕見趙園：《艱難的選擇》，1986 年，上海文藝出版社出版；錢理群等編著：《中國現代文學三十年》，頁 80，1987 年，上海文藝出版社出版。
〔註 16〕《瞿秋白文集・第一卷・餓鄉紀程》，1953 年，人民文學出版社出版。
〔註 17〕《茅盾文藝雜論集・〈中國新文學大系・小說一集〉導言》上冊，頁 528。

婚姻主題的作品都是由現實人生的具體問題引發。它可以是一場不幸的戀愛，或一種美好的青春戀情，但作者的創作意圖或作品實際達到的藝術效果遠遠溢出了愛情、婚姻作品的題材界限。恰如丁玲所說的「這種作品的確會使人看過要去思索一些問題，而不僅當著故事看得熱鬧或興奮而已的。」〔註18〕另一方面，戀愛、婚姻本身就有著選擇的意味在裏面，就如郭若沫寫的《爐中煤》，詩裏所詠嘆的戀愛對象有著比擬、象徵的意味。它是一種普遍的人生價值觀念，但卻不是純思辨的哲理提升；沾帶著具體的物質表象，然而其中閃爍的卻是意蘊豐足的人生哲理。這眞正是屬於五四新文學特有的文化品格。

或許，在愛情、婚姻作品中，新文學有著過多的書生意氣。「一切只爲著愛」〔註19〕的回答聽起來總脫不盡孩童般稚幼的口吻。然而，在我的理解中，這種幼稚並非來自提問的不切實際和議論的空泛，恰恰是社會黑暗積弊的深重濃厚，反襯出一種新思想萌芽的艱難處境。請予以理解吧，畢竟是兩千年來第一次那麼熾烈地擁抱人類價值的母體。當然這種理解絲毫不存有放寬批評的尺碼。在我看來，五四新文學在伸張人道權力的同時，並沒有一味將興趣擱置在圖書館的書架上。他們的思索目光也曾投注到社會成員的生存問題上。這可以從新文學另一主題——小人物命運的揭示上窺見一斑。

在「生的苦悶」的標題下，匯聚了一批數量可觀的五四新文學作品。單是在寫「灰色的人生」聞名於世的葉紹鈞筆下，就流瀉出《一生》、《苦菜》、《小銅匠》、《阿鳳》、《夏夜》、《飯》、《校長》、《潘先生在難中》。與「生」主題相關的人物往往是日常生活中最普通的工人、農民、教員、商販、市民、職員等小人物；其人生旅途又往往坎坷曲折。與抒情、激昂的愛情、婚姻主題作品相比，顯示小人物命運的作品，基調確實灰暗了些。然而，當人們把這種基調視爲五四新文學的對立面或消極價值加以否定、排斥時，我以爲人們無意中割斷了貫串新文學始終的人道主義精神。事實上，同一時期的許多作家幾乎同時既寫愛情、婚姻主題的作品，又寫小人物命運的作品。爲什麼在愛情、婚姻主題作品中作家們的情緒那麼激昂，而到了小人物世界中卻顯得那麼沉鬱？假若人們仍注意到新文學這一含有文化價值意味的概念內涵，假若人們仍注意到燃燒於五四新文學作家心中的人道主義精神，那麼我們將

〔註18〕丁玲：《五四雜感》，《文藝報》二卷四期，頁5（注：丁玲在文章中雖針對葉紹鈞的《稻草人》而發，卻有普遍意義。）

〔註19〕劉家鳴編：《冰心代表作·悟》，頁90，1986年，黃河文藝出版社出版。

會同意這樣的分析，即立足於當時社會文化背景之下的中國現代作家，在對待個人存在的價值問題上，只能選擇批判、控訴的方式。倘若在愛情世界裏，個人存在價值還有可供選擇的餘地（因爲愛情本身就代表了一種男女之間的選擇關係），不理想的情人，可以被充滿人性理想精神的情人所鄙棄；那麼，作爲現實生活中普通的生存個體，中國社會提供給他們的價值選擇等於零。一旦觸及到這樣的社會現實，覺醒後的五四新文學不能不對個人生存現狀作出沉痛的描述。正因爲有覺醒，才有覺醒後的失望，雖情調殊異，但精神血脈卻是息息相通的。正是在這一意義上，我肯定小人物命運的作品，因爲它恰恰從生存層次上控訴了社會現實的黑暗和不人道；並且從作家直面人生，開掘人性世界的勇氣和膽識來看，這類作品更見深度。

對照五四新文學中愛情、婚姻主題的作品與反映小人物命運的作品，我們看到人性、人道主義的價值尺度不僅貫串於個體價值的張揚和個體價值的存在這兩個文學層面，更有意義的是這種人性的價值尺度越出了狹義的文學概念仍有效地影響著作家的創作和讀者的接受。魯迅曾指出：「有一種共同前進的趨向，是這時的作者們，沒有一個以爲小說是脫俗的文學，除了爲藝術之外，一無所爲的。他們每作一篇，都是『有所爲』而發，是在用改革社會的器械，——雖然也沒有設定終極的目標。」〔註20〕茅盾也指出：「現在熱心於新文學的，自然多半是青年，新思想要求他們注意社會問題，同情於『被損害者與被侮辱者』」〔註21〕這種幾乎帶有理論命題性質的價值認同，是否在人性、人道主義問題上給我們提供了重新認識和概括五四新文學這一概念的可能；是否也給我們提供了重新闡釋新文學中人性、人道主義理論價值的可能？

三、文化實驗室裏的半成品

五四新文學開始了重新構築中國近代文化的價值世界。然而，這種構築除了提問的方式和問題本身具有超時代的價值外，就其實際獲得的文化收獲及新價值的傳播而言，仍是很有限，甚至是極其脆弱的。正因爲新文學曾嘗試突破傳統狹義的文學概念，擔負起文化變革的歷史使命，但這種嘗試與文化傳播又

〔註20〕《魯迅全集·〈中國新文學大系〉小說二集序》第六卷，頁239，1981年，人民文學出版社出版。

〔註21〕《茅盾文藝雜論集·自然主義與中國現代小說》上集，頁90～91。

只限於知識界，所以，我稱之爲文化實驗室裏的產品；唯其自身的侷限與不成熟，新文學一度走向庸俗化的文化方向，因而只具備半成品的文化價值。

1920 年 1 月 25 日第 23 期《新生活》雜誌上，發表了一篇署名爲孤松的文章，文章的題目爲《知識階級的勝利》。文章是這樣評價「五・四」運動的：「『五・四』以後，知識階級的運動層出不已。到了現在，知識階級的勝利已經漸漸證實了。我們很盼望知識階級作民眾的先驅，民眾作知識階級的後盾。知識階級的意義，就是一部分忠於民眾作民眾運動的先驅者。」〔註 22〕這種滿含期待的評價，在我看來，並不帶有知識階級獲勝的自得，而更多地倒是指出了五四新文化運動的特點和自身侷限。當他盼望知識階級與民眾結合時，恰恰在某種程度上道出了五四新文化運動的影響和勢力所及大都限於知識界。這種影響和範圍的有限性，在五四新文學內也開始得到反省。不是有許多魏連殳式的孤獨者嗎。魏連殳式的孤獨，更多地表現在與社會現實環境，特別是與周圍普通群眾的思想對話之中。魏連殳們可以在自己的知識界圈子內獲得知己般的思想熱能的傳遞，但這種傳遞一旦觸及現實社會這塊巨大而廣博的文化媒介，熱情便消散了。從無法逾越個人與社會之間的深深鴻溝，到乾脆放棄逾越的努力，日益沉淪於約定俗成的文化氛圍，這不能不說是一種思想啓蒙之後的文化心理回潮。正是在對魏連殳們的揭示中，魯迅的創作獲得了新的意義。他的筆下沒有知識階級矜誇的文化優越感，或許他根本就沒有把他們當作超越現實的新的價值符碼來驅使他僅僅爲這類人而寫作。魯迅只是把他們作爲現實中最敏感地感觸到文化價值變動的普通人物來寫。這種感受方式既屬於作爲藝術家的魯迅，也屬於作爲戰士的魯迅。前者顯示了魯迅式的感知世界的方式。他不是在抽象的文化意念的驅使下拼湊他的人物，而是將他熟知熟識的感覺世界自然地舒展在筆下。後者顯示爲魯迅式的文化人格。他不是在新舊文化價值的堅壁面前沉淪於孤獨者的情調之中，而是懷著孤獨者的勇氣一次又一次做著打破堅壁的努力。或許正是這樣的努力，魯迅的創作眞正實現了一種文化超越，他超越了五四新文學所具有的時代限制，超越了新舊價值交替中新文化所顯示的脆弱。也正是魯迅的這種文化品格，照見了當時絕大部分知識者在創建新文學活動中的侷限，也就是說，五四新文學作家不僅要自己相信新價值的合理性，並且這種價值觀念的合理

〔註 22〕《李大釗選集・知識階級的勝利》，頁 308，1959 年，人民出版社出版。

性只有眞正落實到文化創造活動上，才能爭取到價值的地位；否則，也只是一種知識，而不具普遍的價值意義。

事實上，五四新文學也在期待一種掙脫，掙脫孤獨，掙脫狹隘。1921 年《小說月報》十二卷七號所發表的說難的《我對於創作家的希望》，十二卷八號郎損的《評四五六月的創作》〔註 23〕，顯示了來自新文學自身的反省。1923 年《文學旬刊》發表了西諦的《本刊的回顧和我們今後的希望》和雁冰的《「大轉變時期」何時來呢？》〔註 24〕，更是可以視爲新文學內部的某種調整及這種調整意識的強化。果然，一個洶湧激昂的革命文學時代隨即來到了。然而，革命文學除了給文學天地拓展了題材上的疆界外，並沒有留下出色的文學作品。這種文學史上的遺憾，早在新文學運動初期就已呈現出先天不足的端倪。唐俟在 1918 年 11 月 4 日致錢玄同的信中說：「我看《新青年》的內容，大略不外兩類：一是覺得空氣閉塞污濁，吸這空氣的人，將要完結了；便不免皺一皺眉，說一聲『唉』。希望同感的人，因此也都注意，開闢一條活路。假如有人說這臉色聲音，沒有妓女的眉眼一般好看，唱小調一般好聽，那是極確的眞話；我們不必和他分辯，……和他分辯我們就錯了。一是覺得歷來所走的路，萬分危險，而且將到盡頭；於是憑著良心，切實尋覓，看見別一條平坦有希望的路，便大叫一聲，『這邊走好。』希望同感的人，因此轉身，脫了危險，容易進步。假若有人偏向別處走，再勸一番，固無不可；但若仍舊不信，便不必拚命去拉，各走自己的路。因爲拉得打架，不獨於他無益，連同自己和同感的人，也都耽擱了工夫。」〔註 25〕這種尖銳的批評針貶了新文化運動中所表現出來的狹隘政治意識，而且這種批評也適合於新文學。新文學就其充入文化價值含義而言，不能不說與政治意識有關。然而，一旦將文學庸俗化爲解決社會問題的理想藍圖或解決生計問題的現實手段，就不可避免地使文學跌入狹義政治的深溝險壑。此後「社會問題」小說確實如此；革命文學更使狹義政治意識普遍強化。它一方面鞭策文學跳出文學的疆域，在政治沙場上狂奔突逐；另一方面又對文學作了庸俗政治學上的規定，使得文學嘹亮的歌喉只能唱一種極其單調的曲子。正是這種庸俗政治意識的強化，導

〔註 23〕參見《茅盾文藝雜論集·〈中國新文學大系·小說一集〉導言》上冊，頁 527，頁 529。

〔註 24〕見《文學旬刊》(後改《文學週報》第 100 期，第 103 期。

〔註 25〕《新青年》第五卷第五號。

致新文學在文化價值建設上的普遍危機。特別是 1920 年代末 1930 年代初，整個新文學界普遍出現的所謂「思想進步，創作退伍」現象，其危機的總根源就在於此。

庸俗政治意識介入新文學運動，表面上似乎在強化和抬高新文學的社會價值，實際上恰恰取消了新文學的價值功能。在這裏，我不能不想到幾乎與五四新文學同時代的王國維和蔡元培的美學主張。王國維針對梁啓超無限誇大「新小說」的社會功能的觀點，提出了文學藝術具有「純粹美術上之目的」的「超功利」說；而蔡元培總結了西方思想啓蒙的經驗，吸取康德、席勒的美學思想，提倡以美育替代宗教的主張。假若我們不是拘泥於「超功利」、「宗教」這些字眼，透視其精神實質，無疑會清楚地發現，王國維和蔡元培孜孜以求的正是對人的精神世界的文化改造，這種文化改造的目的正是要讓人的精神世界從狹隘的庸俗政治意識中解放出來。王國維在總結我國學術思想不發達的原因時指出：「歷代詩人，多託於忠君愛國勸善懲惡之意，以自解免，而純粹美術上之著述，往往受世之迫害而無人爲之昭雪也。」「若夫忘哲學美學之神聖，而以爲道德政治之手段者，正使其著作無價值者也。」〔註 26〕王國維還在《論近年之學術界》、《論新學語輸入》中分析近代中國引進西學的過程，指出過份的實用態度和狹隘的政治意識，使得「西洋學術之輸入，限於形而下學之方面。」〔註 27〕因而他主張超越狹隘的政治意識，「學術之所爭，只有是非眞僞之別耳」，〔註 28〕「欲學術之發達，必視學術爲目的，而不視爲手段而後可。」〔註 29〕應該說，王國維的批評切中時弊，頗得西學之眞諦。隨王國維之後，蔡元培在 1916 年提出「以美育代宗教」，1917 年《新青年》第 3 卷第 6 號發表他的《以美育代宗教說》，認爲「美以普遍性之故，不復有人我之關係，遂亦不能有利害之關係。」〔註 30〕1919 年 12 月 1 日又在《晨報副鐫》呼籲《文化運動不要忘了美育》。不要以爲這些都是書生意氣，這些涉世至深的學者，其思想的深刻之處恰恰在於對時代特徵的把握。試想想王國

〔註 26〕周錫山編校：《王國維文學美學論著集・論哲學家與美術家之天職》，頁 35～36，1987 年，北嶽文藝出版社出版。

〔註 27〕同上書《論新學語之輸入》，頁 112。

〔註 28〕同上書《論近年之學術界》，頁 109、頁 108。

〔註 29〕同上書《論近年之學術界》，頁 109、頁 108。

〔註 30〕《蔡元培美學文選・以美育代宗教說》，頁 69，1983 年，北京大學出版社出版。

維在 1917 年前後的政治活動〔註 31〕，蔡元培在辛亥革命中籌組暗殺團，之後又創建新北大，提倡白話文〔註 32〕，我們或許更能充分感觸其思想的深刻性和時代的進步意義。從這一意義上，我以爲早期魯迅美學思想在精神氣質上是與王國維、蔡元培相通的〔註 33〕。對照之下，五四新文學對他們提倡的「超功利」說，「以美育代宗教」說的冷淡和忽視，正顯示了新文學在倡導新價值的同時，也在精神上開始偏離這種價值體系。

五四新文學作爲一個文化概念，在中國現代文學史上作出的努力和產生的影響，確實是輝煌而獨特的。不管這種文化價值觀念在整個中國現代文學史上經歷了怎樣的坎坷曲折，其影響在文學世界中從未有過中斷。新文學的文化價值涵義的獲得，不能不說受到「西學東漸」文化進程的影響，而把新文學當作文化概念來理解，確乎占據了現代中國文學價值觀念的主導位置。這種發現，在我看來是有益的。它不僅揭示了五四新文學的文化品格，更在於這種文化品格的揭示有可能上升到文學理論層面的概括。

〔註 31〕參見吳澤主編：《王國維學術研究論集》第三集中周一平：《1917 年前後王國維的政治思想》，1990 年，華東師範大學出版社出版。

〔註 32〕參見周天度：《蔡元培傳》，1984 年，人民出版社出版。

〔註 33〕魯迅在教育部時深得蔡元培賞識，分在第二科分管文化、科學、美術。參見林非著：《魯迅傳》，頁 94，1981 年，中國社會科學出版社出版。

附錄二：商務印書館與 1920 年代新文學中心的南移

中國新文學發軔於北京，1920 年代開始，中心南移。

所謂南移，是指與新文學發展密切相關的新文學領導人、重要的刊物和主要的文學論爭活動，都漸漸由北京南遷上海。1920 年春，陳獨秀繞道天津抵達上海，定居漁陽里二號，標誌著新文學中心南移的開端。同年 9 月，《新青年》編輯部遷到上海，從此北京再也沒有像昔日《新青年》那樣影響遍及全國的新文化刊物了。胡適 1920 年代開始，也心繫上海。1920 年夏，他藉到南京高校講學的機會，來到上海。1921 年 7 月，胡適受商務印書館的邀請，又到上海進行了一個半月的工作訪問。臨別之際，寫下了「多謝主人，我去了！兩天之後，滿身又是北京塵土了！」〔註 1〕的詩句，其對上海的留戀之情，溢於言表。魯迅雖到 1927 年才定居上海，但那是經過北京、廈門、廣州之行的比較之後，才選定上海的。1929 年他在致許廣平的信中說：「上海雖煩擾，但也別有生氣。」〔註 2〕魯迅的到來，意味著中國新文學中心南移的格局，基本確立。

1920 年代的上海，確有許多當時北京所不及的地方。像《小說月報》、《創造季刊》這樣大型的新文學雜誌，在當時國內眞是絕無僅有。人員眾多、聲勢浩大的文學研究會和創造社，也主要以上海爲活動中心，但影響卻在全國。在文學論爭上，當時國內恐怕再也找不到有哪一場文學論爭的規模、影

〔註 1〕《胡適日記》上冊，頁 210，1985 年 1 月，中華書局出版。

〔註 2〕《魯迅全集》第 11 卷，頁 295，1981 年，人民文學出版社出版。

響，可與文學研究會和創造社之間的論爭相比擬。這場論戰從 1922 年一直持續到 1925 年，爲時三年，涉及到新文學發展的方方面面的問題，吸引了國內差不多所有新文學人士的注意，甚至連在北京的胡適、錢玄同、魯迅、周作人等，都撰文參與，這在中國新文學史上無論是之前還是之後，都是少有的。上述情況，在我看來至少可以歸結爲如下結論：新文學在北京興起之後，其中心地位逐漸爲上海所取代，而這一過程的完成，基本上是在 1920 年代進行的。〔註 3〕

那麼，爲什麼從 1920 年代開始，新文學中心得以南移上海呢？有許多研究表明，1920 年代中國南北政治、經濟和文化格局的變動和差異，使上海成爲南北政治、經濟和文化的交流樞紐，特別是南方革命政權的建立，北伐軍順利攻克滬寧，吸引了大批激進青年的南下〔註 4〕，這批激進的青年，都是新文化新文學的熱情支持者和響應者，他們的南下，爲新文學中心南移，提供了人員和群眾基礎。而北方的北洋政府對新文化人士的政治迫害及保守的文化政策，使得大批新文化領導人離京南下。如陳獨秀、魯迅的南遷，都與政治迫害有關。1920 年代南北政治、經濟和文化上的變化及差異，爲上海新文學的迅猛發展，提供了良好的環境。但我以爲還必須指出的是，一個區域文化中心的形成，單靠幾個人、幾個文學社團和幾家刊物，是遠遠不夠的，而必須藉助於該地區某種具有廣泛社會影響和組織力量的文化組織機構的作用，才能確立起該地區文化中心的形象。五四時期北京之所以能成爲中國新文學誕生的搖籃，是與蔡元培主持下北京大學的文化地位及社會影響分不開的。1920 年代，上海之所以能夠逐漸取代北京而成爲國內新文學的中心，同樣是與當時上海擁有在經濟實力和社會影響上都遠甚於北京大學的文化組織機構——商務印書館分不開的，正是商務印書館的文化組織作用，1920 年代上海開始吸引越來越多的新文學人士的注意，使之成爲中國新文學人士活動的主要區域。

〔註 3〕 茅盾 1920 年代末完成的長篇小說《虹》中，有一段寫到五四初期國內新文化運動的發展情況。作品中人物明確說北京「那邊是新文化中心」。而到了 1920 年代，主人公的對話中則說上海是「文化的中心」。參見茅盾：《虹》，頁 105，頁 276，1933 年 5 月，開明書店出版。

〔註 4〕 鄧穎超曾回憶說，1920 年代一些激進的組織活動，在北京是地下，在上海長江中下游地區是半公開，在廣東則是公開。參見《五四時期老同志座談會記錄》，收入《五四運動回憶錄》續，頁 11，1979 年 11 月，中國社會科學出版社出版。

一

商務印書館成立於 1897 年，是上海一家民營的印刷出版企業。1920 年代後，商務印書館之所以能繼北京大學之後，成爲國內最有影響的文化組織機構，這首先與主持商務印書館日常工作的張元濟有關。張元濟晚清翰林出身，曾參與戊戌變法，後變法失敗，被革職到南洋公學任職。他學識淵博，思想開明，應商務印書館創辦人夏瑞芳之邀，到商務工作。1902 年商務建立了集編輯、研究和出版爲一體的綜合性文化出版機構——商務印書館編譯所。該所下轄英文、國文和理化三個部，另外還有九個雜誌編輯部。從商務印書館內部機構設置及決策人的指導思想來看，商務印書館決不是一個單一以出版爲目的的編輯機構，而是一個蓄納文化人才，研究和傳播新文化的文化組織機構。文化人才的吸納，是商務印書館著重考慮的問題，這不只是爲了企業的發展，更重要的是商務領導人張元濟一直希望使商務印書館成爲南方的文化組織機構。因此，他保持與文化界人士的密切關係，凡在當時有影響的文化人，張元濟和商務印書館均與之有關係。1916 年 7 月，張元濟拜訪吳稚暉，明確表示商務印書館「注意於培植人才，不專在謀利」。〔註 5〕1918 年張元濟又提出商務印書館「永久之根本計劃」三條，第一條便是「用人說」，主張「培植新來有用之人」。〔註 6〕1920 年 3 月，商務印書館決定「設第二編譯所，專辦新事。以重薪聘胡適之，請其在京主持，每年約費三萬元，試辦一年。」〔註 7〕商務印書館的開明作風，吸引了大批文化人。據在商務任編輯的葉聖陶、王伯祥回憶，商務印書館是當時東南地區的文化匯集地，南來北往的文化人常與之交往，編譯所編輯人員最多時達三百多人，匯聚了各方面的精英人才〔註 8〕。商務印書館作爲一個文化組織機構，其最大的優勢在於一有雄厚的資金，二具備強大的發行網絡。這使得在文化事業上，商務有經濟實力延聘文化人，組織各種文化活動，如 1920 年代泰戈爾訪華，他在上海的活動經費均由商務資助〔註 9〕。其他如擬議中邀

〔註 5〕參見張樹年主編：《張元濟年譜》，頁 128，頁 152，頁 129，頁 133，頁 166，頁 176，1991 年 12 月，商務印書館出版。

〔註 6〕同上註。

〔註 7〕子冶：《梁啓超與商務印書館》，載《商務印書館九十年》，頁 504，頁 508，頁 507，1987 年 1 月，商務印書館出版。

〔註 8〕王湜華：《王伯祥與商務印書館》；葉聖陶：《我和商務印書館》，參見《商務印書館九十年》，頁 276，頁 300～301。

〔註 9〕子冶：《梁啓超與商務印書館》，載《商務印書館九十年》，頁 504，頁 508，頁 507。

請法國哲學家柏格森到華講學，商務印書館也答應給予資助〔註 10〕。同時，商務能夠及時將一些新的思想言論組織出版，通過遍布全國的發行網絡，將書刊發往全國各地，眞正形成全國性的文化影響。

那麼，爲什麼商務印書館在 1920 年代以前，不能像北京大學那樣成爲國內有影響的新文化組織機構呢？在我看來，至少有三方面原因。第一，商務印書館高層領導對待新文化運動意見分歧很大。張元濟、高夢旦等人雖然思想開明，見識很廣，但像商務印書館總經理高鳳池及王顯華、鮑咸昌等人，都沒有受過太多的教育，思想也非常保守，基本上採取舊式手工業作坊的管理方式，故張元濟與高鳳池之間常常發生激烈的衝突。1916 年 9 月 6 日在用人方針上，張元濟力主非用新人不可，而高鳳池則主張「宜用舊人，少更動」。〔註 11〕1917 年 1 月 19 日，張元濟薦舉留學歸國人員徐新六到商務任職，但高鳳池以「留學生多靠不住」爲由加以拒絕〔註 12〕。商務印書館領導層的這種意見分歧，使得他們在用人政策上採取謹愼保守的態度。在 1920 年之前，商務的雜誌基本上掌握在思想較爲保守的人士手裏。雖然個別雜誌也介紹國外的新思想新學說，但那也無非是做做姿態，實際上包括《學生雜誌》、《教育雜誌》主編朱元善在內的許多人，既不通外語，更不了解新學說的內容和意義〔註 13〕。第二，商務印書館在 1920 年代之前，企業本身也處在擺脫危機和加緊基本建設階段。1910 年因商務老闆夏瑞芳陷於橡皮股票風潮，致使商務印書館虧空巨大，瀕臨倒閉邊緣。1912 年張元濟因教科書出版決策失誤，而在競爭中爲中華書局擊敗，教科書大量積壓，資金無法收回。1914 年總經理夏瑞芳遭刺身亡〔註 14〕。1916 年商務因財政困難，被迫停印若干書稿。可以說，在 1917 年之前，商務印書館的經營狀況和資本積累並不很好，這就使得張元濟等人不得不在擺脫經濟困境，籌措資金，擴大企業規模上多下功夫，

〔註 10〕子冶：《梁啓超與商務印書館》，載《商務印書館九十年》，頁 504，頁 508，頁 507。

〔註 11〕參見張樹年主編：《張元濟年譜》，頁 128，頁 152，頁 129，頁 133，頁 166，頁 176。

〔註 12〕同上註。

〔註 13〕茅盾在回憶錄中說，朱元善根本不懂日文，只能根據日文中的漢字來猜測文章的大致意思，有時譯出來，發現與他猜測的意思毫無關係。參見茅盾：《我走過的道路》（上），頁 124，1981 年 10 月，人民文學出版社出版。

〔註 14〕章錫琛：《漫談商務印書館》，收入《商務印書館九十年》，頁 109。有關橡皮股票風波，參見陳詒先：《上海橡皮風潮》，載《上海地方史資料》（三），1984 年 7 月，上海社科院出版社出版。

而對文化組織建設事業則一時難以顧及。第三，在1920年代之前，新文化運動雖已在北京出現，但其影響和社會地位還未最終確立。對於商務印書館這樣一個民營企業來說，爲保證經營，它們是不太願意冒政治上的風險。所以，那些帶有「過激」色彩的文章書刊，商務印書館一概予以拒絕出版。如 1919年 3 月，某俄國人請商務印書，張元濟考慮政治上可能有麻煩，提出由俄領事館出函證明此書無「過激」之處，才予接受〔註15〕。

上述情況發展到1920年代，就有所不同了。這首先是張元濟在與商務印書館內部的教會派鬥爭中，取得了勝利，開明派在商務決策層中形成絕對多數。在對外競爭中，商務印書館最終擊敗中華書局，確立了自己在國內出版界的穩固地位〔註16〕。在經濟上，商務印書館的經營也有了起色。從1918年開始，商務印書館的存款出現剩餘。1919年現款總計達一百萬元，到1920年增資爲三百萬元，1922 年又增至五百萬元〔註17〕。這樣雄厚的資本，使得商務印書館在1920年代有足夠的經費資助新文化新文學書刊的出版。如《北京大學叢書》和《共學社叢書》都是由商務印書館籌辦出版。在商務印書館擺脫企業自身的經營危機過程中，新文學運動本身的地位也得到確立。像陳獨秀、胡適、魯迅、周作人、錢玄同等，都已成爲國內文化界的知名人士，新文學取代舊文學已是大勢所趨。特別是1919年羅家倫在《新潮》雜誌上發表《今日中國之雜誌界》，列數商務印書館出版的《教育雜誌》、《學生雜誌》和《婦女雜誌》，加以嚴厲批評。1920年1月29日，孫中山在《致海外國民黨同志函》中，也嚴厲批評商務印書館〔註18〕。在這種情況下，商務印書館方面積極延聘新文化人士，加強商務編譯所的編輯力量。1920年10月，張元濟、高夢旦赴北京，廣泛結識新文化人士，並邀請胡適到商務編譯所任所長。年底，任用沈雁冰改革《小說月報》。1921年又招聘王伯祥、楊賢江、鄭振鐸、

〔註15〕參見張樹年主編：《張元濟年譜》，頁128，頁152，頁129，頁133，頁166，頁176。

〔註16〕參見陸費逵：《六十年來中國之出版業與印刷業》。陸指出，當時上海書業公會會員40餘家，資本九百萬元，商務印書館一家獨占資本五百萬，中華書局二百萬。載張靜盧輯注：《中國出版史料》補編，頁278，1957年5月，中華書局出版。

〔註17〕莊俞：《三十五年來之商務印書館》，收入《商務印書館九十五年》，頁750，頁749，1992年1月，商務印書館出版。

〔註18〕參見《孫中山全集》第五卷，頁207，1985年4月，人民出版社出版。

周予同、李石岑爲商務印書館編輯，聘陳獨秀等爲館外名譽編輯〔註 19〕。商務印書館適應時勢所進行的文化改革措施，吸引了一大批新文化人士到商務工作，不僅商務印書館在社會上的地位大大提高，而且眞正起到了文化組織的作用，可以說，當時一些影響巨大的新文學新文化書刊的出版，大都與商務印書館有關，當時一些重大的文化組織活動都離不開商務印書館的資助，當時的一些新文化新文學人士也願意與商務印書館建立聯繫，商務印書館確實承擔起 1920 年代新文學發展的社會組織工作。

二

商務印書館的內部改革之所以對 1920 年代中國新文學中心南移產生影響，這的確反映了商務印書館在 1920 年代中國學術文化界的地位和影響。

比較一下 1920 年代北京與上海的新文學發展情況，我們不難發現，1920 年代初，北京大學內並不缺乏新文學運動的領導人。像胡適、周作人、錢玄同等人，始終在北京生活。北京的新文學社團，也不在少數。像語絲社、未名社、莽原社等等，不僅開展活動，而且還都擁有自己的刊物。但是，這些新文學社團活動，缺乏像商務印書館那樣一個擁有雄厚經濟實力和強大發行網絡的文化組織機構的支持。1920 年代初，商務印書館每年的資本都在三百萬元以上，而 1920 年北京大學的預算爲九五萬元，並且這些預算因受北洋政府財政影響，經常不能及時撥款，所以，1920 年代開始，北京大學的教育經費極爲拮据，1920 年曾發生教師到教育部索要拖欠的教師工資事件〔註 20〕。教師的工資尚且不能及時分發，學校當局當然更拿不出充足的資金來資助新文學人士的聚會、組織活動和出版了。《新潮》開始發行時得到北大校方的經費資助，但 1920 年代經費拮据，校方無力資助，雜誌便關閉〔註 21〕。《語絲》及其他一些新文學雜誌，大都是北大教師和學生自己集資印刷、發行，這些雜誌在文學史、文化史上雖然有非常重要的地位，但實際上，這些雜誌的發行量極其有限，影響範圍當然也受到限制，它由學生自己銷售，發

〔註 19〕參見《商務印書館大事記》，1987 年 1 月，商務印書館出版。

〔註 20〕北京大學 1919 年和 1920 年的預算經費，分別爲 792459 元和 957579 元。參見周策縱：《五四運動史》（上冊），頁 76，明報出版社出版。關於北洋政府拖欠教師工資和教育經費聽材料，參見吳惠齡主編：《北京高等教育史料》第一集，頁 383，頁 392，頁 397，1992 年 7 月，北京師範大學出版社出版。

〔註 21〕李小峰：《新潮社的始末》，收入《五四運動回憶錄》續。

行範圍基本維持在學校範圍內。對比之下，商務印書館對新文學的支持顯得十分有力，像蔡元培、胡適、陳獨秀等人，都被商務印書館聘爲館外名譽編輯，給予優厚的聘金，其他像沈雁冰、鄭振鐸、謝六逸、顧頡剛、王伯祥、楊賢江等初出茅廬的文學新人，商務印書館也以優厚待遇，吸納到編譯所工作。對新文學的創作和研究，商務印書館藉助文學研究會的名義，出版大型叢書，廣泛宣傳，擴大影響。如商務印書館先後推出「文學研究會叢書」、「文學研究會創作叢書」、「文學研究會世界文學名著叢書」。在文學刊物出版方面，商務印書館發行的《小說月報》自 1921 年改革之後，始終是國內最大規模的新文學刊物。這份雜誌儘管在改革初印數曾達一萬冊，但此後的銷路卻一直在下跌〔註 22〕。假若不是商務印書館下決心支持和扶植新文學，那麼，這份雜誌根本不可能維持這樣長久的出版期限，當然更不可能吸引全國的新文學人士，那樣系統、充分地探討文學問題。對比之下創造社出版的《創造季刊》等，就因爲缺乏商務印書館這樣的出版機構的資助，而在短期內便停刊了〔註 23〕。

商務印書館對新文學的支持，不只是吸引人才，研究問題和出版、發行新文學書刊雜誌，更重要的是通過商務印書館的努力，中國的新文學第一次做到了眞正面向社會。1920 年代之前，新文學儘管在社會上造成一定的影響，但影響範圍基本還是在學校範圍內，換句話說，許多文學社團、文學雜誌和新文學的熱烈響應者，均是學校範圍內的一種文化實驗。造成這種狀況的很大原因，是與新文學在傳播過程中缺乏強有力的宣傳發行網絡有關，新文學的傳播最初主要是師生自籌經費，印刷、出版刊物，由學生自己銷售，這樣，許多新文學作品以及新文學的研究成果無法直接傳播到社會上，更無法在整個社會範圍裏，讓人們普遍了解和接受新文學。自商務印書館接手新文學作品的出版、發行工作後，中國的新文學第一次有機會實現在全社會的普及。

〔註 22〕1921 年 10 月 12 日，茅盾致周作人的信中提到「關於《小說月報》編輯一事，自向總編輯部辭職後，夢旦先生和我談過，他對於改革很有決心，對於新很信，所以我也決意再來試一年。」茅盾 1922 年 9 月 22 日致信周作人，說《小說月報》「今年銷數比去年減些。」同年 10 月 2 日在致周作人的信中說鴛鴦蝴蝶派小說在上海重新抬頭。參見《魯迅研究資料》第 11 輯，頁 113～114，頁 121～122，1983 年 1 月，天津人民出版社出版。

〔註 23〕郭沫若回憶《創造》月刊、季刊出版情況時，曾說泰東圖書局因資金缺乏，無力維持刊物，故《創造》辦了一年便結束。參見《沫若文集》第七集，頁 156～157，頁 167～168，1958 年 8 月，人民文學出版社出版。

這應歸功於商務印書館強大而有效的發行網絡。據莊俞《三十五年來之商務印書館》統計，到 1918 年為止，商務印書館在全國各地設有分支館 34 個，另外設香港分館和新加坡分館負責對海外發行，在北京和香港設有分廠，能夠單獨印刷、出版書刊。這三十六個分支機構，實際上使商務印書館能夠在全國各地推銷它的出版物，並通過香港和新加坡這兩個窗口，向海外擴大影響。〔註 24〕1920 年代開始，商務印書館大量印刷、出版新文學新文化書刊，據統計，1921 年至 1930 年這十年間，商務印書館單文學類書籍就出版 815 種，共計 2269 冊，藝術類書出版 263 種，共計 571 冊，在這些出版物中，應該說有許多書籍都與新文學新文化所倡導的內容有關〔註 25〕。1929 年商務編印《萬有文庫》，都凡一千零十種，一億一千五百萬言，分裝二千冊，這套大型叢書幾乎全是普及和宣傳新文學新文化的思想，其中的國學基本叢書，也是抱著「整理國故」的新眼光，重新確立傳統文化在當代文化生活中的位置〔註 26〕。這些書籍通過商務印書館的分支機構散布到全國各地，使得新文學的發行範圍從學校擴展到全社會，不僅造成了聲勢浩大的新文學宣傳運動，而且也為新文學提供了龐大的讀者隊伍和作者隊伍。茅盾在回顧文學研究會時曾認為，文學研究會作為一個社團，並不存在，但作為一種共同的文學主張，文學研究會主要通過「文學研究會叢書」體現出來，〔註 27〕換句話說，是商務印書館的積極支持和組織，「文學研究會叢書」的出版和發行，帶來了巨大的社會影響，從而賦予文學研究會這一社團的存在意義。的確，在某種意義上，是商務印書館所起的文化組織作用，促成並推進了 1920 年代新文學的發展。像《小說月報》改革初僅僅刊發一些成名作家的文學作品，到後來不斷推出文學新人，如丁玲、巴金等人，說到底，是商務印書館的出版物吸引國內越來越多的讀者的注意，同時也吸引越來越多的文學新人的投稿。商務印書館通過自己的出版物，有意識地組織及推進 1920 年代新文學的發展，使得商務印書館成為繼北京大學之後，國內最具實力的新文學支持者和文化組織機構，也為 1930 年代上海成為中國新文學中心，奠定基礎。

〔註 24〕莊俞：《三十五年來之商務印書館》，收入《商務印書館九十五年》，頁 750，頁 749。

〔註 25〕《商務五十年》，載《商務印書館九十五年》，頁 775。

〔註 26〕參見《商務印書館大事記》。

〔註 27〕茅盾：《關於「文學研究會」》，載《現代》第三卷第一號。

三

商務印書館參與 1920 年代中國新文學中心的南移活動，實際上也是參與鑄造一種新型的文化產業的過程。在商務印書館之前，近代中國沒有企業參與文化建設的文化生產形式，許多手工業印刷作坊出版書刊，僅僅爲了追求商業利潤，作坊老闆在文化上並沒有多少長遠的眼光。後來像愛國書社等文化人士創辦的一些學社書院，雖印發書刊，但這些印刷、出版機構的規模極其有限，差不多只是一個宣傳部門。掌管這些部門的人，既不懂得管理，手裏又缺乏足夠的資金，故這些小型的出版機構往往維持不了多久，便自動倒閉。直到商務印書館的出現，特別是 1902 年張元濟加入商務印書館之後，文化規劃與企業生產形式才得以有機地結合起來。商務印書館的決策人士不僅要考慮企業的生產經營，同時還根據整個社會文化發展趨勢，制定出版計劃，通過出版和發行新的文化讀物，培養和刺激社會對新的文化內容及形式的需要，從而組織起新的文化秩序。茅盾在回顧商務印書館改革《小說月報》的緣由時，認爲商務印書館痛下決心，改革《小說月報》，首先是出於經濟方面的考慮，即不讓雜誌在經濟上虧本〔註 28〕。茅盾的觀點反映了一種實情。一家民營出版企業，當然要追求商業利潤的實現，至少在經營上必須做到收支平衡。但問題在於商務印書館能夠將企業生產經營方式與文化發展的需要，結合在一起加以考慮，它不只是追求商業利潤，更重要的是文化上它有自己的建樹，換句話說，商務印書館是從文化發展的需要，來制定出版計劃，而不是盲目依照讀者口味來出版讀物。如果照當時上海一般市民的閱讀趣味和需求，商務印書館完全可以繼續大量出版鴛鴦蝴蝶派的言情消閑之作，因爲這方面的讀者市場相當大，甚至比新文學的讀者要多。1922 年，鴛鴦蝴蝶派雜誌《紅雜誌》創刊，不久銷路便很好。茅盾在 1920 年代致周作人的信中也談到，鴛鴦蝴蝶派的作品比《小說月報》銷路好。〔註 29〕商務印書館在經濟上不賠本的原則下，追求文化上的價值，這是商務印書館所開創的文化產業

〔註 28〕 茅盾：《我走過的道路》（上），頁 160。

〔註 29〕 1921 年 10 月 12 日，茅盾致周作人的信中提到「關於《小說月報》編輯一事，自向總編輯部辭職後，夢旦先生和我談過，他對於改革很有決心，對於新很信，所以我也決意再來試一年。」茅盾 1922 年 9 月 22 日致信周作人，說《小說月報》「今年銷數比去年減些。」同年 10 月 2 日在致周作人的信中說鴛鴦蝴蝶派小說在上海重新抬頭。參見《魯迅研究資料》第 11 輯，頁 113～114，頁 121～122。

的眞意所在。當然，1922 年王雲五任商務編譯所所長期間，商務也出過以刊發鴛鴦蝴蝶派作品爲主的《小說世界》，但這種出版物，從商務印書館的整個出版計劃看，並不構成主流，商務印書館的總體出版規劃，還是立足對傳統文化進行批判整理，對新文學新文化大力扶植和支持。這表現在商務印書館的組織人事上，始終不渝地任用新文化人士。《小說月報》自 1920 年起，主編人選雖有過變動，但自始至終都是由新文學人士負責，刊物的宗旨一絲一毫不受影響。在文化出版規劃上，商務也始終承擔新文學新文化的組織、宣傳和普及工作。規模巨大的「文學研究會叢書」及後來的「萬有文庫」，都是在 1920 年代進行的，這些出版物極大地普及和擴大了新文學新文化在社會上的影響。如果說，新文學新文化最初在雜誌和報刊上進行宣傳鼓動時，還僅僅是一種文學文化上的設想和嘗試，但通過商務印書館的文化生產形式，特別是商務印書館組織各方面人士，大量刊印新文學新文化書籍，使得新文學新文化成爲一種客觀的文化事實存在下來，在大量新文學新文化書刊面前，誰也無法否認新文學新文化的存在價值了。

商務印書館民營企業的獨資形式，使得商務印書館在出版和文化組織方式上，保持徹底的民間色彩。所謂徹底的民間色彩，是指商務印書館的整個出版和發行，不受政府的控制。商務印書館在本世紀初，曾吸收過日本人的投資，但到 1914 年，商務董事會完全收回日本股份，使企業眞正保持民營性質。商務印書館在經濟上憑藉自己的實力，不受政府牽制。在組織人事上，張元濟等商務高層領導，雖與政府人士往來密切，但這種關係不屬於政府部門上下級臣僚之間的關係，而是完全獨立於此外的一種個人之間的交往。如張元濟與蔡元培、梁啓超、嚴復的關係，便是友人關係，後來張元濟與陳獨秀、胡適的關係，也是建立在文化志趣相投合的基礎上。這種以文化志趣和個人思想爲基礎建立起來的文化出版機構，帶有濃郁的同人文化特色。這我們從商務印書館出版的《小說月報》中，就可以發現。改革之後的《小說月報》與其說是一份以文學研究會爲依託的文學刊物，倒不如說是一份由茅盾、鄭振鐸等人編輯、出版的同人刊物。因爲改革後的《小說月報》在理論上主要倡導「爲人生的文學」，在刊發的文章上也集中反映了辦刊者個人的趣味與文學特長。茅盾和鄭振鐸主要是文學批評家，在他們主編《小說月報》時期，辦得最有特色的也是與他們個人特長相關的文學批評及外國文藝思潮的翻譯介紹。文學創作不是說不重要，但對他們來說，文學創作是證明其批評觀點和文學主張合理性的一種具體材料。因此，在相當一個時期，這種批評家同人辦刊的特色一直未變，直到葉聖陶接手編輯《小說月報》，文學創作欄目才眞正體現出自己的特色，但批評和翻譯欄目反倒不如茅盾、鄭振鐸執編時期。這些現象，實際上說明商務印書館的編輯、出版和文化組織形式，基本上是以同人關係進行聯繫，這種關係也反映在商務印書館在對待新文學新文化的態度上，基本上是遵循文化自身的價值準則，而較少受政治的影響。商務印書館對於那些明顯有政治色彩的出版物，總是持審愼態度，甚至像孫中山的文集，也被張元濟婉轉拒退〔註30〕。這不是說張元濟對政治革命缺乏同情，而是他將政治同情與文化事業作了區分。一個龐大的文化出版機構，要長期合法地存在下去，就不能像那些刊發激進政治宣傳品的地下印刷所那樣，印一批宣傳品散發一下便完事。文化出版機構要有自己的立足之本，這個本就是文化自身的發展邏輯。商務印書館的決策者和編輯人員，確實都非常注重文化本身的精義所在。一些後來在國民黨和共產黨政府中擔任要職的商務印書館人員，他們在商務印書館期間，並沒有完全被黨派的立場所左右，而籌劃出版宣傳小冊子，相反，他們的注意力還是在出版文化讀物〔註31〕。正是這種民間出版家的身份和立場，商務印書館在1920年代激烈的意識形態鬥爭中，不僅沒有舉步不進，相反，出版的天地更加開闊了。各家各派的著作，只要在文化上獨樹一幟，確有內容，不管作者的政治面目如何，商務印書館統統予以出版。像胡適的《中國哲學史綱要》和瞿秋白的《新俄國遊記》（即《餓鄉記程》），都由商務印書館出版。這倒不是商務印書館對自由主義或共產主義有什麼偏向，而是胡適和瞿秋白作爲文化人，他們的思想代表了當時文化的某種趨向，並且他們本人在哲學史和文學創造上確實具備了較高的修養和造詣。因而，商務印書館正是從他們個人的文化成就上，接納並出版他們的著作。

四

商務印書館的這種民間獨立地位，對於1920年代新文學的發展來說，具有健康的保證。作爲正式出版物，商務印書館必須保證文學刊物的文學特色，不管理論上人們對「文學性」作何種闡釋，在1920年代激進的文化氛圍中，

〔註30〕參見張樹年主編：《張元濟年譜》，頁128，頁152，頁129，頁133，頁166，頁176。

〔註31〕如，後來任國民黨政府司法行政部長的謝冠生，及後來任中共新聞出版總署署長的胡愈之，他們在商務時，都以編輯和出版文化書刊爲己任，至於編許多宣傳品，那是在商務印書館之外進行的。

商務印書館出版的文學作品及文學刊物，始終堅守文學的純正立場。雖然《小說月報》也發表「血與淚」的文學，但這種對現實的關注，與政治的關注有區別，它不是直接作爲一種政治宣傳的工具和手段，而是作家本身對生活的一種經驗，從這一意義上講，1930 年代新文學在上海能夠蓬勃發展，使上海成爲中國新文學的中心，恰恰是 1920 年代商務印書館在中國文化生活中崛起，通過商務印書館的不懈努力，從經濟、文化組織形式和文化自身的發展要求等諸多方面，爲新文學的發展打下了堅實的基礎。由此，我們也可以看到商務印書館與 1920 年代中國新文學中心南移活動的密切關係。

後　記

拿到這份書稿的清樣，我想起了 1992 年初寫書稿時的情景。那時，我寫了一組對中國現代文學史，特別是五四時期新文學研究的文章，當時考慮的中心問題是，爲什麼 20 世紀中國文學在後來的發展過程中，會經歷如此坎坷曲折的歷程。照當時的許多研究者的看法，與政治干預文學，以及外族入侵中國，中斷了中國新文學正常發展的進程有關。這當然是一個很重要的原因。但我當時非常偏執地相信，新文學之所以在發展中出現偏差，與新文學家自身對文學的認識水平有關，特別是 1920 年代成長起來的一批新文學家，由於他們缺乏五四啓蒙思想家那種思想磨礪過程，因而，這批新出現的文學家往往注重於新文學反傳統、反映社會政治現實這一方面的內容，而對於新文學的藝術形式探索，以及文學作品中表現出來的人性及人類情感的力度和深度問題，常常有意無意地給予忽略。這些問題，隨著 20 世紀中國文學的發展，越到後面，暴露的問題就越多，以至到了 1980 年代，還必須再來補課。爲了使這一思想在文學史研究中得到具體證實，我翻閱了一些文學史原始材料，也請教了一些當事人。我注意到研究茅盾，是能夠體現這條歷史線索。這首先是茅盾從 1920 年代登上文壇，直至 1981 年逝世，他始終活躍在新文學舞台上，並且在其中扮演重要角色。其次，茅盾不同於一些政治人物，他基本上還是一個文化人，在同時代的文化人中間，他享受較高的文化聲譽，他的文學主張也曾產生過持久、深刻的影響。第三，他的思想形成、發展及影響過程，實際上從一個側面反映出中國新文學走過的坎坷歷程。因此，我選擇茅盾作爲自己清理 20 世紀中國文學發展線索研究對象。與此同時，我在研究中還給自己提出一要求，就是盡可能防止 1980 年代文學史研究中盛行的那種

「方法論先行」的研究方式的出現，盡可能多地從對象自身的思想狀況出發，來進行研究。這樣一個研究計劃雖然過於雄心勃勃了，但自己確實是認眞做起來。最初的成果是 1993 年發表在《文學評論》上的《論五四時期茅盾的文學觀》一文，後來又在 1994 年《上海社科季刊》刊發了關於茅盾文學史觀的論文。這些文章都是 1992 年上半年完成，那時我還在攻讀博士學位。後來臨近畢業，也沒有更充分的時間來寫作，所以書稿中有不少問題我只是開了一個頭，提出一些問題，而沒有進一步展開論題。其中第一章及第四章，曾作爲博士學位論文的一部分，參加過答辯，並得到我的導師錢谷融教授的指導，作爲答辯委員的賈植芳先生、王曉明先生、張德林先生、王鐵仙先生、潘旭瀾先生、陳思和先生及凌宇先生都給我的論文，提出過寶貴意見，使我得以改進。値得一提的是，在論文寫作過程中，我查閱了不少原始材料，對這些材料也有一些獨特的感受，爲了不影響論述問題，我將這些材料及自己的閱讀體會，安排爲註釋。因此，可以說這些註釋，是我花了一定功夫寫成的，在篇幅上與正文幾乎不相上下。

由於對早期茅盾文藝思想的論述，我基本上是擺在本世紀 1920 年代文化背景下來認識和理解，爲使讀者便於了解這一背景，作爲附錄，我收錄了二篇相關的論文。

最後，我要感謝華東師大學術評審委員會，是他們使我獲得中青年學術出版基金而使本書稿得以出版，也要感謝華東師範大學出版社的王焰小姐，爲此書出版所做的工作。

楊揚

1996 年 4 月